CONTE verlag

Direkter Einstieg

ISABELLA ARCHAN

ANTON ZAUBERT WIEDER

KRIMINALROMAN

CONTE *krimi*

Bibliografische Information der Deutschen Nationalbibliothek
Die Deutsche Nationalbibliothek verzeichnet diese Publikation in der Deutschen Nationalbibliografie; detaillierte bibliografische Daten sind im Internet über http://dnb.d-nb.de abrufbar.

ISBN 978-3-95602-093-3

Am Rech 14
66386 St. Ingbert
Tel: (0 68 94) 1 66 41 63
Fax: (0 68 94) 1 66 41 64
E-Mail: info@conte-verlag.de
Verlagsinformationen im Internet unter www.conte-verlag.de

Umschlag und Satz: Markus Dawo
Druck und Bindung: Faber, Mandelbachtal

»Wir sind genau das,
wofür wir uns entschieden haben.«

Die Brücken am Fluss

»Die Welt hat Zähne.
Und mit denen beißt sie zu,
wann immer sie will.«

Stephen King

I NEUNZIGER

I

Der Bub ist klein.

So unfassbar klein. Deshalb kann der Bub nicht helfen.

Vielleicht ist er sechs, vielleicht fünf. Es kann auch sein, dass der Bub erst vier Jahre alt ist. Ein zartes, schmächtiges Kind mit hellen Haaren.

Geht er noch in den Kindergarten oder schon zur Vorschule?

Der Bub kann sich nicht erinnern, ob Fräulein Carmen seine Lehrerin oder die Leiterin des Kindergartens ist. Ihr Name fällt ihm ein, weil er ihn so mag. »Fräulein Carmen, das klingt verboten«, hat mal einer von den Erwachsenen gesagt. Das hat dem Buben gefallen, auch, wenn der Bub nicht weiß, was an dem Namen denn verboten sein soll und wie etwas Verbotenes zu klingen hat. Hübsch ist Fräulein Carmen auf jeden Fall, und der Bub mag sie.

Er kann in seinem Kopf schon zwei mal sieben rechnen. Und drei mal vier. Auch Zahlen zusammenzählen geht richtig gut. Er schreibt schon seinen Namen und einzelne Wörter. Fräulein Carmen und die Mama loben den Buben oft.

Ihm fällt der kleine Zaubertrick ein, mit dem er die Mama heute Abend so zum Lachen gebracht hat, dass sie gesagt hat, jetzt wird sie gleich platzen. Natürlich hat der Bub seine Mutter nicht zum Platzen bringen wollen, das sollen nur Luftballons am Ende einer Party, aber dass sie sich den Bauch gehalten hat vor Lachen, fand er schon gut. Coool, würde der Tobi sagen, der manchmal beim

Mittagessen neben dem Buben sitzt und kräftiger als er ist. Tobi haut ihn auch hin und wieder, aber noch öfter sagt Tobi Wörter wie cool und saugeil.

Das ist lustig.

Nicht lustig ist der Kerl, der über die offene Terrassentür ins Wohnzimmer gekommen ist und Mama einen Schrei hat ausstoßen lassen.

Der Bub sitzt am Boden, auf dem Teppich, die Vorhänge wehen nach innen, die Tür zum Garten ist weit offen, Wärme kommt von draußen herein, Wärme und Wind. Der Bub trägt schon seinen Schlafanzug, es ist längst Schlafenszeit, aber er ist noch dabei, einen zweiten lustigen Zaubertrick zu lernen. Das hat ihm die Mama erlaubt.

Das Tolle an dem neuen Zauberkasten ist, dass es eine Anleitung in Bildern gibt, und der Bub kann Bild für Bild anschauen und nachzaubern. Den Zauberkasten hat dem Buben der neue Freund von Mama geschenkt, der Jürgen. Ihn mag der Bub. Aber heute Abend ist auch der Jürgen nicht da. Niemand sonst ist im Haus außer dem Buben und der Mama.

Und dem Kerl, der einfach hereinspaziert ist, als würde er hier wohnen.

Er ist groß, viel größer als der Jürgen, und hat Haare, die zu Berge stehen. Er trägt Handschuhe, obwohl es warm ist. In seiner Hand glitzert etwas Spitzes. Das schaut gefährlich aus.

»Was wollen Sie?«, fragt die Mama, nach dem Schrei. Und: »Mein Mann ist oben. Ich brauch' nur rufen.«

Aber das ist gelogen, denn Papa ist seit langer Zeit schon bei der Angelika und die beiden wohnen woanders.

Der Kerl scheint gewusst zu haben, dass die Mama lügt und ist nicht erschrocken. Er wedelt mit der Handschuhhand, im Licht der Lampe glitzert das Spitze wie ein Eiskristall.

Mama hat den Hörer vom neuen schnurlosen Telefon in der Hand, das hat sie vom Jürgen geschenkt bekommen wie der Bub seinen Zauberkasten, hebt ihn aber nicht ans Ohr. Stattdessen beginnt ihr ganzer Arm zu zittern, so sehr, dass ihr der Hörer aus der Hand fällt. Er landet auf dem Boden, hoffentlich ist er nicht kaputt, das wäre echt blöd.

Wieder wedelt der Handschuhkerl mit den Handschuhhänden. Das Glitzern zeigt in die Richtung des Buben, der die gemalten Karten für den nächsten Zaubertrick um sich herum auf dem Teppich ausgebreitet hat. Vor dem Buben steht ein schwarzer Zauberhut mit einer hellen Krempe dran. Daneben liegt der Zauberstab, der aber rot ist.

»Wenn du schreist, ist er tot«, sagt der Kerl und zeigt weiter auf den Buben.

Die Mama nickt, und das Zittern geht von ihrem Arm auf ihren ganzen Körper über. Der Bub möchte aufstehen und zu ihr rennen, doch er bewegt sich nicht. Das spitze Glitzern und die Stimme des Kerls sorgen dafür, dass der Bub sich nicht traut, zu ihr zu laufen.

Der Bub guckt nur. Mit riesengroßen Augen.

»Gehen Sie wieder, bitte«, flüstert die Mama. Ihre Stimme klingt klein, als ob sie auch ein Vorschul- oder Kindergartenkind wäre.

Der Kerl geht aber nicht, sondern setzt sich auf einen der Stühle am Esstisch. So, als ob er Hunger hätte, und die Mama ihm was kochen soll. Der Kerl schlägt mit der freien Handschuhhand auf die Tischplatte, es kracht.

Der Bub erschreckt sich und beginnt zu weinen.

Laut.

»Wenn er nicht gleich aufhört, dann stech' ich ihn ab«, sagt der Kerl.

Und endlich bewegt sich die Mama, kommt zum Buben, sinkt vor ihm auf die Knie, und sagt »Pscht«.

Nur »Pscht«.

Dann drückt sie dem Buben ihren Zeigefinger an den offenen Mund. Es ist das letzte Mal, dass sie ihn berührt, deshalb gibt es für den Rest seines Lebens keine wertvollere und innigere Berührung als die eines Fingers auf den Lippen.

Der Bub schließt seinen Mund. Brav. Sein Weinen hört wie von Zauberhand auf.

Es wird still um sie beide.

Fast hat der Bub den Kerl am Esstisch vergessen. Der beginnt mit seinen Handschuhfingern auf der Tischplatte zu trommeln.

»Schick' ihn weg oder soll er zuschauen?«

Der Kerl grinst jetzt breit.

Die Mama schaut den Kerl an, dann zurück zum Buben.

Mamas Augen sind so groß.

So groß wie Riesenräder am Rummel. Der Bub kann das Blau darin sehen und etwas, das wie Gold aussieht. Seine Mama hat Goldaugen. Das vergisst der Bub nie.

»Gehst du nach oben und spielst 'was, ja, mein Buberl?«

Der Bub gehorcht sonst nicht immer, wenn die Mama ihn wegschickt. Er bleibt dann einfach oder trödelt oder muss ihr unbedingt noch was zeigen. Außerdem fühlt sich der Bub immer so allein, wenn Mama nicht da ist.

Doch ihr Ton hat diesmal etwas, obwohl sie so leise redet, das macht dem Buben nicht nur Angst, da ist noch mehr. Angst hat er schon, seit der Kerl hereingekommen ist. Mamas Ton lässt den Buben folgsam sein. Ohne Widerrede. Ohne Betteln oder Jammern.

Der Bub hebt wie zum Abschied eines der gemalten Bilder hoch. Darauf hält ein Zeichenjunge eine Karte ebenfalls nach oben. Dann lässt der Bub es los. Das Bild segelt in den Zauberhut und verschwindet wie in einem schwarzen Loch. Es ist das vorletzte Bild aus der Reihe. Im letzten verbeugt sich der Zeichenjunge und man kann klatschende Hände sehen. Doch dieses Bild bleibt im Zauberkasten liegen.

»Bitte, geh jetzt. Du kannst auch den CD-Player anmachen, dir das Betthupferl anhören. Es is' alles gut, mein Buberl. Mein einziger Schatz.«

Mehr sagt sie nicht. Berührt ihn nicht mehr.

Die Mama geht an den Esstisch zu dem Kerl, setzt sich neben ihn hin. Als ob sie ihn kennen würde.
Der Bub steht auf.
Der Bub geht nach oben in sein Zimmer.
Der Bub hört die CD.
Der Bub schläft ein.

Der Bub träumt.
In seinem Traum wird der Bub doch wieder wach. Geht aus seinem Zimmer. Über die Treppe nach unten. Setzt sich wieder auf den Teppich neben dem Zauberkasten. So ganz leise. Ohne einen Laut von sich zu geben.
Weil er so still ist, bemerken die beiden Erwachsenen am Tisch ihn nicht.
Der große Kerl mit den zu Berg stehenden Haaren fährt mit seiner Handschuhhand über den Arm seiner Mama. Fährt in ihr Haar, über ihre Brüste. Der Kerl stöhnt und die Mama fängt an zu weinen.
Aber sie bewegt sich nicht. Läuft nicht weg. Sitzt da wie eine Puppe.
Selbst, als der Handschuhkerl mit seiner Handschuhhand unter ihr Kleid fährt, sagt sie nichts, rührt sich nicht.
Der Bub schließt seine Augen, im Traum schließt er sie wieder und wieder, weil er sonst nicht aufhören könnte hinzusehen. Der Bub hört, wie seine Mama wimmert, noch nie hat er seine Mama wimmern hören.
Der Kerl stöhnt jetzt so laut, er gurgelt, er quakt wie ein blöder Frosch oder eine dumme Ente. Der Kerl macht so viele Geräusche, aber am Ende flucht er nur mehr. Böse Wörter, die der Bub zwar aus dem Kindergarten oder der Vorschule kennt, aber nie vor der Mama aussprechen darf, ohne dass sie böse wird.
Und die Mama. Wimmert immer weiter. Kann nicht aufhören.
Bitte, denkt der Bub, bitte, lass die Mama in Ruh'.

Die Zeit macht einen Sprung, es ist, als wäre etwas passiert und dann gelöscht worden. Das geht in Träumen.

Der Wind draußen ist stärker geworden, man kann einen ersten Donner hören.

Der Bub hat seine Augen wieder aufgemacht. Wann ist das denn passiert?

Die Mama sitzt immer noch am Tisch. Auch der Handschuhkerl ist dort. Doch er sitzt jetzt nicht mehr, sondern steht über die Mama gebeugt.

Die Vorhänge vor der Terrassentür wehen ganz weit hoch. Mamas Kleid weht auch nach oben. Gibt einen Blick auf ihre nackten Oberschenkeln frei. Immer noch bewegt sie sich nicht. Sie wimmert nicht mehr. Gar keinen Laut macht sie mehr. Wieder muss der Bub an eine Puppe denken. Weiß ist Mamas Haut, wie Porzellan.

Die Nachbarin, die Tante Hedi, hat viele solcher Puppen. So weiß und so unbeweglich. Tante Hedi gibt ihnen Namen und spricht mit ihnen, aber ihre weißen Körper bewegen sich nie und ihre Augen sind immer offen, auch wenn die Nachbarin, die Tante Hedi, ihnen Schlaflieder vorsingt. Manchmal kann der Bub die Tante Hedi singen hören. Sie singt, ihr Mann, der Onkel Richard, redet laut über Sport. Gleichzeitig. Lustig.

Tante Hedi und Onkel Richard, die beiden sind wie Oma und Opa.

Nicht die richtigen, die sind schon im Himmel, hat die Mama dem Buben erzählt, aber er findet, Hedi und Richard sind cool. Besser als die echten Großeltern, die er ja nicht kennt.

Immer noch geht der Traum weiter. So lang schon.

Der Bub sitzt und wartet.

Der Bub wartet darauf, dass zwischen den Erwachsenen am Tisch weiter etwas passiert. Etwas, das er kennt, das er einordnen kann. Dass sie reden oder essen oder sich streiten oder was auch immer. Wenigstens berührt der Handschuhkerl seine Mama nicht mehr. Stattdessen hat der Kerl seine Hände über sein Gesicht gelegt und

Laute quellen zwischen seinen Fingern hervor, Seufzen oder vielleicht Stöhnen.

Der nächste Donner ist schrecklich laut, plötzlich geht das Licht aus.

Der Bub erschrickt gewaltig, bleibt aber immer noch sitzen.

Nach der ersten totalen Dunkelheit im Wohnzimmer kann er wieder Konturen erkennen. Vom Nachbarhaus scheint Licht aus den Fenstern, überspringt den schmalen Gartenstreifen zwischen ihnen, gibt seinen letzten Rest an das Wohnzimmer ab.

Es blitzt. Ganz schön gewaltig.

Im Traum blinzelt der Bub, schaut zum Tisch, und da ist der Kerl weg.

Einfach so.

Das könnte ein Trick aus dem Zauberkasten sein. Nur besser, nur größer. So groß, dass die Zuschauer vor Staunen platzen könnten. Vielleicht ist der Kerl im Zauberhut verschwunden wie die Karte vorhin.

Der Kerl ist weg, nur die Mama sitzt immer noch da.

Der Bub beginnt zu zählen.

Das haben die Tante Hedi und der Onkel Richard ihm beigebracht. Wenn es blitzt, dann zählt man langsam die Zwanziger hoch, um zu erkennen, wie weit das Gewitter noch entfernt ist.

Einundzwanzig, zweiundzwanzig, dreiundzwanzig …

Es donnert.

So nah schon.

Der Wind ist zu einem Sturm geworden, der Regen setzt ein.

Die Vorhänge werden nass, das ist blöd.

Mamas Kleid wird auch nass, denkt der Bub, und das ist der Moment, in dem der Bub aufsteht und durch das dunkle Wohnzimmer tappt.

Der Bub stößt sich an der Kante des Tisches, er kann einen der Stühle fühlen. Ob das der Stuhl ist, auf dem der fremde Kerl gesessen hat, bevor ihn der Zaubertrick hat verschwinden lassen?

Der Bub bewegt sich an der Tischkante entlang, bis er endlich zu der Mama kommt.

Gleich kann er sie fühlen. Gleich ist er wieder in ihren Armen.

Gleich is' alles gut, Buberl. Du, Mamas einziger Schatz.

Wieder ein Blitz, so grell.

Erhellt das Zimmer für Sekunden.

Der Bub sieht die Mama. Steht direkt neben ihr. Er ist jetzt so nah.

Puppenmama.

Porzellanmama.

Ihr Kopf liegt auf der Tischplatte, ihr Gesicht ist dem Buben zugewandt. Ihre Augen offen. Große offene Augen.

Erstarrtes Blau. Gefrorenes Blau.

Sie blinzelt nicht.

Dunkel.

Einundzwanzig, zweiundzwanzig, drei…

Donner.

Mama?

Der Bub rutscht neben ihr nach unten. Kann in der Dunkelheit den Stoff ihres Kleides fühlen, weich und feucht, der Sturm hat die Regentropfen tatsächlich bis hierher getrieben.

Der nächste Blitz. Der nächste Windstoß.

Ihr Kleid hebt sich.

Wieder wird ihr Schenkel sichtbar. Ihr Knie. Der Bub klammert sich daran. Doch das Weiß ihrer Haut ist kalt wie Eis, da gibt es keine warme Stelle mehr.

Einundzwanzig – Donner. So laut. So nah.

Und so kalt ist die Mama geworden.

Die Regentropfen treffen auch den Buben. Gleich wird der nächste Blitz alles wieder grell und hell machen. Wer weiß, was er dann sehen wird?

Besser die Augen vorher wieder zumachen.

Es ist sicher alles miteinander ein Traum, denkt der Bub, also macht das alles zusammen nichts aus?

Als der Bub aus dem Traum schließlich erwacht, ist er in eine Decke gehüllt.

Er schwitzt.

Der Bub ist nicht mehr im Wohnzimmer, sondern sitzt auf einer der Treppenstufen, die nach oben in sein Zimmer führen.

Es ist hell, jemand muss das Licht repariert haben. So hell und so warm.

Und Leute sind da. So viele.

Nicht mehr der riesige Handschuhkerl, sondern viele fremde Leute. Sie laufen herum und tummeln sich im Zimmer. Sie tragen weiße Anzüge und sehen aus, als würden sie Astronaut spielen, nur ohne Helme. Der Bub beugt seinen Kopf etwas nach vorne und versucht, bis zum Tisch zu gucken. Nach seiner Mama will er schauen. In dem Moment tritt einer der Männer auf den Zauberhut, der immer noch auf dem Teppich liegt. Ganz breit gedrückt wird der schöne Hut mit der weißen Krempe. Beim nächsten Schritt tritt derselbe Mann auf den Zauberstab, der Bub kann das Knacken bis zur Treppe hören, als das rotbemalte Holz bricht.

Der Bub will aufstehen, aber die Decke ist fest um seinen Körper gewickelt und hindert ihn daran.

Plötzlich ist Tante Hedi da.

So kreidebleich hat er sie noch nie gesehen. Sind denn heute alle zu weißen Puppen geworden? Nein, denn die Tante Hedi bewegt sich, stürzt auf den Buben zu, weint und schluchzt und ein wenig Rotz rinnt aus ihrer Nase auf die Wolldecke.

»Gott, oh Gott, oh Gott!«, sagt sie immer wieder und drückt den Buben an sich.

Das lässt ihn noch mehr schwitzen.

Der Bub will Tante Hedi sagen, dass sie ihn bitte aus der Decke auswickeln soll, aber sie weint so laut, dass sie ihn nicht hören kann.

In der offenen Eingangstür steht ein breiter Mann mit rötlichen

Haaren und einem Kugelbauch. Er zwinkert dem Buben zu, dann dreht er seinen Kopf, ruft nach draußen.

»Verdammt und Sakra noch einmal, wer kümmert sich denn um das Kind?«, schreit der rothaarige Dicke lautstark, sein Kopf dreht sich zurück, dann ist er mit zwei Schritten beim Buben an der Treppe. Tante Hedi wird zur Seite geschoben und bleibt auf der Treppenstufe mit all ihrem Rotz im Gesicht sitzen.

Der breite Mann hebt den Buben wie eine Feder hoch und trägt ihn nach draußen.

Dort parken gleich fünf Polizeiwagen, das beeindruckt den Buben. Der dicke Mann trägt ihn weiter zu dem Rettungswagen, der etwas abseits, hinter all den anderen Autos steht. Hinter dem Rettungswagen kann der Bub weitere Leute sehen, die einfach nur dastehen und gucken.

Der Rothaarige setzt den Buben erst im Inneren des Rettungswagens ab. Auf einer Trage. Das gefällt dem Buben nicht, er mag es nämlich gar nicht, wenn er zum Arzt muss, der setzt ihn auch immer auf so ein Ding.

Mir ist heiß, will der Bub sagen, doch der dicke Mann scheint seine Gedanken erraten zu haben und wickelt ihn aus der Decke aus.

»Zu heiß! Geht's dir gut, mein Kleiner?«

Der Bub nickt.

Dann schüttelt der Bub den Kopf.

»Ich hab' schlecht geträumt. Ich will zu meiner Mama.«

Der Rothaarige mit dem Kugelbauch sieht den Buben an. Nimmt die kleinen Hände des Buben in seine großen. Etwas glitzert in seinen Augen. Es ist kein Gold.

2

Als es vorbei war, der Regen schon längst aufgehört hatte, hielt der große Kerl in seinem schnellen Gehen inne und blieb neben einer Straßenlaterne stehen. Er hatte keine Ahnung, wo er war, wie weit er gelaufen war. Die Erschöpfung ließ ihn keinen weiteren Schritt mehr machen, er war ohne Unterbrechung gerannt, immer weiter, immer fort.

Im Licht der Laterne glitzerten seine nassen Haare, sein Körper schlotterte trotz der Schwüle nach dem Gewitter.

Er schloss seine Augen, sein Atem kam stoßweise aus seinem Mund.

Er spulte in seinem Kopf die Stunden zurück, zurück zu dem Haus, der Frau, dem Kind.

Er sah sich am Esstisch sitzen.

Seine Ellbogen auf der Tischplatte aufgestützt, die glatt und kühl gewesen war. Sein Gesicht in seinen Handflächen vergraben. Lange Zeit. Hinter seinen Lidern waren scharfe blitzartige Streifen explodiert, in seinen Ohren hatte es gerauscht.

Das Jetzt und das Vorher vermengten sich.

Er schien sich in der Dunkelheit zu verlaufen, es wurde stiller in seinen Gedanken, in seinem Herzen. Er kam zu einem Punkt, an dem seine gesamte Existenz zu schrumpfen begann, er war nur noch Stille und Dunkelheit, auf einem kleinen Punkt zusammengepresst, bereit, endgültig zu verschwimmen, zu verschwinden.

Ein letzter, weit entfernter Donner ließ ihn hochfahren.

Im Lichthof der Laterne, von Dunkelheit umgeben, war ihm, als müsste er diesen Film, dieses Geschehen einfach durchspielen, bevor es in den Brunnen der Verdrängung fallen konnte.

Also, noch mal von vorn.

Er sitzt am Esstisch.

Es ist dunkel in dem fremden Wohnzimmer, die Lampe ist

ausgegangen, die Terrassentür steht immer noch offen. Das einzige Licht kommt vom Nachbarhaus, dort sind alle Fenster zur Gartenseite hin erleuchtet und ein Schatten läuft an den Vorhängen vorbei.

Ein Blitz. Der nächste Donner.

Er kann nicht länger hier sitzen und warten.

Warten, worauf?

Die Sache ist ohnehin vorbei.

Die Sache hat, wenn man es so sehen will, nie stattgefunden. Aus all seinen blumigen Phantasien ist nur der letzte Akt geblieben, der sich nicht hat vermeiden lassen.

Er legt seine Hände auf der Tischplatte ab. Reibt sie aneinander. Haut auf Haut. Sie schmerzen, als hätte er damit eine schwere Arbeit verrichtet.

Verdammt, wann hat er sich die Handschuhe ausgezogen?

Der missglückte Versuch einer Vereinigung brennt lichterloh, aber der Rest ist zerfallen in gezackte Bilder, den Blitzen am Himmel gleich.

Nicht nur seine Handschuhe sind weg. Auch das Taschenmesser. Lächerlich klein und kurz, aber in seiner Wirkung unübertroffen.

Es wird also Spuren geben. Jede Menge.

Er muss plötzlich grinsen. Wozu hat er überhaupt Handschuhe getragen? Er hätte sowieso andere saftige Pfützen hinterlassen. Die Betonung liegt auf hätte, denn ja, er hat versagt. Versagt!, in großen Lettern an die Wand geschrieben.

Sie war schön gewesen, sein Traum in all den feuchten Nächten. Von dem Moment an, als er sie in der Therme gesehen hat. Es war der Eröffnungstag des neuen Schwimmbeckens gewesen, es hat ein Gewinnspiel gegeben, er hat an dem Glücksrad gestanden, sie hat ihre Adresse auf einer Karte eingetragen, ihn angelächelt. Wie eine Aufforderung, sie einmal zu besuchen. In seinen Phantasien hat es immer funktioniert, warum heute nicht? Warum hat ihn sein Körper in diesem einen realen Moment so im Stich gelassen?

Nein, nicht sein gesamter Körper, nur ein Teil hat schlaff zwischen seinen Beinen gebaumelt. Es wäre sinnlos gewesen, sich die Hose aufzumachen. Dieses Versagen wird bleiben, wer weiß, vielleicht für den Rest seines Lebens.

Hat sie darüber gelacht?

Nein, sie hat in ihrer ganzen Angst nicht einmal mitbekommen, dass sein Teil schlapp machte und es keinen Höhepunkt an diesem Abend geben würde.

Er hätte ihr also gar nicht seine Hände um den Hals legen müssen, oder?

Der nächste Blitz.

In der kurzen Helle sieht er sie am Tisch sitzen. Nicht mehr aufrecht, ihr Kopf auf der Tischplatte abgelegt. Ihre Arme nach unten hängend.

Einer Puppe gleich.

Immer noch schön, immer noch begehrenswert. So wird sie bleiben. Er wird altern, Falten bekommen, eine Sehhilfe brauchen, einen Stock zum Gehen, er wird sich mit allerlei Wehwehchen herumschlagen und seine Vitalität, sein Gedächtnis und seine Fähigkeit, das Wasser zu halten, verlieren.

Sie nicht, niemals. Er hat ihr einen Gefallen getan.

Vielleicht muss man es so sehen.

In der wiederkehrenden Dunkelheit verschwinden die Umrisse ihres Körpers. Es donnert wieder, er spürt den Windstoß, dessen Ausläufer bis in das Wohnzimmer dringt.

Regen beginnt zu prasseln. Wie ein Nachhall seiner Tat. Zwischen seinen Beinen tut sich immer noch nichts.

Er steht auf, schiebt den Sessel nach hinten und beginnt, sich vorzutasten. Seine Handschuhe liegen hier irgendwo. Doch sobald er den Bereich um den Tisch verlassen hat, schlägt er sich das Schienbein an. Es tut für einen Moment richtig weh, eine alte Wut kommt in ihm hoch. Er hebt seinen Fuß und tritt ziellos in die Dunkelheit hinein, um diesem heißen Schmerz ein Kontra zu geben, aber sein Bein fährt nur durch warme Luft. Dafür stößt er sich beim nächsten Schritt wieder.

Es ist sinnlos. So wird er nie den Weg zum Lichtschalter finden oder es kann auch sein, dass durch das Gewitter der Strom ausgefallen ist.

Scheiß auf die Handschuhe.

Er ist ohnehin erledigt.

Vor Jahren, als er als jung und dumm gewesen war, sein Leben da bereits verpfuscht, war er wegen Diebstahl und Gewalt gegen einen seiner Mitschüler zu einer Jugendhaftstrafe von einem halben Jahr verurteilt worden. Da hat die Polizei ihm bei der Verhaftung seine Fingerabdrücke abgenommen. Wie lächerlich schnell wird sein Profil im Polizeicomputer auftauchen, wenn sie hier erst mal die Spuren ausgewertet haben.

Polizist. Das wäre er gerne geworden. Diesen Weg hat er sich endgültig verbaut. Auch so ein Traum, der geplatzt ist, wie der von heute Abend. Wenn sie ihn schnappen, wird es keine kurze Haftdauer im Jugendknast. Also, Zeit, zu verschwinden. Aus der Stadt, aus dem Land. Wenn er erst mal über die Grenze ist, kann er sich immer noch überlegen, wie es weitergeht.

Zuerst muss er hier aus dem Haus raus.

Es blitzt wieder.

Wie hat es ihm einmal im Jugendknast einer seiner Mithäftlinge erklärt? Man muss nach dem Blitz zählen, um herauszufinden, wie nah das Gewitter ist.

Einundzwanzig, zweiundzwanzig … Der Donner kracht direkt über dem Haus.

Er beginnt langsam Richtung offener Terrassentür zu gehen, Schritt für Schritt, er hat keine Lust, sich wieder wo anzustoßen.

Beim nächsten Blitz sieht er das Kind.

Es sitzt auf dem Teppich. Bewegungslos, wie seine Mutter am Esstisch.

Für einen Augenblick spürt er das Bedürfnis, sich zu dem Kleinen dazuzusetzen, ihm zu erklären, warum er heute hier aufgetaucht ist, warum die Sache schiefgegangen ist, und dass es ihm tatsächlich leid tut, dass der Kleine jetzt ohne seine Mutter wird aufwachsen müssen. Einen Moment überlegt er, was dieses Erlebnis für das Kind bedeuten wird, für seine Entwicklung, sein zukünftiges Leben. Er sieht sich selbst, seine traurige Kindheit, geprägt von Ignoranz und Gewalt. Es ist wie ein Blick in einen langen Tunnel, an dessen Ende statt hellem Licht nur stumpfes Grau wartet. Seine Kindheit ist vorbei und was geht ihn der fremde Balg an?

In diesem Moment donnert es so heftig, dass Gläser in einem Schrank klirren und sein Herz vor Schreck für eine Sekunde aussetzt.

Scheiße.

Er muss weg.

An der Terrassentür umschlingen ihn Sturm und Nässe in einer Heftigkeit, die ihm kurz den Atem nimmt. Er überlegt, ob er nicht besser das Gewitter drinnen abwarten soll. Was, wenn ihn auf der Flucht ein Blitz trifft oder er von einem umstürzenden Baum erschlagen wird? Trotz der beschissenen Aussichten, die seine Tat mit sich bringt, will er alt werden. Aber die Zeit drängt. Er geht. Kaum, dass er auf die Terrasse hinausgetreten ist, wird er klatschnass. Der Wind peitscht die Regentropfen auf seinen Körper.

Trotzdem wirft er einen letzten Blick zurück in das dunkle Wohnzimmer, versucht, in all den grauen Klumpen das Kind zu erkennen, doch es ist unmöglich, einen Menschen von einem Möbelstück zu unterscheiden.

Hier stoppte er seine Erinnerungen.

Der Film war zu Ende. Seine Tat unumkehrbar. Er rutschte an der Laterne nach unten. Eine Weile hockte er so da, von allen Gedanken, Rückblenden und Bildern entleert.

Ein Kerl auf der Flucht.

Schließlich kam er mit einem lauten Ächzen hoch, machte einen Schritt, noch einen, die Dunkelheit verschluckte ihn wieder.

Die Laterne mit ihrem Lichthof blieb einsam zurück.

3

Es war ein gutes Treffen von Hauptkommissaren, Inspektoren, Kriminalisten und Spurenermittlern gewesen. Ein gutes Seminar.

Peter Kraus, Hauptkommissar bei der Kölner Mordkommission, war zu Gast bei den Kriminalistentagen in Graz in der Steiermark. Er hatte selbst zwei Vorträge und eine Diskussionsrunde besucht, bevor er seinen eigenen Vortrag hielt: *SOKO – Teamführung*.

Er hatte über die wesentlichen Punkte, ein Team zu gründen, zu führen und vor allem zu Bestleistungen anzuspornen, referiert. Trotz anfänglicher Aufregung hatte er sich nur zweimal versprochen und es am Ende genossen, dass der Hörsaal in der Grazer Universität bis auf den letzten Platz gefüllt gewesen war.

In der Fragerunde war allerdings mehr über den Fall der »Schwarzen Witwe« diskutiert worden, der gerade die Schlagzeilen beherrschte. Elfriede Blauensteiner hatte fünf Menschen vergiftet, aus Habgier, konnte aber nur in drei Fällen angeklagt werden. Auch danach, bei Kaffee und Kuchen, hatten Kraus und einige der anwesenden Herren samt einer einzigen Dame über weibliche Serienmörder gefachsimpelt.

Bevor abends sein Zug zurück nach Köln fahren sollte, besuchte er einen Kollegen auf der Polizeiinspektion in der Schmiedgasse, Alfred Höllerer, mit dem er bei einem grenzübergreifenden Fall zusammengearbeitet hatte. Dieses Zusammentreffen hatte vor zehn Jahren stattgefunden und Kraus war damals noch ein junger Kommissar gewesen. Wie die Zeit rannte.

Alfred Höllerer hatte zwei *große Braune* auf den Tisch gestellt, und Peter Kraus merkte, wie ihm die Stärke des österreichischen Kaffees langsam aber sicher aufs Herz schlug. Dazu hatte der Kollege einen Ordner zwischen ihnen ausgebreitet. Er setzte sich und wischte sich den Schweiß von der Stirn.

»Das is' einmal ein Sommer, was? Der Fall vor dir is' frisch und bringt uns auch zum Schwitzen.«

Der Blick auf das erste Bild machte die Idee von Peter Kraus, hier ein gemütliches Stündchen zu verbringen, schnell zunichte.

Ein Wohnzimmer war abgebildet. Eine Frau, die an einem Esstisch in einer seltsam schrägen Haltung saß. Oder hingesetzt worden war. Ihr Kleid war vorne aufgerissen. Ihr Kopf lag auf der Tischplatte, zur Seite gedreht, ihr langes blondes Haar verdeckte das halbe Gesicht.

Foto Nummer zwei zeigte die Frau näher. Jetzt konnte man das Gesicht sehen, sie war jung, sicher noch keine dreißig. Ihre Augen waren weit geöffnet, ihre Augäpfel quollen hervor, und ihre Zungenspitze lag links über den Lippen. Peter Kraus schluckte, solche Bilder waren nicht leicht anzusehen.

Bild drei und vier waren Großaufnahmen des Halses. Würgemale.

»Is' erst vorgestern passiert. Hier in der Nähe.«

Peter Kraus fiel sein eigener aktueller Fall ein; erst letzte Woche hatte ein Familienvater seine untreue Ehefrau erschossen. Lieber hätte er mit dem Inspektor über die schöne Stadt Graz an der Mur oder zumindest über ihre jeweiligen Familien geplaudert, aber anscheinend gab es zwischen zwei Kriminalisten zum *großen Braunen* als Konversation nur die Mordsthemen.

»Ich nehme an, ihr habt den Mörder nicht, sonst würdest du nicht so sauertöpfisch gucken, Alfred.«

»Eine Sauerei war das, das kann ich dir sagen. Die Frau tot im Wohnzimmer und neben ihr ein kleiner Bub.«

Peter Kraus lief eine Gänsehaut über den Rücken. Wenn Kinder in Fälle involviert waren, machte ihm das mehr zu schaffen. Seine drei Töchter waren siebzehn, sechzehn und zehn und insgeheim hätte er gern noch einen Jungen dazu gehabt.

Er hob den Stapel Fotos an und blätterte in den Akten.

»Ist das Kind auch ermordet worden?«

Höllerer seufzte. Er war selbst Vater von insgesamt vier Sprösslingen.

»Nein, das zum Glück nicht, aber wir wissen nicht, ob er nicht während des Tötungsvorganges anwesend war. Der Bub spricht nicht. Überhaupt nix. Is' zurzeit bei den Nachbarn, die haben die Frau auch gefunden. Wir gehen von einer versuchten Vergewaltigung aus. Das Opfer ist misshandelt worden. Am Ende erwürgt. Warum der Täter die Frau nach ihrem Tod an den Tisch gesetzt hat, das ist allerdings schräg. Als ob er sie hätt' drapieren wollen.«

»Oder so tun, als hätte die Tat nicht stattgefunden. Werdet ihr einen Psychologen hinzuziehen?«

»Der is' schon da. Jetzt grad is' er wieder bei dem Buben, kommt dann hierher. Aber, wie gesagt, der Bub macht seinen Mund nicht auf. Weint nicht. Schaut nur mit großen Augen, dass es einem das Herz brechen kann. Auch, wenn wir so manches g'wohnt sind.«

Der Grazer Inspektor nahm den letzten Schluck aus seiner Tasse und drückte auf eine Taste seines Telefons.

»Die Kollegen draußen müssten schon die nächsten *großen Braunen* fertig haben.«

Peter Kraus winkte ab.

»Für mich nicht mehr, mir ist leicht schwindlig.«

»Aber geh'. Einer geht noch.«

Widerrede zwecklos, also musste das Herz des Kölner Hauptkommissars einen weiteren starken Kaffee aushalten. Bei den sommerlichen Temperaturen hätte Peter Kraus lieber nur Wasser getrunken.

»Keine Sorge, Peter. Ich lass uns auch ein Mineralwasser bringen, bei der Hitz' trifft uns sonst noch der Schlag.«

Höllerer stand nun doch auf und verließ kurz das Amtszimmer.

Peter Kraus erhob sich ebenfalls und ging ans Fenster. Er bemerkte, dass sich große Schweißflecken unter seinen Achseln auf dem hellblauen Hemd gebildet hatten. Es war ein extrem heißer Sommertag.

Trotzdem wäre er lieber draußen gewesen, hätte sich die Stadt angesehen, lieber die Hitze als hier wieder Bilder von Toten. Dazu die Sache mit dem Kind. Es war keine gute Idee gewesen, hierherzukommen, er hätte nach seinem Vortrag und der Gesprächsrunde in der Uni einfach touristisch unterwegs sein sollen. Zu spät.

Höllerer kam mit einem vollen Tablett zurück.

»Das Mineralwasser, der Kaffee und ein *Topfentascherl* dazu. Musst du probieren.«

Der Inspektor stellte alles auf seinem Schreibtisch ab, schob die Akten beiseite, nahm eines der Fotos in die Hand.

»Da könnt' ich deine Hilfe benötigen.«

»Inwiefern?«

»Wir haben die ersten Spuren ausgewertet. Schau, da am Hals, da kannst du schon auf dem Bild den wunderbaren Abdruck von einem Finger sehen. Das weitere Kuriose dabei ist, dass wir Lederhandschuhe am Boden gefunden haben. Der Täter ist also mit Handschuhen gekommen, hat diese aber für den Tötungsvorgang ausgezogen. Wollt' die Frau anscheinend mit bloßen Händen erwürgen.«

»Unbändige Wut. Wenn er die Vergewaltigung nicht durchziehen konnte, hat der Täter sich auf diese Weise Macht verschaffen wollen. Wollte, dass sie ihn zumindest so zu spüren bekommt.«

»Das klingt interessant, Peter. Wenn du magst, bleib hier, ich würd' mich gerne immer mal austauschen.«

»Dafür gibt es ja das Telefon. Oder, schau!« Peter Kraus holte aus seiner Hose ein großes klobiges Handy heraus. »Das ist die Zukunft, Alfred. Wir werden bald alle mit so einem Ding herumlaufen und jederzeit erreichbar sein.«

Höllerer sah sich das Mobiltelefon an.

»Super Teil, Peter. Und ich hab' mir schon gedacht, was hat der denn in seiner Hose, als du hereingekommen bist.«

Sie lachten.

Dann nahm der Inspektor den ernsten Faden wieder auf.

»Z'rück zu der Frau. Antonia Mürz.«

»Du sagst, ihr habt einen Fingerabdruck?«

»Ja. Und einen Namen dazu. Einen dringend Tatverdächtigen sozusagen.«

»Oh! Dann ist der Fall so gut wie gelöst.«

Peter Kraus schenkte sich ein Glas Wasser ein und trank es in einem Zug leer.

»Ja und nein, Peter. Der Mann heißt Gerhard Lahm. Fünfundzwanzig Jahre alt. Ist vorbestraft. Hat als Teenager eine Zeit in der Justizanstalt Gerasdorf verbracht, das ist eine Einrichtung speziell für jugendliche Straftäter in Niederösterreich. Danach ist er mit seiner Mutter vor deren Tod in die Steiermark gezogen, nach Köflach. Dort ist seine letzte gemeldete Wohnstätte, zumindest hier in Österreich.«

»Ist seine Mutter auch Opfer eines Verbrechens geworden?«

»Nein, die ist an Krebs gestorben, vor einem Jahr. Gerhard Lahm hat die Schule nicht beendet und zuletzt in Köflach in der Therme gearbeitet. Was er an dem Abend in Graz wollte, oder ob er das Opfer schon länger gekannt hat, wissen wir nicht. Die Nachbarn der getöteten Frau haben ihn auf dem Bild aus den Polizeiakten nicht wiedererkannt.«

»Was brauchst du von mir?«

»Der Mann ist deutscher Staatsbürger. Seine Mutter war Deutsche, is' mit ihrem Sohn vor zwölf Jahren nach Österreich gekommen, stammt ursprünglich aus Bergisch-Gladbach, das ist doch bei dir ums Eck. Sie hat bei uns in der Tourismusbranche gearbeitet. Sein Vater ist zwar Wiener, hat aber die Mutter nie geheiratet.«

Peter Kraus runzelte die Stirn.

»Aber die Fahndung habt ihr schon rausgegeben?«

»Ja sicher, Peter. Das läuft. Auch die deutschen Behörden verständigt. Trotzdem wollt' ich gern, dass du dich mit einklinkst. Wenn es für dich in Ordnung geht.«

Der Kölner Hauptkommissar seufzte. Seine Dienststelle war mit Fällen überhäuft, aber es konnte nicht schaden, wenn er eine Kopie der Akten mitnahm. Er nickte.

»Das geht in Ordnung, Alfred.«

»Ich danke dir. Ich lass' dir gleich alles kopieren. Ich kann dir sagen, der Blick von dem Bub, der wird sicher noch länger in meinem Kopf bleiben.«

Höllerer schüttelte sich, als hätte er wie Peter Kraus eine Gänsehaut bekommen.

»Jetzt aber, trink und iss, sonst wird dein Kaffee kalt und das *Topfentascherl* trocken.«

Schließlich hatten sie doch noch eine halbe Stunde, um über ihre Familien zu reden und die Arbeit ruhen zu lassen.

»Kann ich noch was für dich tun, Peter?«, fragte Höllerer am Ende, als Peter Kraus gerade die Dienstnummer seines Kollegen in sein Handy einspeicherte.

»Kannst du mir noch ein paar Tipps zur Stadt geben? Ich habe ein paar Stunden, bis mein Zug zurückfährt, und von hier aus bin ich quasi schon im Zentrum.«

Der Grazer Inspektor lächelte.

»Ein paar Stunden reichen für unser schönes Graz nicht. Aber wenn du jetzt aus der Schmiedgasse raus bist, gehst du links, direkt in die Stubenberggasse, dann noch mal links in die Frauengasse, rechts in die Jungferngasse und da bist du mitten in der Fußgängerzone. Dann die Herrengasse hoch bis zum Hauptplatz. Dort gibt es die besten Frankfurter Würstel am Standl. Oder eine *Krainer*, die ist auch herrlich fettig. Dazu Senf und frisch geriebenen *Kren*, da läuft mir schon das Wasser im Mund zusammen.«

Peter Kraus hatte eben seinen letzten Bissen von dem *Topfentascherl* gegessen. Würde er länger hier sein, hätte er sicher schnell ein paar Kilo mehr auf der Wampe, so wie sein Kollege jetzt schon.

»Wenn ich mich verlaufe, dann ruf ich dich mit meinem Handy an, Alfred.«

Höllerer grinste.

»Dass diese Dinger sich durchsetzen, glaub' ich ja nicht.«

4

Willa rannte.

Der Schweiß rannte auch, ihre Stirn, ihren Hals, ihren Oberkörper hinunter. Eigentlich war es zu heiß zum Rennen, aber Willa musste ihn unbedingt kriegen. Fassen. Dingfest machen.

Den Dieb, der der alten Frau die Handtasche geklaut hatte.

Sie hatte alles beobachtet, am Hauptplatz, in der Grazer Innenstadt, direkt am Würstelstand.

Willas Mutter Anna hatte ihr nur einen Zwanziger und ein paar Schillinge in die Hand gedrückt. Wie so oft in den letzten Monaten hatten die Medikamente ihren Geisteszustand getrübt und mit einem milden abwesenden Lächeln hatte sie ihre Tochter zum Spielen hinausgeschickt. Wie Willa den Zustand ihrer Mutter einschätzte, würde sie sich hinlegen und sicher nicht vor dem Abend wieder aufstehen, nur um sich dann vor den Fernseher zu setzen.

Willa war gerade zehn und ein paar Monate dazu, aber sie hatte die Position der Erwachsenen übernommen, seit Onkel Willi im Gefängnis saß. Das Familienoberhaupt der Kleinfamilie Stark, die aus Anna, Willa und Annas Bruder Willi bestand, saß wegen des Totschlags an seiner Verlobten Heidi ein. Das Urteil war seit sieben Wochen rechtskräftig.

Seither hatte Anna Stark, schon mit dem Leben als alleinerziehende berufstätige Mutter überfordert, bereits drei Nervenzusammenbrüche gehabt. An Arbeit war im Moment nicht zu denken, und Willa fragte sich, mit ihren zehn und den paar Monaten, scheinbar als Einzige, wie sie über die Runden kommen sollten, wenn der Zustand ihrer Mutter zu lange andauern und ihnen das Krankengeld gekürzt würde.

Seit der Sache mit Onkel Willi, also seit dem Verbrechen war ihre heile kleine Kinderwelt schneller den Bach hinuntergegangen, als sie jetzt rennen konnte. Dafür hasste sie ihren Onkel im gleichen Ausmaß und mit derselben Tiefe, mit der sie ihn, ihren Vaterersatz, all die Jahre zuvor geliebt hatte.

Was war bloß passiert? Wie konnte ein so liebenswürdiger Mensch wie der Willi zum Mörder werden?

Ihre Mutter hatte es ihr versucht zu erklären, auch der Anwalt. Ebenso ihre Klassenlehrerin, Frau Drücker, die Willa in der Schule als Einzige noch wie früher behandelte.

Für die anderen, vor allem für ihre Mitschüler war sie von der völlig normalen Willa zum Mörderkind, *Gfrast*, zur *Killer-Miachn* und anderen bitterbösen Bezeichnungen degradiert worden. Natürlich gab keiner der Lehrer ihr solche schlimmen Beinamen, aber sie behandelten Willa so, als ob das Mädchen durch die Tat ihres Onkels mitschuldig geworden wäre.

Nur Frau Drücker nicht: »Dein Onkel hatte einen Aussetzer, wie wir alle ihn bekommen können, wenn unsere Gefühle für einen anderen Menschen zu stark sind und wir uns betrogen oder hintergangen meinen. Ich habe selbst mal meinem Exmann eine Bratpfanne über den Schädel gezogen. Doch meine Kraft hat nur zu einer Beule gereicht. Einer Riesenbeule.«

Willas Klassenlehrerin hatte bei der Erinnerung gegrinst.

»Es ist Gerechtigkeit, nach der wir suchen, Mädel. Und manchmal lässt uns diese Suche wie durchgeknallte Psychopathen aussehen. Es tut mir echt leid um deinen Onkel, Mädel, aber du bist sicher nicht schuld. Der sitzt jetzt eh im *Häfn* ein.«

Und wegen dieser Gerechtigkeit rannte Willa an diesem heißen Sommertag durch die Grazer Fußgängerzone.

Sie rannte vom Würstelstand am Hauptplatz los. Hierher war sie mit der Straßenbahn gefahren, zu ihrem Lieblingsstand, den sie früher immer mit ihrer Mutter und ihrem Onkel Willi, jetzt Totschläger, besucht hatte. Hatte sich ein Paar Frankfurter Würstel mit Senf und *Kren* und einer frischen Semmel dazu gönnen wollen, danach mit der Schloßbergbahn auf den Schloßberg hoch, zum Uhrturm und den Kasematten.

Doch kaum war sie am Stand angekommen, hatte sie den Dieb beobachtet, den Lumpen, der die Handtasche der älteren Frau gepackt hatte und losgerannt war.

Willa hinterher, am Trinkbrunnen vorbei. Sie scheuchte eine Horde Tauben auf, die sich dort niedergelassen hatte. Sie war getrieben von diesem Gefühl der Wiedergutmachung. Wenn sie nur dieses eine Verbrechen aufklären, diesen einen Übeltäter fangen könnte, würde alles besser werden.

Hinter Willa begann die alte Frau schrill zu schreien: »Der Lump hat mir mein Tascherl g'stohlen!«

»Haltet den Dieb!«, rief ein Mann, vermutlich der Standbetreiber. Die Stimmen verblassten hinter ihr, je weiter sie sich entfernte und das Böse jagte.

Der Dieb hatte sich kurz umgedreht, gesehen, dass jemand hinter ihm her war, hatte dann einen Zahn zugelegt, war am Rathaus vorbei weiter in die Herrengasse hineingelaufen.

Immer weiter lief er, die Fußgängerzone entlang, Passanten anrempelnd, keuchend und ohne Stopp. Willa, trotz ihrer erst zehn, schaffte es, zumindest die ersten hundert Meter, ihm auf den Fersen zu bleiben. Ihr ganzer Körper pumpte und arbeitete, die Hitze, die Aufregung, die Verfolgungsjagd. Aufgeben kam nicht in Frage, hier war sie im Namen der Gerechtigkeit. Das Seitenstechen und die schwindende Kraft ließen die Hetzjagd immer quälender werden. Willas Sicht wurde von Schweißperlen, die ihr über die Stirn in die Augen liefen, getrübt, ihr Herz klopfte lauter als all der Straßenlärm. Gleich würde sie am Ende ihrer Kräfte sein.

Bitte, Gott, hilf, dachte sie, schrie sie in ihrem Kopf. Wenn nicht beim Willi oder bei der Mama, dann wenigstens jetzt.

Als hätte sie da oben jemand gehört, stolperte der Dieb vor ihr, als er auf Höhe der Jungferngasse war, immer noch in der Fußgängerzone. Weit war er nicht gekommen.

Der Lump stolperte nicht nur, er legte einen imposanten Sturz hin, so, als hätte ihm jemand bei vollem Schwung ein Bein gestellt. Sein Körper drehte sich einmal um die eigene Achse, wurde ausgehoben und knallte dann auf das Pflaster.

Im hohen Bogen wurde die Handtasche nach vorne geschleudert, öffnete sich und der Inhalt verteilte sich wie ein Hagelschauer über den gesamten Bürgersteig.

Willa war so in ihrem Schwung, dass sie fast zu spät angehalten hätte und an dem Dieb, der Handtasche und dem verstreuten Inhalt vorbeigerannt wäre.

Sie stoppte abrupt und kam keuchend vor dem Mann zum Stehen, der in einer unglücklich gekrümmten Haltung am Boden lag.

»Du Volldepp!«, brüllte Willa. Sie keuchte mehr als sie schrie, meinte mehr einen anderen als den Lump am Boden. »Du *damischer,* beschissener Volldepp, du!«

Jetzt, wo sie angehalten hatte, wurde die Hitze in ihr noch größer, eine Hitze, die sie aufzufressen schien. Die Passanten um sie herum waren neugierig zum Stehen gekommen, ein Mann hatte sich neben den Gestürzten gekniet, eine junge Frau war dabei, die Sachen aus der Handtasche aufzusammeln.

Willa begann langsam, die Szenerie um sich herum wahrzunehmen.

»Nicht dem da helfen!« Jetzt war nur noch Heiserkeit in ihrer Stimme. »Das ist doch ein Dieb. Ein Verbrecher. Der hat doch die Handtasche g'stohlen. Der muss doch verhaftet werden.«

Tränen begannen über ihr Gesicht zu laufen, vermischten sich mit dem Schweiß, schmeckten salzig und bitter. Eine Hand legte sich auf das völlig erschöpfte Mädchen, strich ihr über den Kopf.

Willa fuhr herum.

Ein großer Mann stand hinter ihr, in einem hellblauen Hemd mit Schweißflecken unter den Achseln. Seine Hakennase ragte beeindruckend aus seinem Gesicht hervor, doch seine Augen waren mild.

»Kleines. Es ist gut. Alles gut. Atme durch. Was ist passiert?«

In genau diesem Moment tauchte der Würstelstandbetreiber auf. Er musste hinter dem Verbrecher und Willa hergerannt sein, hatte die beiden endlich eingeholt. Er zeigte auf den gefallenen Dieb.

»Der Lump hat einer alten Dame die Handtasche gestohlen. Vielleicht kann einer die Polizei rufen.«

Der Passant, der neben dem Dieb am Boden kniete, mischte sich ein.

»Er hat sich aber auch den Kopf angeschlagen, er blutet. Ich würd' auch schnell einen Notarzt rufen, dalli!«

Der Große mit dem hellblauen Hemd und der Hakennase zog aus seiner Hosentasche ein etwas unhandliches Mobiltelefon. Die Blicke der Leute richteten sich darauf, ein kurzes Staunen. Zu der Zeit konnte man damit noch beeindrucken.

»Ich bin die Polizei«, sagte er lapidar und begann auf die Knöpfe des Handys zu drücken. »Nicht aus der Stadt hier, nicht aus Österreich, aber ich nehme sofort Kontakt mit den Kollegen vor Ort auf.«

Er wechselte schnell ein paar Sätze, kniete sich zu dem Passanten dazu und leistete bei dem Dieb am Boden Erste Hilfe, indem er ihn auf die Seite drehte und seinen Kopf vorsichtig in eine gesenkte Position bewegte. Dann stand er wieder auf, bat die Leute, ein paar Schritte zurückzutreten, sprach die junge Frau an, die inzwischen die Handtasche und all den Kram aufgehoben hatte.

Kurz darauf war die Sirene zu hören und, erst als das Polizeifahrzeug in der Jungferngasse hielt, gefolgt von einem Krankenwagen, kam er wieder zu Willa zurück.

Willa hatte alles atemlos staunend verfolgt und sah den Mann mit einer Mischung aus Ehrfurcht und Trotz an. Wenn er jetzt mit ihr schimpfen wollte, würde sie sich zur Wehr setzen. Sie hatte nur getan, was getan werden musste.

Der Mann ging vor ihr in die Knie, kam zu ihr auf Augenhöhe.

»Hast du das beobachtet? Den Diebstahl?«

»Ja, am Würstelstand am Hauptplatz.«

»Bist du ihm hinterher gelaufen?«

»Ja, schon.«

Wieder strich er ihr über den Kopf.

»Tolle Leistung, Mädchen. Meine jüngste Tochter ist ungefähr in deinem Alter. Wir leben in Köln. Ich arbeite dort bei der Kriminalpolizei.«

Bevor er Willa mehr erzählen konnte, war einer der Streifenpolizisten bei ihm und unterbrach sein Gespräch mit Willa. Der Mann stand wieder auf, wurde von ihr weggezogen.

Willa hätte so gern mehr gehört, wollte selbst auch etwas dazu sagen.

Zwei Sanitäter kamen, der Dieb wurde auf eine Trage verfrachtet. Die bestohlene alte Frau tauchte auf, schilderte aufgeregt den Tathergang. In all dem Tumult ging Willa mehr und mehr unter. Am Ende war sie nur ein kleines Mädchen, das unbeachtet zwischen all den Erwachsenen blieb.

Schließlich ging sie.

Ging die Herrengasse weiter entlang, weg von dem Geschehen, nicht zurück, sondern weiter die Fußgängerzone hinunter. Am Jakominiplatz kaufte sie sich endlich ihre Frankfurter mit Senf und *Kren*, natürlich an einem anderen Stand und dort schmeckten die Würstel nicht ganz so gut.

Später zu Hause hätte sie die Geschichte so gern erzählt, aber ihre Mutter schlief noch, als sie zurückkam, und ihr Onkel Willi war immer noch im Gefängnis.

II ANTON

5

Stern und Blume, Stern und Blume.
Für meine Schöne.

Notiz zwei

»Die Gewissheit, jemanden so zu lieben, hat man nur einmal im Leben.«

Die Brücken am Fluss. Meryl Streep und Clint Eastwood.

Ich liebe diesen Film.

Ist das weibisch? Kindisch? Sonst ein -isch?

Und jetzt?

Ich warte.

Wüsste gerne auf was.

Notiz acht

Danke, dass ich sie heute sehen durfte. Danke für ihren strengen Blick.

Ich habe verstanden.

Notiz vierzehn

Ich sehe.

Ich sehe sie immer. Und wieder. Dann wieder. Und noch einmal.

Sie läuft so auffällig an mir vorbei, dass es kein Zufall sein kann. Kein direkter Blick, aber ein Hallo. Und wieder. Noch mal. Dann ein drittes Mal.

Aller guten Dinge …, sagt sie. Lacht. Es ist in ihrem Lachen.

Das Versprechen.

Die Erfüllung.

Morgen, sagt sie.

Nachts, sagt sie.

Noch viel mehr sagt sie. Redet immer weiter. Ich kann nichts mehr im Schwall ihrer Wörter unterscheiden. Ihre Stimme, ihre Sätze verbinden sich zu Musik. Rasant und schnell. Eine Woge an Musik.

Mach, sagt sie. Tu es, sagt sie.

Ein Spiel. Ich kenne das. Und ich sehe. Dahinter. Hinter ihre Fassade aus Gleichgültigkeit und Ignoranz. Gerade die, die innen leer sind, warten darauf, gleich gläsernen Gefäßen, gefüllt zu werden. Sie ist mein Gefäß, ich fülle. Ich erfülle ihren Willen.

Wieder und wieder.

Rennt an mir vorbei. Blickt nicht zu mir.

Aber ihr kleiner Finger zuckt. In meine Richtung.

Das habe ich genau gesehen.

Sehe ihre langen geschmeidigen Finger, sehe das glänzende Schwarz, mit dem sie ihre Nägel lackiert hat.

Sehe das Zeichen.

Mach, tu.

Ja, meine Schöne, ja.

Schluss mit Schreiben.

Geschriebenes gibt keinen Halt, Papier ist glatt.

Jetzt Fleisch und Realität.

Ich höre.

Habe mich an die Tür gelehnt. Habe mich ganz nach unten sacken lassen, dort, wo der Spalt am Boden ist, wie der Spalt einer Frau.

Statt meines Mundes habe ich mein Ohr dahingelegt. Kalter

Boden, harter Boden. Das gibt eine Ohrenentzündung, ich weiß. Aber der Drang, das Bedürfnis zu hören, sie zu hören, ist stärker.

Ja, da ist sie. Bewegt sich.

Hin und her. Her und hin.

Sie weiß, dass ich mit dem Ohr am kalten Boden liege und ihre Schwingungen aufnehme.

Sie weiß, dass mit jedem Aufschlag ihrer Absätze mein Herz mit ausschlägt und trommelt im Rhythmus unserer Zweisamkeit.

Mach, tu.

Ein Film. Ein wunderbarer Film im Kopf.

Manch einer würde sagen, ich reime in meinem Kopf Irres zusammen. Manch einer hat damit nichts zu tun, kennt es nicht. Manch einer wäre tot, bevor er hinter seiner Behauptung einen Punkt setzen könnte.

Ich denke so, weil ich liebe.

Und ich liebe, weil du mir zeigst, dass es möglich ist.

Du, sage ich.

Du, denke ich.

Du.

Lange nicht mehr. So viel Gefühl. So intensiv. Aber jetzt. Wieder.

Wann wirst du bei mir sein, meine Schöne?

Heute Nacht vielleicht?

Ich sammle alle Bilder in meinem Kopf ein, ich horte sie in einem großen Haufen, wie Blätter in einem unendlichen Herbst. Der Haufen wird zum Hügel, wird zum Berg, den ich nicht mehr erklimmen kann, weil mich deine Zuneigung fesselt.

Werden wir konkret:

Worauf stehst du?

Was erregt dich?

Zu prosaisch, ich weiß. Aber ich will fragen, muss fragen, damit es zwischen uns perfekt läuft.

Ich merke, dass dir das gefällt.

Du warst zögerlich, aber beim Konkreten bist du nicht mehr zu halten. Deine Lippen öffnen sich. Du schlägst die Beine übereinander, kannst sie kaum zusammenhalten.

Ich sehe dich und ich kann dich hören und ich denke mich in dich hinein. Erfasse dich mit allen Sinnen und werde dir das Hirn aus dem Leib vögeln.

Verzeih.

Ich werde dich lieben.

Wieder auf den weißen Grund des Papiers zurück. Zurück in das geschriebene Wort, das mich auffangen muss, denn ich bin tief gefallen.

Notiz sechsundzwanzig

Verzeih.

Grob war ich, und widerlich.

Habe mich gehen lassen. Das wird nie mehr vorkommen. Nach all dem, was wir zusammen erlebt haben, hier und in der Welt zwischen den Welten, ist es meine Pflicht, dich zu beschützen und dir den Weg nach Hause zu zeigen.

Keine Angst, meine Schöne. Ich mache es dir leicht, ich mache es dir fließend.

Still, ohne Lärm, ohne Aufsehen.

Ich mag dich.

Früher habe ich dich geliebt, aber die Liebe ist ein Fluss, sein Wasser bewegt sich weiter. Deshalb ist Liebe keine Option mehr.

»Unser Leben besteht aus dem Sterben anderer.« Da Vinci hat das einst gesagt.

Und er hatte Recht.

Lieben ist nicht festhalten, lieben ist gehen lassen. Ist verstehen, ist für den anderen das tun, was er nicht tun kann.

Neue Ufer.

Neues Spiel.

Notiz zweiunddreißig
Gardinenstange.
Gardinenstange.
Gardinenstange.
Gardinenstange.
Gardinenstange.

Notiz ohne Zahl
»Zum Glück bin ich über dreißig, sonst müsste ich jetzt kotzen.«
Bridget Jones, Schokolade zum Frühstück.

Der Fernseher ist zu laut eingestellt. Ich finde die Fernbedienung nicht. Zu laute Scherze tun in den Ohren weh.

Die Einsamkeit lauert.

Ich fühle nichts.

Du bist es. Du bist schuld. Du.

Es macht mich traurig, dich so zu sehen.

Die Augen offen. Die Beine breit.

Schrecklich.

Für meine Schöne – Stern und Blume, Stern und Blume.

6

Anton war kein Schwerenöter im klassischen Sinn. Aber er mochte Frauen und sie mochten ihn. Ganz klar.

Bei Einladungen oder auf Partys, bei einem Gang durch eines der Kölner Museen oder einem Kinobesuch, kam es des Öfteren vor, dass er von Frauen angequatscht wurde. Von ganz unterschiedlichen Frauen, Anton hatte nie eine Linie darin erkennen können. Da war eine junge Blondine mit prallen Brüsten dabei gewesen und auch eine ältere Frau um die sechzig, die elegant und wohlhabend gewirkt hatte.

Anton wunderte sich jedes Mal, war aber auch erfreut über dieses Angesprochenwerden, denn wenn er ehrlich war, hätte er selbst die Initiative übernehmen sollen, wäre er nie zum Stich gekommen.

Denn darauf lief es hinaus.

Was ist aus sich verlieben, sich verloben und gemeinsam alt werden geworden?, fragte Tante Hedi in seinem Kopf. Sie schien auch Jahre nach ihrem Tod immer anwesend zu sein und stellte die Fragen, die man von einer älteren Verwandten im Allgemeinen so erwartete.

Verwandt war Hedi nie wirklich mit Anton gewesen, aber seine Familie, das war sie bis zu ihrem Tod geblieben. Noch einsamer war er seither, Frauen hin oder her.

Tja, Tante Hedi, antwortete er dann, die Zeiten ändern sich. Und ich scheine zwar der Typ zu sein, der auf Frauen anziehend wirkt, aber nicht der Mann fürs Leben. Nicht mal der Mann für mehr als eine Affäre.

In Wahrheit wollte er auch selbst nicht mehr.

Sein Leben ohne dauerhafte Partnerin war nicht schlecht, er verdiente seinen Unterhalt ganz gut mit einem eigenen Internetshop, in dem er alles Mögliche zu niedrigsten Preisen anbot. Dinge, die ihm Leute meist für ein paar Euros zur Verfügung stellten, verkaufte er für ein paar Cent mehr weiter. Vom Blumentopf über die Strickjacke bis zur Schallplatte oder Minikochplatte war alles dabei. Keine Konkurrenz zu den Großen, aber was Kleines für Leute, die entweder keinen eigenen Aufwand oder eine persönliche Anrede mochten. Im Netz hatte er die Menge an Kontakten, die ihm in seinem realen Leben fehlte.

Keiner hatte seiner Idee vor fünf Jahren eine Chance gegeben, nicht mal Tante Hedi, aber er hatte seine öde Anstellung in einem Kopierladen gekündigt und war das Risiko eingegangen.

Es hatte funktioniert. Er konnte davon leben.

Der einzige Nachteil bei dem Geschäft war, dass seine Wohnung stets aussah, als wäre er mitten im Umzug. Pakete, Kisten, Kuverts stapelten sich mittlerweile nicht nur im sogenannten

Arbeitszimmer, in dem anfangs nur sein Laptop auf einem Schreibtisch gestanden hatte, sondern auch das Schlafzimmer wurde mehr und mehr zur Aufbewahrungs- und Versandhalle. Die Küche mit der Essecke und sein Wohnzimmer mit dem riesigen Schrank aus dem Nachlass seiner Mutter versuchte er paketfrei zu halten.

Das machte den Damenbesuch bei ihm schwierig. Aber Anton hatte festgestellt, dass, wenn er sich vor dem Akt die Zeit nahm, die Frauen ein wenig kennenzulernen, die meisten durchaus bereit waren, ihn mit zu sich zu nehmen. Somit stellte sich das Problem seiner vollen Bude selten.

Auch das gefiel ihm.

Fremde Wohnungen und Einrichtungen mochte er. Immer roch es anders, und jedes Mal verriet die Dekoration mehr über die Bewohnerin als sie je von sich erzählen würde.

Einmal war er von einer Rockerin im *Redrum* auf der Lindenstraße angesprochen worden. Sie hatte gemeint, er sei das zarteste Pflänzchen hier in dieser Rockerbar und sie würde ihm gern mal zeigen, was Härte wirklich bedeutete. Anton war extrem neugierig mit zu ihr gegangen. Das Praktische war gewesen, dass sie nur ein paar Meter weiter auf der Roonstraße wohnte, und er hatte sich auf ein Abenteuer in Leder mit hartem Sex gefreut. Doch in der Wohnung sah alles genauso nach Durchschnitt aus wie in vielen anderen Frauenhöhlen; es gab Nippes und rosa Bettwäsche und nach einem zugegebenermaßen nicht schlechten Ritt hatten sie noch gekuschelt, was das Zeug hielt.

Nach dem Sex entglitten ihm die Frauen. Schnell rutschte das Verhältnis in die Bedeutungslosigkeit ab.

Nie böse, nie gemein oder im Streit.

Es war eher so, als würde er sich auflösen, als würde er verschwinden wie bei einem Zaubertrick. Zuerst der tosende Applaus, weil er der Zuschauer war, der vom Magier auf die Bühne gerufen wurde, dann die Musik und der Höhepunkt mit allem Abrakadabra, das Verschwinden in der Box oder unter dem Tuch oder in der Kiste.

Noch mal der Beifall für das gelungene Kunststück, aber hinterher fragte keiner mehr, was denn aus dem ausgewählten Zuschauer geworden war, in welche Dimension oder welchen Kellerausgang er sich verabschiedet hatte.

Anton hatte als Kind selbst gerne gezaubert. Oder zaubern lernen wollen. Vor dem Tod seiner Mutter.

Viel später, schon bei Hedi und Richard lebend, hatte er von Tante Hedi sogar einen Zauberkasten für Erwachsene zu Weihnachten geschenkt bekommen. Aber die anfängliche Freude über die ersten Tricks verwandelte sich auch hier schnell in Desinteresse.

Er konnte einige kleinere Kunststücke. Eine Blume aus dem Ärmel zaubern, eine Münze verschwinden lassen und sie hinter dem Ohr wieder hervorholen. Wenn er unterwegs war, nahm er auch manchmal die Trick-Handschellen mit, aus denen man sich in Sekunden befreien konnte, obwohl sie sich vorher fest um die Handgelenke schlossen.

Diese Magie kam nach dem ersten Kennenlernen gut an bei den Frauen, sie ließen sich gerne ein wenig verzaubern, die Handschellen öffneten Herzen und Türen erstaunlicherweise am schnellsten.

Was ist nur mit den Mädels von heute los?, fragte Tante Hedi wieder in seinem Kopf und er konnte ihr keine Antwort darauf geben. Aber er war froh darüber, denn jede neue gespeicherte Nummer in seiner Kontaktliste bedeutete für ihn ein neues Abenteuer.

Sex war wichtig. Sex zählte. Er brauchte das. Nicht in einer besessenen oder abhängigen Art, aber eine Woche ohne Bekanntschaft ließ ihn schon mal selbst Hand anlegen, obwohl er das ganz und gar nicht mochte.

Hier zeigte sich die Erziehung von Tante Hedi am stärksten, denn sie hatte ihm, ab dem Moment, als sie ihn das erste Mal bei der Masturbation erwischt hatte, eingebläut, dass sein Ding davon schrumpfen würde, bis es irgendwann die Größe eines

Daumennagels hätte. Klar, dass so ein Schwachsinn nicht wahr sein konnte, in seiner Vernunft wusste Anton das, aber in seinen tieferen Hirnregionen, wo sich die Prägung festbeißt, hörte er jedes Mal nicht nur Tante Hedis Stimme, sondern sah auch plastisch seinen auf Daumennagelgröße geschrumpften Penis vor sich.

Zur körperlichen Vereinigung hatte sich Tante Hedi nie geäußert, auch nie Antons wechselnde Bekanntschaften kommentiert, denn bereits für seine ersten Erfahrungen war er immer zu den jeweiligen Mädels mit in deren Bude gegangen und sein eigenes Zimmer und Bett waren jungfräulich geblieben.

Er vermisste Tante Hedi oft. Aber das Leben war, wie es war. *Et es wie et es*, eine der Kölschen Grundregeln, die Tante Hedi gern zitiert hatte.

Doch im Moment schob er Tante Hedi, seine Kindheit, sein momentanes Leben nach hinten, denn es war wieder so weit.

Der Zauber seiner Person wirkte.

Er war nicht schön, aber smart. Nicht durchtrainiert, aber gut gebaut. Mittelgroß, dunkelblond, blaue Augen und glatt rasiert. Er mochte es, sich jeden Morgen abzukratzen; es war, als würde man den Schorf der schlechten Träume entfernen.

Und er wirkte so harmlos, als könnte er keiner Fliege etwas zuleide tun.

»Hey«, sagte die dunkelhaarige Frau mit der roten Strähne in ihrem akkurat geschnittenen Pagenkopf. Ihre Wimpern waren zu lang, um echt zu sein und mit einem Blick auf ihre Brüste war Anton klar, dass sie ihre besten Jahre schon überschritten hatte, aber viel trainierte, um ihren Körper auch ohne eine Schönheitsoperation straff zu halten.

Er saß an der Theke einer Bar in der Südstadt, der Frühlingswind draußen hatte ihn weit weg von seinem Zuhause in Bickendorf getrieben. Zuerst war er aus dem Akazienweg in die Venloer Straße Richtung Stadt gelaufen, hatte sich nicht dazu durchringen können, in die Bahn einzusteigen. Der Duft des Frühlings war überall an diesem Abend.

Ende April. Dienstag. Zweistellige Temperaturen selbst zu späterer Stunde.

Wie ein Versprechen hatte sich leichter Wind durch die Straßen Kölns bewegt. Nicht nur Anton hatte ihn gespürt, mit ihm waren viele unterwegs, Grüppchen, die lachten, Pärchen, die sich küssten, Männer wie Frauen, allein, auf dem Weg, auf der Suche.

Er war bis zum Friesenplatz gekommen, hatte sich dort ein Kölsch gegönnt, doch diese Bar war zu voll, zu laut gewesen, also ließ er sich weiter treiben. Wieder zu Fuß. Unglaublicherweise war er die Strecke bis in die Südstadt gelaufen, ohne sich müde oder erschöpft zu fühlen, wie es sonst bei ihm der Fall war, wenn er zu weite Strecken gehen musste.

Hier in dem Lokal, in der *Lichtung*, hatten sich viele der Nachtschwärmer versammelt; es gab gute Musik und hinter einer kleinen Bühne, die für einen späten Live-Auftritt hergerichtet wurde, standen die Türen zu einem Innenhof weit offen. Er wunderte sich, dass die Polizei noch nicht erschienen war, weil einer der Nachbarn sich durch den Lärm belästigt fühlte, aber es war gerade mal elf, sicher würden sie bei Beginn des Konzerts alles schließen und dann würde es stickig hier drinnen werden.

»Hey, du!«

Die Frau machte ihren zweiten Anlauf, hielt ihm ihre Flasche Kölsch entgegen.

Ihre Hand zitterte leicht und entlarvte ihre Nervosität.

»Komm, stoß mit mir an, sonst komm ich mir doof vor und der Abend hat doch erst begonnen.«

Anton sah für einen Augenblick über die Frau mit der roten Strähne im Pagenkopf hinweg. Hinter ihr an der Bar konnte er ein blondgelocktes junges Mädchen sehen, mit einer Jeansbluse, unter der ein silbernes Top aufblitzte. Wäre er ein anderer gewesen, hätte er die Frau mit dem Kölsch links liegengelassen, ihr den

Abend versaut, seine echten Präferenzen gezeigt und von sich aus die Blondgelockte angesprochen. Sie mochte er spontan, sie gefiel ihm, ihr Lächeln, ihre Art, sich auf dem Hocker zu bewegen, mit dem Zeigefinger ihre Locken aufzudrehen. Schon seit er die *Lichtung* betreten hatte, hatte er sie beobachtet.

Doch sie anzuquatschen war eben nicht sein Ding, würde es nie sein. *Wat wellste maache?* Die innere Tante Hedi traf den Nagel auf den Kopf.

Also dann Pagenkopf mit Kölsch. Ebenfalls attraktiv, also passte es ja doch.

Er hob seine Flasche an und setzte sein Anton-Lächeln auf, das breit war und sich immer in den Augen widerspiegelte, vielleicht nicht bis in den hintersten Winkel, aber das merkte so gut wie keiner.

»Hey zurück. Ich bin Anton.«

»Anja. Du kannst Anni zu mir sagen.«

»Na, dann nenn du mich doch Toni.«

»Süß!«

Anja oder eben Anni lächelte jetzt auch, ihre Augen glänzten und Anton merkte, dass das Zittern ihrer Hand aufgehört hatte. Sie war angenommen worden, bemerkt worden, sie hatte einen jungen Typen angestupst, und war geliked worden.

Das Gespräch entwickelte sich mühelos. Wie immer ließ Anton die Frau reden, das war meistens der beste Anfang, so kam schnell eine scheinbare Nähe auf. Bei Anni lief es ebenso und sie erzählte über sich. Doch sie redete ihm zu viel und gab Dinge von sich preis, die bei einem ersten Kennenlernen zu intim, zu vertraulich waren.

Interessierte es ihn, dass sie ihre Großmutter drei Monate gepflegt hatte, bis zu deren Tod bei einem Mittagsschläfchen? Dass sie anders war als andere Frauen und keine beste Freundin hatte, sich nicht gerne anderen gegenüber öffnete, weil sie meistens ausgenutzt wurde? Wollte er von ihrer Scheidung vor drei Jahren wissen? Und dass ihr Ex Kalle bis heute unangemeldet bei ihr aufkreuzte, weil er ihre Wohnung mitfinanzierte, und sie ihm schon mal mit der Polizei gedroht hatte? In Wahrheit hätte er auf all diese Geschichten gerne verzichtet, aber sprachlos durch den Abend und dann in die Kiste, das ging bei den Frauen nie.

Anton hörte zu und nickte, nippte an den Flaschen, die kamen und gingen, ließ am Ende die Frau bezahlen; auch das kam öfter vor, war ihm aber immer recht.

Die Band machte ihre Sache gut und ließ Anni für über eine Stunde fast verstummen, außer wenn geklatscht wurde und sie Anton von ihrem Musikgeschmack und ihrem Plattenspieler erzählte, den sie immer noch hatte, samt einer Sammlung von allen Bowie- und Queen-Tracks auf Vinyl.

Schließlich kam der Moment der Entscheidung.

Anton konnte es am Flackern ihrer Lider erkennen, am Klimpern mit den falschen Wimpern, am erneuten leichten Zittern ihrer Hand. Sie machte so etwas nicht oft, vielleicht war es sogar ihr erstes Mal, einen jungen Mann direkt auf eine Nacht anzusprechen.

»Zu mir oder zu dir?«, fragte sie mit zu hoher Stimme und einem Gekicher, das sie viel jünger wirken ließ.

Antons Magen tat mit einem Mal weh. Ein Stechen fuhr ihm durch den gesamten Bauchbereich und er fühlte einen Druck von unten hochsteigen. *Schlechtes Gefühl, das raus will.* Tante Hedi tauchte wieder in seinem Kopf auf. *Janz schlechtes Jefühl. Loss ed sin, ming Jung.*

Er rieb sich den Magen, stellte die letzte Flasche ab. Es gab die Möglichkeit, auszusteigen aus dem Spiel, nach Hause zu fahren, nicht mehr zu laufen, dazu war er definitiv zu müde. Heim und ab in die Kiste, allein, diesem Schmerz gehorchend, der ihm zusetzte.

Wie Tante Hedis Stimme tauchte sein Bett vor ihm auf, das Zimmer, der große Schrank. Er sollte besser an seinen Laptop, sollte die letzten Eingänge checken, vielleicht einen späten Tee nach all dem Alkohol trinken, wie ihn früher Tante Hedi gemacht hätte.

Anni vor ihm kicherte wieder. Zu schrill.

Ihre Augen waren größer geworden, sahen ihn an, erzählten die Geschichte von ihrer Unsicherheit, von dem jungen Mann zurückgewiesen zu werden, einen Korb zu bekommen, trotz der spendierten Kölsch und des aus ihrer Sicht guten Gesprächs.

Anton sah auch Anni vor sich, vielleicht heulend auf einem Bett mit Plaid sitzen, eine Freundin anrufen, eine würde sie zumindest haben. Mitten in der Nacht würde sie sich über die Männer beklagen, schließlich angezogen und mit verschmierten Make-up umkippen und schlafen, bis ein neuer Morgen angebrochen war. Mit neuen Möglichkeiten. Neuen Bekanntschaften. Vielleicht das nächste Mal ihrer Altersgruppe entsprechend.

Sie unternahm einen weiteren Anlauf, verzweifelter als der erste.

»Ich wohne tatsächlich hier ums Eck, Toni. Das heißt, in der Kurfürstenstraße, also wir hätten es nicht weit.«

Statt einer direkten Antwort rülpste Anton, laut und plötzlich, dass er es nicht mehr schaffte, sich die Hand vor den Mund zu halten.

Annis Make-up bekam Sprünge.

»Wenn du nicht magst … War nur so eine Idee. Ein dummer Scherz.«

Der Rülpser ließ das Stechen in Antons Magen verschwinden. Keine Vorahnung oder ein mulmiges Gefühl. Nur zu viel Kölsch und zu wenig gegessen.

»Sorry.« Er lächelte wieder, konnte richtig den Muskel spüren, der seine Mundwinkel nach oben trieb. »Kurfürstenstraße klingt toll, Anni. Hast du auch was zu futtern da?«

Die Erleichterung in ihrem Gesicht machte Anton etwas verlegen. Warum war es immer so einfach? Andererseits, und da kam seine Geschichte mit den Frauen zu ihrem Anfangspunkt zurück, wenn es diese Anmache, dieses Anbieten nicht gegeben hätte, hätte er heute mal wieder Hand an sich legen müssen und wäre dem Daumennagelpenis gefährlich näher gekommen.

»Ich hab Brot und Ziegenkäse und sicher noch Salami im Kühlschrank. Alles Bio.« Anni klimperte mit den Wimpern.

»Let's go, Anni-Honey!«

Lautes Lachen von ihnen beiden.

Während Anni die letzte Runde auch noch übernahm und an der Bar zahlte, sah sich Anton noch mal nach der Blondgelockten um. Er entdeckte sie an einem der Tische, ihre Jeansbluse war jetzt vorne ganz offen und der Blick auf ihr silbernes Top frei.

»Gehen wir?« Anni zog an seinem Ärmel, ihr Pagenkopf wippte und die rote Strähne darin wirkte wie ein Streifen geronnenes Blut.

Anton legte seinen Arm um Anni und sie gingen hinaus in die laue Frühlingsnacht.

Mach et jot, ävver nit ze off, sagte Tante Hedi in Antons Kopf und er grinste.

7

Als er die Augen aufschlug, war es schon hell draußen und er konnte durch das gekippte Schlafzimmerfenster die Vögel zwitschern hören. Das war es, was er am Frühling liebte. Das Gezwitscher der Vögel.

Frauen und Vögel…n. Anton lachte laut auf, das Geräusch erzeugte in dem fremden Schlafzimmer einen leichten Widerhall.

Er hob den Kopf vom Kissen hoch, stützte sich auf seine Ellbogen und sah sich um.

Groß war dieser Raum, die Decke hoch, sanierter Altbau. Allein dieses Zimmer war halb so groß wie seine gesamte Wohnung am Akazienweg, wenn auch dort sein Schrank den halben Platz im Wohnzimmer einnahm. Hier gab es weder Schrank noch Kommode, nur das Bett und auf einer Seite einen Schminktisch mit einem großen ovalen Spiegel. Bilder an den Wänden und eine Zimmerpalme, die bis zur Decke reichte. Eine Schiebetür ihm gegenüber, alles in Weiß gehalten, nur eine grüne Tagesdecke lag zerknautscht auf dem Boden.

Seine Nachtgefährtin musste ihre Brötchen ziemlich gut verdienen oder hatte bei der Scheidung ihren Ex Kalle abgezogen. Er hatte all die Dinge, von denen sie erzählt hatte, nur noch bruchstückhaft im Kopf.

Wo war die Frau?

Anton erinnerte sich, wie ihr Pagenkopf im Takt des Liebesspiels gewippt hatte. Das Bild würde ihm bleiben, diese akkuraten Spitzen, die schaukelten, vor, zurück, immer schneller und schneller.

Der Rest war jetzt bereits dabei, zu verblassen. Wie lange diesmal? Bis nach dem Frühstück, noch ein Treffen und eine Runde Sex später, ein Essen oder zwei? Ein Besuch im Kino schien schon unwahrscheinlich. Eine zärtliche Berührung zum Abschied? Oder zwei nette Zeilen einer SMS, dass es heute nicht klappen würde, aber sie würden sich sicher bald wiedersehen; ganz klar ein Ende herauszulesen zwischen den Zeilen.

Egal, dachte Anton, es ist, wie es ist, und diesmal sprach nur er in seinem Kopf. Tante Hedi hatte sich schon in der Nacht verabschiedet, bevor es zur Sache gegangen war.

»Emmi?«

Oh nein, das war falsch.

Jetzt nichts Peinliches, Anton spürte seine Morgenlatte und wollte weder auf ein weiteres Pagenkopfgewippe noch auf Kaffee und vielleicht Rührei danach verzichten. Er schlug sich mit der Hand auf den Mund, dachte intensiv nach, musste aber trotzdem grinsen. Was war die Welt zwischen Mann und Frau manchmal komisch.

»Anni?« So hieß sie. Anja, genannt Anni.

Wenn sie sich beschweren sollte, konnte er immer noch steif und fest behaupten, sie hätte sich verhört. Apropos steif und fest.

»Anni, Süße, ich bin wach!«

Seine Laune war blendend, auch das Bedauern, nicht mit der jungen Blonden aus der Bar weggegangen zu sein, war verschwunden. Es gab diesen wunderbaren Frühlingsmorgen, das Licht, das Zwitschern der Vögel, dieses weiße Schlafzimmer und seine Lust nach mehr körperlicher Liebe. So sollte er öfter erwachen.

»Anja, hey, Anni! Ich bin wach.«

Anni kam nicht. Sie meldete sich auch nicht. Kein Laut drang aus einem der anderen Zimmer zu ihm.

Anton dachte noch mal nach, ob sie ihm gestern Nacht vielleicht erzählt hatte, dass sie heute früh zu irgendeiner Arbeit musste, schließlich war es mitten in der Woche, und sie hatte ihn ausschlafen lassen. Dann würde es zwar kein Gewippe mehr geben, aber so, wie er die Wohnung in Erinnerung hatte, gab es eine Wohnküche mit einem gut bestückten Kühlschrank und einer teuren Kaffeemaschine. Koffein wollte er jetzt in Wahrheit mehr als Sex.

Anton schob die Decke von seinem nackten Körper und schwang sich voller Elan hoch.

Er sah sich nach seiner Jeans, dem Hemd oder wenigstens der Unterwäsche um, aber außer der grünen Decke lag nichts am Boden.

Sie hatten in der Wohnküche heftig geschmust, waren dann ins Wohnzimmer, also mussten seine Sachen dort liegen.

Er streckte sich, gähnte herzhaft, sah an sich herunter.

»Anni? Dein Anton braucht dich«, rief er noch mal laut, während ihm einfiel, dass sie ihn Toni genannt hatte, eine Abkürzung, die er heute Morgen etwas peinlich fand. Aber damit würde er gut leben können, bis er hier wieder herauskam.

Anton, nicht Toni, öffnet die Schiebetür.

Er kann sie sofort sehen.

Sie sitzt der Schiebetür gegenüber auf dem Dreiersofa. Für eine

Sekunde denkt er, dass sie noch am Leben ist und sich einen Scherz erlaubt hat, einen bösen Scherz.

Sie ist nicht völlig nackt, trägt einen Morgenmantel, der grün ist wie die Tagesdecke drinnen. An einem ihrer Füße ist ein Pantoffel mit einem goldenen Puschel. Der andere Fuß ist unbedeckt. Die Farbe ihrer Zehennägel ist schwarz. Ihre Hände sind in den Taschen des Morgenmantels vergraben, als würden sie dort etwas suchen.

Ihre Haltung ist aufrecht, nur ihr Kopf ist nach unten geneigt, ist auf den breiten Kragen des grünen Morgenmantels gesackt. Ihre dunklen Haare mit der einen roten Strähne hängen vor ihrem Gesicht, decken ihre Stirn, ihre Augen, ihren Ausdruck ab. Anton kann nicht erkennen, ob die Augen offen oder geschlossen sind.

Alles andere sieht Anton. Details, die sich einbrennen.

Alles hätte seine Ordnung, ihre Füße, ihre Hände, ihr Kopf, auch noch der grüne Bademantel. Wäre da nicht ihre Mitte. Aus ihrer Mitte erhebt sich ein Stück Holz oder eine Stange oder eine Art Rolle. Erheben ist nicht die richtige Bezeichnung, nicht das richtige Wort. Herausstehen. Steht heraus, klingt besser. Steht ab, steht hoch, ragt wie ein grotesker neuer Körperteil aus ihrem Bauch.

Seine Morgenlatte, das Teil, das bei ihm herausragt, erschlafft wie auf Knopfdruck. Sein Bedürfnis nach Kaffee oder Rührei oder überhaupt etwas, was er sich einverleiben könnte, löst sich in Luft auf. In die Luft, die er einsaugt vor Überraschung, vor Unglauben, vor Fassungslosigkeit.

Anton macht einen Schritt nach vorn.

Jetzt sieht er das Blut.

Er schwankt, taumelt zwei Schritte zurück, seine Knie knicken ein, er setzt sich mit dem nackten Hintern auf das blanke glänzende Parkett. Sein Rücken berührt die weiße Schiebetür, das Holz fühlt sich warm an.

Gerne würde er seine Augen schließen, aber es geht nicht. Nur ein Blinzeln und noch eines.

Er zieht seine Knie hoch, schlingt seine Arme darum, legt sein Kinn darauf. Wie zusammengefaltet sitzt er an der Schiebetür und starrt auf das Szenario im Wohnzimmer.

Auf dem Dreiersofa, die Frau im grünen Morgenmantel. Kopf nach unten, Haare vor dem Gesicht, Hände in den Taschen, Stange oder Röhre oder Stiel im Bauch.

Blut hat sich am Ende dieser Stange gesammelt, ist aus der Eintrittswunde geronnen, an der Stelle ist der grüne Morgenmantel dunkel geworden. Auch zwischen ihrem Schritt, der ihm heute Nacht noch Vergnügen bereitet hat, ist es dunkel, Blut oder Schatten, das kann Anton nicht genau unterscheiden.

Seine Augen werden zu Schlitzen, er versucht zu sehen, wo das Teil eingedrungen ist, wo im Bauch es feststeckt. Der Morgenmantel springt auf Nabelhöhe leicht auf; da, genau da ist die Stelle.

Er hört sich atmen, schwer. Er pumpt Luft, die er mehr als nur zum Atmen braucht. Er braucht sie, um all das einzusaugen und wieder auszustoßen.

Es könnte immer noch ein Scherz sein, denkt er, es könnte der schlechteste aller Karnevalsscherze sein, die er je erlebt hat, die es überhaupt je gegeben hat. Vielleicht wird die Frau gleich den Kopf heben, die Augen aufreißen und Alaaf rufen oder vielleicht auch nur Buh. Ihm fällt ein, dass es ja Frühling ist, der Karneval schon längst vorbei, auch den Karnevalsumzug haben die Jecken längst abgespult.

Vielleicht ist es eine Art böses Schauspiel, das die Frau mit ihm aufführt, mit ihm vielleicht genauso wie mit jedem, mit dem sie je eine Nacht verbracht hat.

Er kennt sie doch kaum, gestern in der *Lichtung* hat sie so viel geredet, aber nichts davon ist in seinem Kopf wirklich hängengeblieben. Nur das Wippen fällt ihm wieder ein und das Stöhnen von dieser Nacht. Ihr Stöhnen kann er in seinem Kopf hören.

Anton ist jetzt der, der stöhnt, der am Boden hockt, kauert und die Minuten rinnen lässt. Er weiß nicht, was er tun soll. Plötzlich ist er klein, klein und hilflos. Diese fremde Frau auf dem Sofa könnte seine Mama sein, sie ist älter als er, war schon gestern älter als er, aber gestern hat er nichts Mütterliches in ihr gesehen. Überhaupt gehört diese Geschichte über Mama ins Reich der Legenden, der frühen Tage, als sein Leben an einem Abend kippte und nie mehr wieder ganz ins Lot kam.

»Heute bist du ein erwachsener Mann, ming Jung«, sagt laut und deutlich Tante Hedi, nicht in seinem Kopf, sondern hinter ihm. Anton dreht sich um, da sind das Schlafzimmer, das zerwühlte Bett, das gekippte Fenster, vor dem die Vögel zwitschern.

Er dreht seinen Kopf wieder zurück, muss wieder die Frau ansehen, das Teil im Bauch sehen, fühlt unter seinem nackten Hintern das Parkett, das sich wie die Holztür lauwarm anfühlt.

Die Finger seiner Hände ballen sich zu Fäusten. Er keucht.

Plötzlich, unvermutet, ist da eine Wut, die sich Bahn bricht, eine Wut, die hochschießt aus seinem Herzen, aus seinem Kopf, aus seinem Unterleib. Wut, die er immer empfindet, wenn er sich einer Sache ausgeliefert fühlt. Wut, so überwältigend und groß, wie seine Ohnmacht dieser Situation gegenüber ist. Es ist, als ob eine Wunde aufbricht, aus der der Eiter zu rinnen beginnt.

Niemals wird er sie loswerden. Immer holt sie ihn ein.

Diese Wut.

Geboren aus einer Hilflosigkeit, die unendlich erscheint.

Das ist nicht wahr, es entspricht nicht den Tatsachen deines Lebens, sagt Tante Hedi und sie spricht wieder in seinem Kopf, kein Kölsch, sondern klares Hochdeutsch, du bist schon lange nicht mehr hilflos und ich und der Onkel Richard, wir sind stolz auf dich, Anton.

Ihre Worte beruhigen ihn zumindest so, dass er seine Augen endlich schließen kann.

Später hatte Anton einen irren Traum.

Jemand kam in die Wohnung, er hörte, wie die Eingangstür geöffnet wurde. Stimmen. Männlich, tief.

Einer kam in das Wohnzimmer, ging mit schlurfenden Schritten, als ob er Pantoffeln tragen würde. Er umrundete das Sofa. Stockte in seiner Bewegung. Eine kleine Pause folgte. Dann ein leiser Schrei, als ob er gestolpert wäre oder sich gestoßen hätte.

»Alles in Ordnung?«, fragte ein anderer vom Flur her.

Dann kam der andere dazu.

Der schrie auch, nur lauter und schriller. Sein Schrei klang, als wäre er mit dem Fuß in eine Bärenfalle getreten.

Eine Weile geschah nichts.

Im Traum öffnete Anton seine Augen wieder.

Ja, zwei Männer waren anwesend.

Einer der Männer kniete vor der toten Frau.

Der andere hielt einen Telefonhörer in der Hand. Redete aufgeregt.

Das Komische an dem Traum war, dass in all der Zeit keiner der beiden Männer ihn da sitzen sah, als sei er ein Geist aus einer anderen Zeit.

Anton musste aus diesem irren Traum aufwachen, aufstehen, die Wohnung verlassen. Das alles hatte nichts mit ihm zu tun.

Aber er konnte nicht. Blieb einfach nur da sitzen. Bewegungslos wie die Frau mit dem Teil in ihrem Bauch. Nur in einem unterschieden sie sich.

Er atmete.

Sie nicht.

In nächsten Moment wurde er angefasst, an seinen Schultern gepackt, geschüttelt, angeschrien, hochgerissen.

8

Sie war dreißig.

Das ging völlig in Ordnung.

Sie war dreißig und hatte eben einen Mordfall geklärt.

Das fand sie richtig gut.

Sie war dreißig und wieder zu Hause.

Das war eine Katastrophe.

Willa Stark saß im Stadtpark in Graz auf einer Bank und nippte an einem schwarzen Kaffee im Pappbecher. Vor ihr der künstlich angelegte Teich, in dem sich Enten und Schwäne tummelten, hinter ihr eine Wiese mit Maiglöckchen, die bereits aus dem Gras geschossen waren, an den Seiten links ein verliebtes knutschendes Pärchen, rechts eine Mutter mit Baby im Kinderwagen.

Mehr Idylle war nicht möglich.

Trotzdem hätte Willa heulen mögen oder kotzen oder beides zusammen.

Eben war sie von einem Termin bei ihrem Vorgesetzten Markus Lamperl zurück. Sie hatte eine Extrabelobigung erhalten, weil sie eines der wichtigen Puzzleteile gefunden hatte, die zur Ergreifung des Kerzenlichtmörders geführt hatte.

Der Kerzenlichtmord. Blöder Name.

In den Medien waren solche Bezeichnungen üblich geworden. Geschah ein Verbrechen und wurden die Details bekannt, wurde eine prägnante Sache herausgefiltert und als Titelaushängeschild verbreitet. Davon lebte die Presse. Auch von einzelnen Personen, die sie aus der Menge der Ermittler herausfischte und entweder zu Versagern oder Helden abstempelte. Beides fand Willa *deppert*, und beides hatte sie bereits erlebt.

Dieses Mal war sie taktisch klug vorgegangen und hatte allen Ruhm, auch den, der ihr tatsächlich gebührte, an den Herrn Chefinspektor Lamperl abgegeben. Mit einem einzigen Satz war sie den

Presseleuten zuvorgekommen, hatte sie manipuliert und sich selbst aus der Schusslinie gebracht.

»Bevor ich etwas zur Ergreifung des Kerzenlichtmörders sagen möchte, muss ich mich bei Chefinspektor Lamperl bedanken. Ohne ihn wäre der Fall bis in alle Ewigkeit ungelöst geblieben.«

Ein wenig Dramatik, ein paar hochtrabende Wörter über eben jenen Lamperl, der schon während der Ermittlungen mit seiner Gier nach Öffentlichkeit unter der Kollegenschaft unangenehm aufgefallen war.

In Wahrheit lag die Sache so, dass die Polizeibeamten, die den Mann suchten, der vor vier Wochen eine Frau nachts am Freiheitsplatz niedergestochen und ausgeraubt hatte, gemeinsam Stück für Stück die Fakten zusammengetragen hatten. Der Raubmord wäre nicht spektakulär aufgefallen, hätte der Mörder nicht um sein Opfer sieben Kerzen aufgestellt, angezündet und brennen lassen, bis die Frau von Nachtschwärmern entdeckt worden war. Rosie Jakorek war ihr Name gewesen.

Die Nachtschwärmer hatten nach dem ersten Schock ihrer Entdeckung, noch bevor die Polizei eintraf, eine Handyaufnahme gemacht und direkt hochgeladen. Diese war einige Stunden später wieder gelöscht worden, und die Nachtschwärmer hatten ihrerseits eine Anzeige bekommen. Aber im Internet kursierte sie bis heute und würde die nächsten Jahre immer mal wieder auftauchen.

Der Kerzenlichtmord war also geboren und täglich gab es Berichte, mal euphorisch und die Grazer Kripo lobend, mal der nächste Shitstorm über lahme Behörden und ihre unfähigen Beamten.

Willa selbst hatte, nach ihrer Rückkehr aus Köln, ihre Arbeit mit Gleichgültigkeit aufgenommen. Sie war als Übergangslösung in das Haus des Lebensgefährten ihrer Mutter gezogen, Klaus Kunst. Anna Stark wohnte ebenfalls seit kurzer Zeit dort, und Willa hatte sich unterm Dach einquartiert. Mit ihrem Kater Jimmy, der darüber genauso unglücklich zu sein schien wie sie. In den letzten

Wochen hatte er sich einen Katzenschnupfen eingefangen, danach an der Pfote verletzt, und als drittes war er nicht mehr vom Apfelbaum im Garten heruntergekommen. Willa war gefährlich hoch geklettert, um ihn zu retten.

Das Einzige, was dem Tier zu gefallen schien, waren die Streicheleinheiten von Klaus. Da schnurrte er, was das Zeug hielt, und machte sein Frauchen damit eifersüchtig und noch unglücklicher. Klaus Kunst, der Mann an Mutters Seite, gab sich Mühe, aber Willa wollte nicht mit ihm warm werden, obwohl sie ihm dankbar war, dass er sich um Anna kümmerte, sie augenscheinlich zu lieben schien.

Eigentlich wollte Willa mit nichts hier warm werden.

Sie mochte Graz, sie mochte ihre Heimatstadt wirklich. In der ersten Woche ihrer Rückkehr war sie durch die Straßen gelaufen, auf den Schloßberg hoch, an der Mur entlang, hatte am Kaiser-Josef-Platz Gemüse eingekauft, frisch und direkt vom Bauern, war sogar mit alten Schulfreunden in die Oper gegangen, um sich *Turandot* anzusehen.

Trotzdem war es, als gehörte sie nicht hierher. Nicht zu dieser Familie, nicht zu all den schönen Sehenswürdigkeiten hier, nicht zu Freunden und schon gar nicht zu den Kollegen.

Willa war bei ihrer bemüht hochdeutschen Aussprache geblieben, was ihr unter den Kollegen schnell den bösen Spitznamen *Pseudopiefke* eingebrockt hatte. Sie ging auf kein Puntigamer Bier nach Feierabend mit, sie hatte den Betriebsausflug ihres Reviers geschwänzt. Der Chefinspektor Lamperl hatte sie schon zweimal zu sich bestellt und das waren keine Gespräche voll des Lobes gewesen.

Erst, als sie den Kerzenlichtmörder enttarnt und mit den Kollegen zusammen verhaftet, dann ihr Statement vor der Heerschar an Journalisten abgegeben hatte, und Lamperl anstatt Willa die fünfzehn Minuten Ruhm abbekam, war ihr Chef aufgetaut und hatte sie heute zu sich bestellt. Schulterklopfen, ein Bussi auf's Wangerl und ein freier Wunsch.

»Alles, was ich für dich tun kann, *Puppi*«, hatte er jovial und distanzlos zu Willa gesagt.

Schick' mich zurück nach Köln, hätte Willa gerne vorgeschlagen, aber sie hatte nur ihren Kopf geschüttelt und ihrem Vorgesetzten bei der Verabschiedung die Hand hingestreckt. Das hatte nicht verhindert, dass er ihr noch ein feuchtes Busserl auf die Wange drückte.

Dafür hätt'st eine *Watschn* verdient, du *Gogger*, dachte Willa, war aber viel zu traurig gewesen, um wirklich wütend auf den Mann zu werden.

Sie trank einen weiteren Schluck von ihrem Pappbecherkaffee, der inzwischen kalt geworden war. Das Pärchen knutschte immer inniger; Willa beschloss, wenn die beiden Koitus auf der Parkbank vollziehen würden, würde sie ihre Dienstwaffe ziehen.

Die Mutter mit dem Kinderwagen war eingenickt. Ihr Kopf hing auf ihrer Jacke, die Lippen waren geöffnet und ein kleiner Speichelfaden zog sich Richtung ihres Kinns. Zu viele durchwachte Nächte.

Willa nahm einen weiteren Schluck vom kalten Kaffee, der ja nach einer unbewiesenen Weisheit schön machen sollte.

So war ihre Situation.

Dreißig und Single. Dreißig und kinderlos. Dreißig und weit weg von Köln.

Happy Birthday, Willa-Mausi-Mädel.

So hatte sie früher ihr Onkel Willi genannt. Der Mann, der sie mit zehn zur Mördernichte, zum Verbrecher*gfrast* in der Schule und in der Nachbarschaft hatte werden lassen, der mit seiner Tat die kleine Familie zerstört hatte. Seit dem Tag, als er seine Verlobte Heidi erschlug, hatte es im Leben seiner Nichte immer diese Traurigkeit, diese Wut und eine leere Stelle gegeben. Wenn sie in der Stadt unterwegs war, erfasste sie oft eine Angst, eine Befürchtung, dass sie ihm einmal direkt in die Arme laufen könnte, vielleicht wollte sie deswegen fast tausend Kilometer weit weg sein.

Willa war sich jedenfalls sicher, dass sie so leidenschaftlich Verbrecher jagte, weil sie dem einen, der seine Strafe schon längst abgesessen hatte, nicht verzeihen konnte.

Vielleicht dumm und stur, aber so war sie. Kruzifix noch mal!

Der Kerzenlichtmörder hatte ebenfalls eine Frau getötet. Seinen Knackpunkt hatte sie gefunden.

Ihre Kollegen hatten entweder auf einen Raubmord getippt, der schiefgegangen sein konnte, oder versucht, der Zahl sieben eine Bedeutung zuzuordnen.

Willa dachte anders. Sie war der Idee gefolgt, dass der Mörder nach seiner Tat eine Art Andacht hatte abhalten wollen, wie es nach Unfällen oft Kerzen am Ort des Geschehens gab. Er tötet und er bereut in derselben Stunde. Sie hatte sich durch Rosie Jakoreks Leben gegraben, bis sie auf einen Streit zwischen Rosie und einem Stiefbruder stieß. Ein direkter Treffer, ein Fingerabdruck an einer der Kerzen überführte ihn. Die Auseinandersetzung war um das Familiengrab gegangen, darum, wer den letzten Platz darin einnehmen würde. Der Raub diente der Ablenkung. Eine verworrene Familiengeschichte mit einem absurden Motiv.

Jetzt saß sie hier.

Fall gelöst. Sehnsucht immer noch da. Zeit, zu ihrer Dienststelle zurückzugehen.

Sie sah auf ihr Handy.

Als es in dem Moment seine Reihe ansteigender Töne von sich zu geben begann, erschrak sie und hätte es fast fallen lassen. Eine unbekannte Nummer.

»Willa is' hier.«

»Spreche ich mit Frau Stark?«

Die Stimme klang glatt und in Eile. Willa tippte auf einen der Journalisten, der weiter mit ihr reden wollte, oder einen aus der Polizeiverwaltung, der noch Fragen zu ihrem Abschlussbericht hatte, den sie heute morgen erst verfasst hatte.

»Ja, Willa Stark.«

»Friedrich Buchsleben mein Name. Ich rufe aus der Wiener Polizeiverwaltung an. Ich koordiniere die Zusammenarbeit zwischen Amtsstellen im europäischen Raum.«

»Okay …«

Willa überlegte. Vielleicht hatte der Anruf mit Chefinspektor Markus Lamperl zu tun, der gebürtig aus Wien stammte.

»Ich komme gleich auf den Punkt, Inspektorin Stark.« Willa meinte ein Klicken im Hintergrund zu hören, der Mann tippte anscheinend etwas in seinen Computer.

»Ich bearbeite eine Anfrage zu Ihrer Person wegen einer kurzfristigen Beratertätigkeit im Ausland.«

»Ach ja?«

Sie wünschte sich sehnlichst zurück nach Köln, aber Ausland schloss vieles mit ein. Wer würde sonst nach ihr fragen? Rom? Amsterdam? Oder sogar Moskau? Quatsch, wer würde sie in einer dieser Städte schon brauchen? Außerdem konnte sie Jimmy nicht allein bei Klaus und Anna lassen. Sonst würde sich der Kater zu sehr an den Lebensgefährten ihrer Mutter gewöhnen.

»Um welche Stadt oder welches Land handelt es sich denn? Für wie lang? Welche Behörde? Welcher Fall?«

Am anderen Ende der Leitung lachte Friedrich Buchsleben. Es klang eher formell als wirklich belustigt.

»Wenn Sie mich zu Wort kommen ließen, könnte ich Ihnen gleich mehr erzählen, Inspektorin Stark. Ich sehe gerade, dass Sie heute Geburtstag haben. Gratulation. Dann ist es Ihnen vielleicht lieber, wenn ich mich morgen noch mal melde?«

Willa winkte heftig mit ihrer freien Hand ab, als ob sie der Anrufer sehen konnte. Die Enten am Teich begannen laut zu quaken, was zur Folge hatte, dass sich eine ganze Gruppe von ihnen lautstark erhob. Das Pärchen unterbrach sein Geschmuse, die junge Frau mit dem Kinderwagen wachte aus ihrem Nickerchen auf.

»Nein, nicht! Der Geburtstag is' wurscht. Reden Sie!«

Willa hielt sich das andere Ohr zu, der Lärm der verschreckten Vögel war riesig.

»Die Kriminalpolizei in Köln ist es, Inspektorin Stark. Wieder Deutschland. Diesmal allerdings läuft die Sache nicht über Europol.«

Plötzlich schien sich der ganze Stadtpark vor Willa aufzulösen. Das konnte nur ein Missverständnis sein. Ihr Körper bewegte sich wie von selbst. Sie stand auf und der Pappbecher kippte um. Der Rest der schwarzen Brühe machte eine Pfütze auf der Sitzfläche der Parkbank. Willa registrierte es überhaupt nicht.

»Hallo? Hallo? Ich kann Sie grad so schlecht hören. Haben Sie Köln gesagt?«

Es knackte in der Leitung und die Verbindung war unterbrochen.

Willa fluchte laut ein kräftiges »Scheiße« und »I glaub', i bring gleich an um«, was ihr einen bösen Blick der jungen Mutter einbrachte, die sich über den Kinderwagen beugte, als könne das Baby alles verstehen. Das Pärchen nahm sein Geschmuse wieder auf. Für die beiden war auch ein deftiger Fluch uninteressant.

Willa ließ sich wieder zurück auf die Bank fallen, setzte sich in die Kaffeepfütze, merkte es nicht.

Köln. Sie hatte doch richtig verstanden.

War es Marielle? Oder ihr ehemaliger Mentor, Clemens Wächter? Vielleicht einer ihrer anderen Kollegen von dort? Aber die hatten alle nicht die Befugnis, sie zu einer Beratertätigkeit einzuladen. Der liebe Harro hatte vielleicht einen Weg gefunden. Der Rechtsmediziner wusste, wie sehr sich Willa nach der Stadt am Rhein sehnte.

Harro deNärtens wusste jedoch nichts von einem anderen Geheimnis, das Willa nur Jimmy erzählt hatte, denn der Kater würde es nie jemanden verraten können: Inspektorin Willa Stark hatte ihre Zweizimmerwohnung in Köln, im Stadtteil Neuehrenfeld, behalten. Sie zahlte seit Monaten die Miete weiter und hatte sich bis heute nicht dazu durchringen können, den Vertrag aufzulösen. Die Nachbarn gossen die Blumentöpfe im kleinen Innenhof und schickten ihr die Post nach. Dem Vermieter war ihre lange Abwesenheit noch nicht mal aufgefallen.

Es musste Peter Kraus sein!

Oder eine andere Abteilung?

Völlig egal, Willa würde auch mit neuen Kollegen klarkommen, sicher alles besser als die momentane Lage. War ein erneuter Wechsel so schnell überhaupt möglich? Was würden die Kollegen hier und der Chefinspektor Lamperl sagen?

Darauf geschissen.

Markus Lamperl schuldete ihr ohnehin einen Gefallen. Jetzt wusste sie, was sie von ihm einfordern wollte.

K-Ö-L-N.

Ihre Finger zitterten, als sie auf die Rückruftaste drückte.

9

In den Tagen nach dem Tod seiner Exfrau, erzählte Kalle Kittner, wenn er über Anni sprach, nicht von ihrem Kennenlernen, ihrer Hochzeit oder ihrer Scheidung. Er suchte sich immer das letzte Kapitel aus. Vielleicht, um durch die Wiederholung eine Art Ritual als Andenken für sie zu zelebrieren. Vielleicht auch in der Hoffnung, es endlich wirklich zu begreifen, nicht nur mit dem Verstand, sondern auch mit dem Gefühl.

Kalle Kittner liebte seine Ex Anni immer noch. Drei Jahre war die Trennung her. Drei verdammte Jahre. Und Kalle liebte. Zumindest manchmal kam die Sehnsucht. Mit ihr das Vermissen. Dann die Liebe.

Ja, Liebe wollte er es nennen. Immer noch Liebe.

Auch mit dickem Brummschädel und extra schwerem Kater, als er vor dem ersten Termin mit einem wichtigen Kunden vor ihrer

Tür stand und zum gefühlt hundertsten Mal klingelte. Auch, wenn sie ihn bei der Scheidung knallhart über den Tisch gezogen hatte. Auch, wenn er sich nichts Ekelhafteres vorstellen konnte, als den nächsten Brief von ihrem Anwalt, einen windigen Typen mit dem passenden Namen Wolf, zu erhalten.

Auch, wenn und allerdings.

Gestern war er fast ausgerastet vor Wut. Am Nachmittag hatte ihm ein Eilbote ein Einschreiben von Annis stellvertretender Kanzlei überstellt. Am liebsten wäre er losgerannt und über sie hergefallen, doch seine Geschäfte gingen vor. Er las den Brief dreimal, ging auf die Toilette und übergab sich.

In dem Schreiben war ihm mitgeteilt worden, dass er sich mit sofortiger Wirkung nicht mehr seiner Exfrau nähern durfte, Abstand mindestens hundert Meter.

Wie mies von ihr. Wie schäbig.

Ein Teil der Misere lag auch an ihm. Das musste er sich eingestehen.

Er war in den letzten Monaten einige Male bei ihr aufgetaucht und hatte Stunk gemacht. Immer gegen Ende ihrer Gespräche. Anfangs bettelte er immer, sie solle bitte zurückkommen. Dann lief es hin und her zwischen ihnen, schließlich verlor er die Beherrschung und sie jagte ihn zum Teufel. Es war jedes Mal richtig Scheiße gelaufen.

Er schrieb sein Verhalten dem Alkohol zu. Er vertrug wenig und verlor schnell die Fassung nach ein paar Gläsern. Er trank nicht regelmäßig, aber ab und zu holte er sich einen teuren Roten nach dem letzten Kunden oder ging in ein exklusives Lokal und bestellte sich zum Essen das passende flüssige Beiwerk. Mit Promille im Blut vermisste er Anni immer unerträglich, war nicht bereit, die Scheidung einfach zu akzeptieren.

Sehr oft vermisste er sie nicht nur, er ärgerte sich auch über sie.

Reichte es ihr nicht, dass er ihr die große Wohnung in der Südstadt überlassen hatte, ihre Shoppingtouren finanzierte, ihre Liebhaber vielleicht mit dazu? Davon hatte Anni sicher jede Menge, war er ihr doch immer zu wenig gewesen. Seine Liebe hatte ihr nicht genügt, nicht einmal sein Geld. Obwohl sie es nahm und ausgab, und das schneller, als er es verdienen konnte.

Alles nahm er wegen der Liebe, die er immer noch empfand, hin. Mit all diesen Unverschämtheiten konnte er umgehen.

Doch die Verfügung ging eindeutig zu weit.

Schon gestern Abend war er hier gewesen, nach einem letzten wichtigen Termin, nach einem späten Feierabend, hatte geklingelt, so wie jetzt. Keiner hatte geöffnet.

Kalle hatte sich mit seinem Schlüssel Zutritt verschafft. Er hatte ihn noch, die dumme Kuh hatte es nicht bemerkt und die Schlösser nicht ausgewechselt. Ein kleiner Triumph für ihn.

Er war nach oben, alles in der Wohnung war dunkel gewesen. Anni war ausgeflogen, natürlich. Einen Moment lang hatte er überlegt, die Bude kurz und klein zu schlagen, dann hätte die Verfügung wenigstens Sinn gemacht, aber dann wollte er lieber zurück in sein eigenes Zuhause, nicht ohne sich unterwegs so volllaufen zu lassen, dass ihm ab einem gewissen Zeitpunkt die Erinnerung komplett fehlte.

Hatte er nicht einen seiner Kunden getroffen, im *Alcazar*? Hatte er nicht über die Börse und den Kurs der Notenbank schwadroniert und nebenbei die Kurzen noch kürzer gemacht? Er hatte getanzt, daran meinte er sich zu erinnern. Wann war er nach Hause und ins Bett? Keine Ahnung, aber sein Kopf und sein Körper erzählten ihm von einer heftigen Sauftour.

Nach dem Erwachen mit Kopfschmerzen hatte er sich unter die kalte Dusche gestellt, davor ein Aspirin eingenommen. Das Leben und die Arbeit mussten weitergehen, seine anderen Kunden warteten nicht, und das Geld für sein Leben und für den Unterhalt seiner Exfrau musste verdient werden. Unter dem eisigen Wasserstrahl hatte er beschlossen, die nächsten Termine um eine Stunde zu verschieben und noch mal bei Anni vorbeizugehen.

Er wollte keine Anschuldigungen loswerden, jetzt wollte er vernünftig mit ihr reden. Sich entschuldigen. Ihr diese blöde Verfügung ausreden. Im Licht des neuen Morgens erschien das als die bessere Strategie.

Kalle stand vor der unteren Haustür in der Kurfürstenstraße 8 und kam sich mehr und mehr blöde vor. Warum machte das Weib nicht auf? Sie musste doch längst wieder zu Hause sein.

Er holte ein zweites Mal seinen Schlüssel heraus, zögerte aber. Wenn er hochging und sie konfrontierte, wüsste sie, dass er noch eine Möglichkeit hatte, sich Zutritt zu verschaffen und würde sicher die Schlösser danach sofort auswechseln. Gestern Abend war er blind vor Wut gewesen, da war ihm alles egal gewesen, aber heute, trotz Brummschädel, war seine Ratio wieder da. Andererseits konnte er nicht umdrehen und unverrichteter Dinge an seine Arbeit gehen. Er brauchte Konzentration und ein wenig Seelenfrieden fürs Geschäft.

Er starrte eine Weile auf die Namensschilder und überlegte.

Vor Jahren war neben ihnen ein Architekt mittleren Alters eingezogen, der sich zum Maler berufen fühlte und bereits in der Galerie, die in dem Haus im Erdgeschoss ihre Räume hatte, ausgestellt hatte. Markus Maximilian Jahrbein hieß er; den doppelten Vornamen hatte Kalle doof gefunden. Der Mann wohnte immer noch neben seiner Ex Anni. Wenn der Nachbar zu Hause war, konnte Kalle zumindest hochoffiziell, ohne Einsatz seines geheimen Schlüssels, bis an die Wohnungstür gelangen.

Kalle drückte auf die Klingel.

»Ja?«

Die Nachfrage kam so schnell, dass Kalle erst schlucken musste, bevor er antworten konnte.

»Hallo? Wer ist denn da?«

»Tschuldigung. Hier ist Ihr ehemaliger Nachbar, Kalle Kittner. Der Exmann von Anja Kittner. Ich müsste mal ins Haus und nach oben.«

Kalle merkte, wie er nervös wurde. Er hatte es falsch begonnen. Kaum vorstellbar, dass ihn der Nachbar nach so einer diffusen Ansage ins Haus lassen würde. Die Sekunden verstrichen, und in Kalles Kopf dröhnten die Kurzen von gestern. Ein Königreich für ein weiteres Aspirin.

In dem Moment summte der Türöffner und in der letzten Zehntelsekunde schaffte Kalle es, die Tür aufzudrücken.

Eine Weile stand er unschlüssig im Flur. Sein Plan war aufgegangen, jetzt musste er improvisieren. Er strich sich mit der Hand übers Kinn und fühlte seine Bartstoppeln. Er hatte sich nach der ausgiebigen Dusche nicht rasiert, also würde er tatsächlich ein wenig wie der Psycho wirken, zu dem ihn seine Ex machen wollte. Egal. Er war bis hierher gekommen, aufgeben wäre eine Schande.

Oben im dritten Stock angekommen, keuchte er. Der renovierte Altbau hatte keinen Aufzug und Kalles sportliche Jahre waren längst vorbei. Wieder verharrte er einige Zeit vor seiner früheren Wohnungstür, diesmal, um wieder zu Atem zu kommen. Dann drückte er auf die Klingel.

Von hier draußen war nur ein leiser Summton zu hören, aber er wusste, dass der Ton drinnen laut und schneidend war. Anni und er hatten sich im Lauf der Jahre oft vorgenommen, einen sanfteren Klingelton einbauen zu lassen, es aber immer wieder verschoben. Seine Exfrau hatte sich allein auch nicht darum gekümmert. Die Shoppingtouren gingen vor.

Nichts tat sich.

Er wurde wieder ärgerlich. Klingelte ein zweites Mal. Länger. War sie weggefahren? Wellnessurlaub von ihm finanziert? Oder hatte sie einen Kerl da drinnen, war bei morgendlichen Sexspielen? Sein Zeigefinger klebte an der Klingel, er merkte, wie er wieder keuchte, doch diesmal nicht wegen seiner Unsportlichkeit.

»Kann ich helfen?«

Kalle nahm erschrocken den Zeigefinger vom Klingelknopf.

Der Nachbar stand neben ihm in einem karierten Morgenmantel, aber mit einer Jeans darunter und Straßenschuhen an den Füßen, eine etwas seltsame Mischung. Kalle war so fixiert auf das Intimleben seiner Exfrau gewesen, dass er den Mann nicht hatte kommen hören. In seinem Kopf rotierten die Gedanken, die Geschichten, die möglichen Ausreden.

»Ja … ähm … ich bin eigentlich mit Anja verabredet. Nicht direkt, aber irgendwie schon. Und ich … ähm … ich mache mir Sorgen. Also, zumindest habe ich ein ungutes Gefühl.«

»Haben Sie schon versucht, Frau Kittner übers Handy zu erreichen?«

Mann, was war er für eine Pfeife. Selbst zum Lügen zu doof. Kalle lächelte hilflos und holte sein iPhone aus seiner Hosentasche.

»Mach ich, mach ich gleich hier und jetzt. Gute Idee, Herr Jahrbein!«

Er wedelte mit dem Gerät vor der Nase des Nachbarn herum, dann suchte er Annis Nummer. Die Ansage sprang sofort an. Immerhin, ein Zufallspunkt für ihn.

»Mailbox!«

Der Nachbar hatte seine Arme verschränkt und sich an die Wand gelehnt. Kalle hatte ihn mit kurzem Haarschnitt in Erinnerung, in der Zwischenzeit hatte der Mann sich das Haar halblang wachsen lassen, es wirkte unvorteilhaft, wie ein Mopp. Markus Maximilian Jahrbein schien ein ganzes Stück gealtert in den letzten Jahren. Vielleicht war er krank oder etwas in der Art.

Auch du bist ein gealterter, geschiedener Anlageberater, und der Mann denkt sich in genau diesem Moment dasselbe von dir, flüsterte eine böse Stimme in Kalles Kopf.

»Was jetzt?« Kalle wusste wirklich nicht mehr weiter.

»Wenn Sie sich Sorgen machen, kann ich auch den Ersatzschlüssel nehmen. Wir sind zwar gerade beim Frühstück, aber das kann warten.«

Der Nachbar erwähnte nicht, wen er mit »wir« meinte, aber das war Kalle in dem Moment völlig egal. In seinem Kopf waren alle anderen

Gedanken samt den Kopfschmerzen von einer Sekunde auf die andere wie weggeblasen. Das war die Lösung. Der Architekt hatte kurz nach seinem Einzug einen Schlüssel von ihnen bekommen, Anni hatte es als wichtig empfunden, eine gute Nachbarschaft zu pflegen.

»Das ist eine hervorragende Idee, Herr Jahrbein. Danke. Sie schließen auf, wir sehen nach ihr, und wenn Anja nicht zu Hause ist, dann hat sie eben unsere Verabredung vergessen und wir zwei reden nicht mehr darüber. Aber wir wissen, dass alles mit ihr in Ordnung ist.«

Kalle kam sich wie der Held des frühen Morgens vor. Er hatte den Nachbarn im Boot, sein »wir« suggerierte dem Mann, dass sie beide beteiligt waren.

War Anni tatsächlich weggefahren, Schwamm drüber, selbst, wenn Jahrbein es ihr erzählen würde, würde er nur seinen eigenen Ersatzschlüssel erwähnen.

War sie in der Wohnung und hatte auf das Klingeln nicht geöffnet, dann würde sie es als peinlich empfinden, vor einem Unbeteiligten ihrer beider Angelegenheiten zu diskutieren und freundlich bleiben. Wie er sie kannte, würde sie den Nachbarn höflich wieder hinausgeleiten und dann erst mit Kalle reden. Oder er mit ihr. Über diese Scheißverfügung. Wenn es die Situation nicht verschlimmert hätte, hätte er ihr liebend gerne einen echten Grund für diese Maßnahme geliefert.

Der Nachbar hielt einen Hasenanhänger mit zwei Schlüsseln vor Kalles Nase.

»So, damit können wir rein zu Ihnen. Ich meine natürlich zu Frau Kittner.«

Ob Anni nach der Scheidung das eine oder andere Mal mit Jahrbein geredet und ihm von ihren Schwierigkeiten erzählt hatte? Nein, Kalle verwarf diesen Gedanken wieder. Wenn es so wäre, hätte der Mann ihm nie die Tür aufgesperrt.

Der Schlüssel drehte sich zweimal im Schloss und die Tür ging mühelos auf.

Der Nachbar drückte seinerseits noch mal auf die Klingel und jetzt konnte man den scharfen Ton deutlich hören. Auch Kalle wollte sich beteiligen und klopfte etwas sinnlos an den Türrahmen.

»Anni, ich bin es, Kalle.«

»Hallo, Frau Kittner. Hier ist Ihr Nachbar mit Herrn Kittner. Sind Sie zu Hause?«

Mit einem Mal kam Kalle seine ganze Aktion völlig bescheuert vor. Er würde mit hängenden Schultern zurückwandern und heute seinen Frust an den Aktienmärkten auslassen, wenn er die Vermögensfonds checkte.

Anni war tatsächlich weggefahren. Wohin auch immer, hol sie doch der Teufel. Hundert Meter waren am Ende eine gute Distanz zwischen ihnen.

Jahrbein war bereits ins Innere der Wohnung vorgedrungen, etwas hastig und übereilt, als Kalle den Nachbarn von drinnen leise schreien hörte. Es war ein Laut, als ob der Mann gestolpert wäre oder sich angeschlagen hätte.

»Alles in Ordnung?«, fragte Kalle und wusste in dem Moment, dass es das nicht war. Etwas war da drinnen nicht in Ordnung.

Jetzt wäre er gerne einfach davongelaufen, zurück zu seiner Arbeit, und hätte die letzte halbe Stunde rückgängig gemacht. Doch statt sich weiter in Wunschvorstellungen zu verlieren, betrat auch Kalle die Wohnung seiner Ex.

Nur Sekunden später schrie Kalle auch, lauter und schriller. Sein Schrei klang, als wäre er mit dem Fuß in eine Bärenfalle getreten.

Der Anruf bei der Polizei erfolgte etwa drei Minuten danach.

Markus Maximilian Jahrbein tätigte ihn, während Kalle immer noch fassungslos vor der Leiche seiner Ex Anni kniete.

Er liebte sie in diesem Moment viel stärker und inniger als zu allen anderen Zeiten, den guten am Anfang und den schlechten, während der Trennung und nach der Scheidung.

Er liebte sie ohne auch, wenn oder allerdings.

Was anfangs keiner der beiden, weder Exmann noch Nachbar, nahe der Leiche von Anja Kittner bemerkte, war der nackte junge Mann, der zusammengekauert am Türrahmen der Schiebetür zwischen Wohnzimmer und Schlafzimmer hockte. Er hatte seine Arme um seine Knie geschlungen, drückte sich gegen das Holz und atmete völlig flach.

Er verschmolz mit seiner Umgebung, als sei er ein Geist aus einer anderen Welt.

10

Der erste Hauptkommissar Peter Kraus dröhnte sein »Herein!«, als es an seiner Bürotür klopfte. Seine Sekretärin war in die Mittagspause gegangen und die Tür war nur angelehnt.

Willa Stark trat ein und sah aus, als würde sie ihm gleich um den Hals fallen. Hätte es einen anderen Grund gegeben, dass sie sich wiedersahen, wäre die Begrüßung vielleicht wirklich in eine kleine Umarmung übergegangen, aber nicht hier in Kraus' Büro.

»Inspektorin Stark. Willa. Willkommen zurück am Rhein, das ging doch schneller als gedacht. Ich grüße dich.«

Willa schüttelte die Hand des Leiters der Kölner Mordkommission. Dann zeigte Kraus auf die weiße Eckcouch in seinem geräumigen Büro, und Willa setzte sich. Sofort kamen ihr Erinnerungen an die Teambesprechungen im Fall Helene Pintao und sie konnte es kaum erwarten, nach dem Gespräch die Kollegen in den anderen Büros zu überraschen.

Sie wusste, dass es um eine ernste Angelegenheit ging, konnte aber das Lächeln nicht aus ihrem Gesicht wischen.

»Kaffee?«

Peter Kraus stand an seiner wuchtigen, aber edlen Kaffeemaschine. Auch das wusste Willa noch wie gestern: Der Automatenkaffee schmeckte abartig schlecht, aber der vom Chef hatte das feine Aroma von frisch gemahlenen Bohnen, deshalb waren die Besprechungen in Kraus' Büro immer beliebt.

»Unbedingt und immer gern.«

Trotz der Freude war sie nervös.

Sie hatte so schnell gepackt und einen Flug gebucht, dass die Zeit nicht einmal für eine richtige Verabschiedung von ihrer Mutter gereicht hatte. Sie hatte Jimmy genommen, den wild miauenden Kater in die Transportbox verladen und sich aus dem Staub gemacht. Was, wenn mit einer Beratertätigkeit nur dieses eine Gespräch gemeint war, und sie danach wieder fahren musste? »Kurz« hatte der Beamte der Koordinationsstelle in Wien gemeint. Wie kurz wirklich? Darüber hatte sie sich überhaupt keine Gedanken gemacht. Es könnte peinlich werden.

»Im Flieger hab' ich einen ersten Bericht gelesen. Über den Mord an der Frau in der Südstadt. Der Verdächtige ist also Grazer?«

»Eigentlich nicht mehr. Er ist in deiner Heimatstadt geboren und die ersten Jahre seines Lebens hat er dort verbracht, bis seine Mutter durch ein Kapitalverbrechen umgekommen ist.«

»Wie denn?«

»Antonia Mürz ist damals erwürgt worden. Der Täter wurde bis heute nicht gefasst. Obwohl man wusste, wer es war. Gerhard Lahm, deutscher Staatsbürger, war der Hauptverdächtige. Er hatte sich jedoch rechtzeitig abgesetzt. Ich war zu der Zeit sogar dort.«

»Du warst in Graz? Hast du mir nie erzählt.«

»Auf einem Seminar. Das ist ewig her. Ich habe versucht, den leitenden Ermittler zu unterstützen, aber ohne Erfolg. Der Fall blieb ungelöst. Der kleine Sohn des Opfers, Anton Schneider, damals noch Anton Mürz, ist zuerst in ein Heim gekommen, dann zu Pflegeeltern, die ihn schließlich adoptiert haben. Die Schneiders wohnten neben der Mutter und sind kurz nach der Adoption nach Köln gezogen.«

Willa schluckte.

»Also is' Anton Schneider vor dem Gesetz deutscher Staatsbürger. Was soll ich dann machen?«

Peter Kraus blinzelte Willa zu, es hatte etwas Verschwörerisches. Oder ihr alter und vielleicht jetzt wieder neuer Chef hatte nur etwas im Auge. Willa fühlte sich plötzlich verunsichert und verloren in dem großen Büro. Sie fragte sich, ob ihre Vorfreude nicht verfrüht gewesen war. Endlich war der Kaffee fertig und Peter Kraus setzte sich mit zwei Jumbotassen zu Willa auf die Besuchercouch.

»Mit viel geschäumter Milch, wie wir ihn mögen.«

Er grinste und Willa nickte, obwohl sie ihren Kaffee am liebsten schwarz trank, aber das spielte im Moment keine Rolle.

»Im Fall der Ermordung von Anja Kittner ist dieser Anton Schneider unser Hauptverdächtiger. Oder er ist einer der wichtigsten Zeugen. Auch das ist möglich. Der junge Mann hat die Nacht mit dem Opfer verbracht, und als ihr Exmann und ein Nachbar in die Wohnung gekommen sind, saß Anton Schneider völlig apathisch nackt auf dem Boden und starrte auf das Opfer. Die beiden hatten ihn zuerst nicht einmal bemerkt.«

»Anja Kittner ist erstochen worden.«

»Erstochen ist das falsche Wort, Willa.«

Sie nickte. Im Bericht hatte es gestanden: Anja Kittner war aufgespießt worden. Mit einer dünnen Gardinenstange. In den Bauch gerammt.

»Harro wird dir alles genau erläutern.«

Willa würde also den beleibten Rechtsmediziner gleich wiedersehen. In Graz war kein Tag vergangen, an dem er ihr nicht über WhatsApp Grüße, Anekdoten, Bilder oder Neuigkeiten aus dem mörderischen Köln gesendet hatte. Sie hatte nur selten geantwortet, meistens abends, wenn sie schon ein oder zwei Gläser Wein intus hatte, sich jedoch über jede Meldung in diesen Monaten gefreut. Endlich konnte sie ihm persönlich danke sagen.

»Der Fall hat Aufsehen erregt, vor allem wegen der Gardinenstange, aber das kennst du ja schon, Willa. Übrigens Glückwünsche zum gelösten Kerzenlichtmord.«

Dass der alte Rocker ihr Tun im fernen Graz verfolgt hatte, machte ihre Freude größer.

»Also, was wollen wir von dir, Willa? Warum habe ich dich im Eilverfahren kommen lassen?«

Kraus stand auf, die Jumbotasse in der Hand, trat ans Fenster und sah in den Frühlingstag hinaus.

»Anton Schneider ist durch ein Kapitalverbrechen in seiner Kindheit traumatisiert worden. Im Moment sitzt er statt in Untersuchungshaft in der Forensischen Psychiatrie und spricht mit niemandem von uns. Nicht mal der Psychologe dort hat ihn dazu gebracht, seinen Mund aufzumachen. Er hat einen guten Pflichtverteidiger bekommen, und da wir ihm aufgrund der Beweislage nicht eindeutig dieses Verbrechen zuschreiben können, müssten wir ihn in den nächsten Tagen wieder auf freien Fuß setzen.«

In der Kindheit durch ein Kapitalverbrechen traumatisiert. Das traf auch auf Willa selbst zu. Sie räusperte sich.

»Seine DNA, seine Fingerabdrücke, alles war am Tatort. So stand es im Bericht.«

»Anton Schneider hat, wie schon gesagt, die Nacht mit dem Opfer verbracht. Da kann nichts anderes zu erwarten sein. Aber bei der Wohnungsdurchsuchung haben sich keine neuen Verdachtsmomente ergeben. Und in seinen Computerdateien hat Marielle keine einzige E-Mail an Anja Kittner entdeckt.«

Willa nickte, auch wenn Kraus sie nicht ansah.

»An der Gardinenstange, der Mordwaffe selbst, war allerdings keine einzige Spur von ihm zu finden. Die war sauber. Abgewischt. Oder der Täter hat sie mit Handschuhen angefasst. Wir wissen nicht, wie diese Tatwaffe in die Wohnung gekommen ist oder ob sie schon da war. In der Küche hängen Bistrogardinen am Fenster, dort fehlt keine Stange.«

»Das heißt, es könnt' ebenso gut sein, dass ein anderer die Frau erstochen, ich mein' aufgespießt hat, und dieser Anton Schneider der Hauptzeuge ist.«

»Genau. Er kann den Täter gesehen haben. Vielleicht kann er ihn beschreiben. Aber Anton Schneider redet nicht. Wirkt apathisch, desinteressiert, immer noch wie im Schockzustand. Das kann an seinem Kindheitstrauma liegen, hat uns der behandelnde Arzt erklärt. Wir müssen ihn aus diesem Zustand herausholen. Wenn das überhaupt möglich ist.«

»Und du meinst, er würd' mit mir reden, weil ich aus Graz komm'? Im Ernst?«

Kraus lachte kurz auf, wurde aber sofort wieder ernst.

»Ja, im Ernst, Willa! Ich erhoffe mir eine mögliche Nähe zwischen euch. Keine Ahnung, ob das klappen könnte, aber einen Versuch ist es wert. Erstens, weil du aus derselben Stadt stammst, ja, aber zweitens auch, weil du dich immer gut in die Opfer hineinversetzen konntest. Eine wichtige Eigenschaft. Ich schätze das.«

Weshalb hast du mich dann vor ein paar Monaten wieder zurückgehen lassen?, dachte Willa. Eine Bitterkeit kam in ihr hoch. Doch schnell wischte sie alle möglichen Vorwürfe gegen den ersten Hauptkommissar beiseite, jetzt hatte er sie zurückgeholt, hatte sie als Beraterin im Eilverfahren dazubeordert, das klang gut, das zählte.

»Ich möchte, dass du so bald wie möglich mit ihm redest, Willa. Oder es eben versuchst. Wir haben die ärztliche Genehmigung, dass wir ihn unter Aufsicht für eine weitere Befragung aus der Forensischen Klinik in Porz hierher überstellen können. Sollte ich mich irren und auch deine Anwesenheit bringt uns nicht weiter, ist dadurch nichts verloren.«

Muss ich sofort zurück, wenn du dich irrst, Peter? Willa wagte es nicht, die Frage laut zu stellen.

Ein kurzer Moment des Schweigens trat ein. Beide tranken aus ihren Tassen. Kraus nahm einen weiteren großen Schluck, und Willa versuchte das Schwarze seitlich neben dem Milchschaum herauszuschlürfen.

Es klopfte.

Kraus stellte seine Tasse ab.

»Herein, herein. Ist ja nicht so, als ob ich jemals eine Mittagspause hätte.«

Hauptkommissarin Dr. Marielle Kaiser-Rhön stand in der Tür. Groß, hübsch und gut gekleidet wie immer. Willa konnte heute mit der Kollegin mithalten, sie hatte sich zur Jeans extra eine weiße Longbluse gekauft und trug sie heute mit einem breiten Gürtel. Einmal nicht die eigenartige Inspektorin aus Österreich sein, die immer etwas zu bunt gewürfelte Kleidung trug.

»Willa!«

Marielle umarmte die Kollegin herzlich und lange, dass Willas Augen feucht wurden.

»Wir haben es eben gehört. Es ist klasse, dass du wieder mit von der Partie bist. Wir freuen uns alle.«

Kraus trat zwischen die Frauen.

»Du nimmst das Ende meine Rede vorweg. Ich bin gerade dabei, Willa mit dem Fall vertraut zu machen. Für dich auch einen Kaffee?«

»Klar.«

Jetzt konnte Willa sich nicht mehr zurückhalten.

»Wie lang' kann ich bleiben?«

Marielle und Peter Kraus sahen sie an.

»Wie meinst du das?«

»Ich mein', ich würd' gern wissen, wie lange das hier dauert? Diese Beratertätigkeit?«

Wieder klopfte es.

»Na, jetzt geht es hier gleich zu wie bei einer Karnevalssession!« Kraus rümpfte die Nase. »Eintreten bitte! Aber ab sofort ist die Kaffeebar geschlossen!«

Oberstaatsanwalt Theo Prunk steckte seinen Kopf herein.

»Hallo, alle miteinander. Ich bin ohnehin im Präsidium und dachte, ich kann gleich direkt die Formalitäten mit Inspektorin Willa Stark regeln. Ihr Aufbruch in Graz war sehr abrupt und die Papiere für ihre Beratertätigkeit im Fall Anja Kittner müssten noch ausgefüllt werden. Wenn es recht ist, würde ich sie direkt mitnehmen?«

Kraus nickte.

»Nimm sie mit und schick sie später wieder her.«

Theo Prunk tippte sich an die Stirn, an eine unsichtbare Kappe.

»Danke, Peter. Sie kommt in gutem Zustand zu euch zurück.«

Sein Kopf verschwand und Willa begriff, dass sie ihm sofort folgen sollte. Spontan drückte sie ihre Jumbotasse ihrer Kollegin Marielle in die Hand.

»Kannst austrinken, wenn du magst. Ist viel Schaum drin.«

Schon an der Tür, rief sie Peter Kraus noch mal zurück.

»Zu deiner Frage vorhin, Willa. Du bleibst solange, bis wir den Fall geklärt haben. Oder hast du andere Pläne? Wartet etwas in Graz auf dich?«

Willa schüttelte den Kopf.

So lange, bis der Fall geklärt war. Das konnte dauern. Natürlich waren alle an einer schnellen Lösung interessiert, aber ein klein wenig wünschte sich Willa in diesem Moment, dass eine Endlosschleife daraus würde.

Marielle hob die Jumbotasse hoch.

»Schön, dass du wieder mit im Team bist, Fräulein Ösi.«

Fräulein Ösi.

Willas Spitzname seit dem ersten Tag bei der Kölner Mordkommission. Das Fräulein Inspektorin aus Österreich war allen damals zu lang gewesen. Und das bescheuerte *Pseudopiefke* war in Graz geblieben.

Ihr war, als hätte sie eben ihr Geburtstagsgeschenk mit etwas Verspätung bekommen.

11

Zuerst hatte sich Willa in den Beobachtungsraum begeben. Sie wollte die Person und die Lage von dort aus auf sich wirken lassen.

Sie knabberte an ihren Nägeln, um in der nächsten Sekunde die Finger aus dem Mund zu ziehen und ihre Hand unter ihrem Schenkel einzuklemmen. Unbedingt wollte sie diese unangenehme und lästige Angewohnheit endlich ablegen.

Im Flieger nach Köln, mit dem miauenden Jimmy in der Transportbox, hatte sie sich einiges vorgenommen, als wäre dieser Tag Silvester und ein neues Jahr hätte begonnen.

In Köln angekommen, war Willa durch ihre Zweizimmerwohnung und den begrünten Innenhof getanzt, nachdem sie Kater und Koffer abgestellt hatte. Es war gut von ihr gewesen, dieses Appartement nicht zu kündigen bei dem schwierigen Wohnungsmarkt in Köln. Selbst, wenn sie bald wieder nach Graz zurückmusste, würde sie den Vertrag weiterlaufen lassen und die Miete irgendwie aufbringen.

Jimmy hatte den Ortswechsel erstaunlich gut verkraftet und war sofort herumgetigert, um sein altes Revier abzuchecken. Sie hatte ihm ein Kissen auf den Gartenstuhl gelegt und die Balkontür einen Spalt offen gelassen, zumindest er sollte den lauen Frühlingstag genießen.

Nachdem sie den Koffer ausgepackt und sich ein halbes Glas Rotwein als Willkommensgruß gegönnt hatte, musste sie ohnehin wieder los. Ohne Auto, nach der Schrottung ihres alten Mazdas konnte sie sich kein neues leisten, auch kein gebrauchtes. In der Straßenbahn war sie im Kopf noch mal die Fallakten durchgegangen, hatte über das Opfer und den Hauptverdächtigen Anton Schneider nachgedacht.

Auf dem Foto nach der Festnahme, auf dem er mit großen markant blauen Augen und zerzausten dunkelblonden Haaren in die

Kamera blickte, hatte er mehr wie ein Teenager als ein erwachsener, möglicher Täter gewirkt. Davon durfte man sich nicht täuschen lassen. Trotzdem blieb der Eindruck, dass er eher verloren als verdächtig wirkte.

Hier im Beobachtungsraum, von Anton Schneider nur durch den Einwegspiegel getrennt, war dieses Gefühl noch stärker.

Der Verdächtige saß seitlich am Tisch und hatte beide Unterarme auf die Tischplatte gelegt. Seine Finger gefaltet. Aber nicht verkrampft oder nervös, sondern eher so, als würde er einem Vortrag lauschen oder einem Konzert.

»Seit wir die Frau gefunden und Anton Schneider verhaftet haben, spielt sich dort drinnen mehr oder weniger das Gleiche ab, wenn er zum Verhör da ist.«

Marielle Kaiser-Rhön saß neben Willa und sah statt durch den Spiegel auf den Monitor, auf dem die Szene drinnen abgebildet war und man bei Bedarf näher zoomen konnte.

»Er redet nicht, sitzt am Tisch, als ob er ein neutraler Besucher wäre und ihn die Sache nichts anginge. Ohne weitere konkrete Beweise müssen wir ihn bald aus der Untersuchungshaft entlassen. Sein Anwalt macht schon ziemlich Druck.«

»Aber ihr seid doch nicht nur auf ihn fixiert? Ihr verfolgt doch auch andere Spuren.«

Es knackte, als sich Willa den Nagel an ihrem Zeigefinger abbiss, um dann erschreckt auf ihre Hand zu schauen.

»Natürlich, Willa. Aber es spricht einiges gegen diesen Anton Schneider. Er war, soweit wir wissen, der letzte, der Anja Kittner noch lebend gesehen hat, die Wohnung ist übersät mit seinen Spuren, und diese Apathie, in der wir ihn gefunden haben, könnte aus dem Schock heraus resultieren, falls die Frau sein allererstes Opfer war und er sie vielleicht im Laufe einer Auseinandersetzung im Affekt getötet hat.«

»Waren die beiden schon länger ein Liebespaar?«

»Laut dem Exmann nicht, aber ich wage zu behaupten, dass er

sicher nicht alles über Anja Kittner wusste. Sie sind seit drei Jahren geschieden.«

»Was sagen Freunde? Die restliche Familie?«

»Keine noch lebenden Verwandten. Bis jetzt haben wir sehr viele Bekannte aufgetrieben. Keine Freundin oder Freund. Die Frau hat ein reges, aber unnahbares Gesellschaftsleben geführt, wie es scheint. Dazu passt ein Verhältnis mit einem so viel jüngeren Mann. Auch da zeigt sich eine gewisse Angst vor engen Bindungen. Ein One-Night-Stand kommt dir gefühlsmäßig nicht nah.«

Im Verhörraum erhob sich Hauptkommissar Peter Kraus. Mit ihm und dem Verdächtigen waren noch Kommissar Frank Zauber und der Pflichtverteidiger, Dr. Mark Schubber, anwesend.

»Wir drehen uns im Kreis, Herr Schneider.« Kraus' sonorer Bass drang zu den Ermittlerinnen durch die Lautsprecher. »Solange Sie keine Aussage machen, solange Sie nicht mit uns reden, sind und bleiben Sie unser Hauptverdächtiger. Haben Sie das verstanden? Aber, wenn Sie unschuldig sind, wie uns Ihr Anwalt mitgeteilt hat, dann stehen Sie immer noch in der Pflicht, uns die Ereignisse in der Nacht vom 21. auf den 22. April zu schildern. Jedes Detail, an das Sie sich erinnern, kann uns zum wahren Täter führen.«

Anton Schneider drehte seinen Kopf und sah sich im Verhörraum um, als wäre Peter Kraus eine Erscheinung und seine Worte nur Luftblasen.

Willa wandte sich erstaunt an Marielle.

»Mit seinem Anwalt hat der Verdächtige also geredet?«

Marielle seufzte.

»Nicht wirklich geredet. Er hat ihm einen Zettel zugesteckt, auf dem er das Wort ›unschuldig‹ geschrieben hat. Mehrmals untereinander.«

»Echt jetzt?«

»Ja, echt! Das passt doch nicht zusammen, oder? Der Mann

scheint klar bei Verstand und redet trotzdem nicht. Mich nervt das gewaltig. Der behandelnde Arzt, ein Dr. Meininger, führt das auf den Schock zurück.«

»Das hat mir Peter Kraus schon erzählt. Meint ihr wirklich, ich könnte daran was ändern?«

»Ehrlich gesagt, Willa, ich habe keine Ahnung. Die Tatsache, dass er aus deiner Heimat stammt, hat uns auf die Idee gebracht. Und wir wollten dich wiedersehen. Vielleicht das Letztere mehr als die Hoffnung, du könntest bei Anton Schneider etwas bewirken.«

Spontan musste Willa lächeln.

»Na schön. Da bin ich. Ich geh' jetzt rein.«

Sie schnappte sich eine der kleinen Wasserflaschen, die unter dem Pult standen, und verschwand aus dem Beobachtungsraum. Marielle tippe eine kurze Nachricht an Peter Kraus, dass Willa gleich zu ihnen stoßen würde.

Als die Tür zum Verhörraum aufging, warf Anton Schneider Willa einen kurzen unbeteiligten Blick zu. Eine weitere Ermittlerin schien ihn kaum zu interessieren. Willa nickte ihrem Chef und ihrem Kollegen Zauber zu, blieb an der Tür stehen und verschränkte ihre Arme.

Dr. Schubber war der einzige, der heftiger reagierte.

»Was jetzt noch? Anstatt, dass Sie meinen Mandanten, der immer noch unter Schock steht, endlich aus Ihrem Verhör entlassen, holen Sie den nächsten Vernehmungsbeamten hier herein? Das Ganze wird immer enger für Sie, meine Herren. Polizeiliche Willkür nenne ich das.«

Hauptkommissar Peter Kraus zeigte mit ausgestreckter Hand auf Willa Stark.

»Soweit ich weiß, ist es keine polizeiliche Willkür, einen Verdächtigen von mehreren Beamten vernehmen zu lassen, Herr Dr. Schubber. Meine Kollegin hier, Inspektorin Willa Stark, würde Herrn Schneider gerne noch ein paar Fragen stellen, das ist ja wohl erlaubt. Noch entscheiden wir, wann ein Verdächtiger entlassen wird.«

Dann wandte er sich an Willa.

»Bitte, Kollegin, Ihr Part.«

Anton Schneider sah zur Decke hoch.

Willa blieb immer noch, wo sie war, lockerte ihre Haltung, faltete ihre Finger um die Wasserflasche, als ob sie ein kleines Gebet sprechen wollte. Sie merkte ihre Nervosität an ihrem angespannten Bauch.

»Herr Schneider. Das is' schon ein *Gfrett*, dass Sie zur falschen Zeit am falschen Ort waren. Ganz schön *damisch* kann einem da werden.«

Sie hatte sich diesmal nicht bemüht, ihre Aussprache zu verfeinern und ihr angestrengtes Hochdeutsch zu sprechen. Wenn sie schon hier war, weil der Verdächtige in ihrer Heimatstadt aufgewachsen war, dann wollte sie es ihm auch direkt zeigen. Mit ihrem Dialekt war es der schnellste Weg.

Es tat sich nichts.

Willas Kollegen und der Anwalt beobachteten den Verdächtigen, der weiter an die Zimmerdecke starrte. Willa wartete eine Weile, versuchte ihre Anspannung wegzuatmen.

Sie setzte erneut an.

»Eineinhalb Stunden Flug Graz-Köln. Und schon sind Unterschiede da. Paradeiser werden zu Tomaten, Erdäpfel zu Kartoffeln und Faschierte Laberl zu Frikadellen.«

Nichts.

So konnte es nicht funktionieren. Sie war zu aufgeregt, sie versuchte zu sehr, eine schnelle Lösung zu erreichen. Der Pflichtverteidiger begann nervös mit seinem Oberschenkel zu wippen, es konnte nicht mehr lange dauern und er würde sich wieder zu Wort melden. Was konnte sie tun, das nicht der Therapeut oder ihre Kollegen bereits versucht hatten?

»Ich will ehrlich zu Ihnen sein, Herr Schneider. Ich hab' den Flug hierher von der Polizeidirektion nur bezahlt bekommen, damit Sie Ihr Schweigen brechen und uns endlich etwas zu dem Vorfall in der Kurfürstenstraße sagen.«

Anton Schneiders Blick kam von der Decke zurück, wanderte über Willa weiter zum Einwegspiegel.

»In den Akten hab' ich von dem Mord an Ihrer Mutter gelesen. Niemand hier drinnen kann sich vorstellen, wie entsetzlich so was is'. Wenn einer meiner Mama so was antun würd', wüsste ich nicht, ob ich ihn nicht mit meiner Dienstwaffe erschießen würde. Auch, wenn ich dafür ins Gefängnis müsst'. Das wäre es mir wert.«

Diesmal ließ die Reaktion nur Sekunden auf sich warten und überraschte alle Anwesenden.

Der unbeteiligte Blick von Anton Schneider löste sich vom Einwegspiegel. Er wandte sich Willa zu. Diesmal sah er ihr in die Augen. Er hielt die erste Kontaktaufnahme kurz aufrecht, dann fixierte er die Wasserflasche in ihren Fingern.

Immerhin hatte ihr Versuch seine Aufmerksamkeit erregt.

Jetzt musste sie ihn zum Reden bringen.

»Wollen Sie ein Wasser, Herr Schneider? Hier drinnen is' es ganz schön stickig.«

Keine weitere Reaktion des Verdächtigen.

Willa holte tief Luft. »Ich wollt' einmal mit einer Schulfreundin auf den Schloßberg hinauf. Es war schwül an dem Tag und wir sind bei der Paulustorgasse den Weg hoch, den kennen Sie vielleicht aus Ihrer Kindheit, Sie stammen ja wie ich aus Graz, wie in Ihren Akten steht.«

Anton Schneider Augen wanderten wieder zu Willas Gesicht. Sein linker Mundwinkel zuckte.

»Vor der ersten Biegung beim Hochsteigen war das Gitter zu einem der Stollen, die unter dem Felsen verlaufen, zur Seite geschoben. Weil es so heiß war, sind wir rein, haben uns gedacht, da drinnen is' es kühler. Aber in Wahrheit war es nur furchtbar stickig und ich hab' dort drinnen kaum mehr atmen können. Ich hab' zu keuchen begonnen und die Leni hat Angst gekriegt, dass ich vielleicht richtig ersticken könnte. Dann hat uns einer erwischt, ein Bauarbeiter, und wir wurden aus dem Stollengang hinausgescheucht. Leni hat mich mehr hinausgeschleppt, als dass ich gegangen wäre, aber draußen konnt' ich gleich wieder frei atmen. Ich glaub', es war auch die Enge da drin. Vielleicht kann man das mit Ihrer Situation ein bisserl vergleichen, Herr Schneider. Reden Sie mit uns und dann können wir alle wieder durchatmen.«

Dr. Schubber unterbrach Willa.

»Also, etwas Lächerlicheres konnten Sie wohl nicht aus dem Hut zaubern. Unfassbar. Wir sind doch nicht hier, um einen Vortrag über österreichisch-deutsches Essen oder irgendwelche Berge zu hören. Ich möchte wieder darauf zurückkommen, dass Sie meinen Mandanten ohne konkrete Beweise hier festhalten.«

»Es geht um den Tod einer Frau, Herr Schneider.« Willa ignorierte den Pflichtverteidiger völlig, blieb auf den Verdächtigen konzentriert. »Einer Frau, die Sie zumindest eine Nacht lang ziemlich gut kennengelernt haben. Denken Sie an die Familie, an all die Menschen, die Anja Kittner viel länger und inniger kannten als Sie. Geben Sie denen und auch uns Klarheit. Wenn Sie die Frau nicht getötet haben, dann erst recht.«

Sie drehte am Verschluss der Wasserflasche, hob sie hoch.

»Jetzt hab ich mir den Mund völlig trocken geredet. Trotzdem werd' ich hier weitermachen, bis Sie uns was sagen. Hilft es auch nix, schadet's zumindest nix. Selbst, wenn es die ganze Nacht dauert. Wir Steirer haben doch einen richtigen Sturkopf, und ich denke, meiner is' sicher härter als Ihrer.«

Willa setzte die Flasche an, trank aber nicht.

»Herr Schneider, also noch mal von vorne. Was ist in der Wohnung von Anja Kittner passiert? Was konnten Sie beobachten? Wenn Sie sich nichts zuschulden haben kommen lassen, dann reden Sie, sonst werden wir alle hier Sie weiter für den Täter halten.«

In nächsten Moment brachte sich schon wieder Dr. Schubber ein.

»Ich glaube nicht, dass Sie hier alle Zeit der Welt haben, es gibt Vorschriften, die …«

»Einen Schluck Wasser. Bitte.«

Die Stimme des Verdächtigen klang leise, brüchig.

Peter Kraus und Frank Zauber holten wie aus einem Atemzug gemeinsam Luft, als sie den jungen Mann zum ersten Mal sprechen hörten. Auf der anderen Seite des Einwegspiegels hob Marielle ihren Daumen, obwohl es keiner sehen konnte. Selbst dem Anwalt blieb für einen Moment der Mund offen stehen.

Willa fühlte eine Erleichterung, ihr Bauch entspannte sich.

»Ich hab' hier eines mit Kohlensäure dabei. Is' Ihnen das recht, Herr Schneider?«

Anton Schneider machte seinen Mund auf und wieder zu. So, als würde er wie ein Fisch ohne Wasser nach Luft schnappen. Er schien nach Worten und der Kraft, sie auszusprechen, zu suchen.

»Das ist okay.« Er nickte, holte mit einem Seufzen Luft. »Bis jetzt hat mich noch niemand hier drinnen gefragt, ob ich etwas trinken möchte.«

Ihr fiel auf, dass der Verdächtige ihr nicht im Steirischen Dialekt antwortete. Nicht einmal seine Sprachmelodie war die eines Österreichers. Vielleicht lebte er schon zu lange hier in Köln oder er wollte mit diesem Dialekt nicht sein Kindheitstrauma anrühren.

Anton Schneider hatte endlich reagiert.

Willa bewegte sich von der Tür weg und zum Tisch mit den vier Männern hin. Sie stellte die Wasserflasche vor dem jungen Mann ab. Er sah ihr weiter in die Augen.

Für ein paar Sekunden war es Willa, als würden nur sie beide in dem Verhörraum sein. Keiner der Anwesenden bewegte sich oder sagte etwas. Schließlich brach Anton Schneider selbst den Bann, räusperte sich und griff nach der Wasserflasche.

»Ich möchte mich entschuldigen.«

Kraus und Zauber wechselten einen Blick. Willa setzte ihre Handflächen auf der Tischplatte auf, beugte sich zu dem Verdächtigen.

»Eine Entschuldigung is' nicht nötig, denke ich. Die ganze Situation war für uns alle schwierig. Was wir jetzt brauchen, is' Ihre Aussage, Herr Schneider. Oder Ihr Geständnis.«

»Ich habe die Frau nicht getötet. Ich bin unschuldig. Ich habe Anni gefunden. Es war schrecklich.« Er stieß die Sätze aus seinem Mund heraus, dann nahm er einen Schluck aus der Flasche, stellte sie auf den Tisch zurück. Seine Hände zitterten leicht.

Der Anwalt sah in die Runde, hob dann seinen Zeigefinger in Richtung seines Mandanten.

»Ich würde Ihnen raten, sich mit mir in einer Pause zu beraten, Herr Schneider. Oder wir machen überhaupt erst morgen weiter. Ich muss mich neu vorbereiten. Jetzt müssen Sie nicht gleich alles sagen.«

Der Verdächtige schüttelte seinen Kopf.

»Ich möchte reden. Heute. Wieder in die Klinik zurück und morgen erneut hierher, das wird mir zu viel.«

Die Stimme des Mannes klang mehr und mehr kräftiger, dunkler, ließ ihn älter erscheinen, nicht mehr wie ein halbes Kind.

Dr. Schubber seufzte lautstark, brachte aber keinen weiteren Einwand mehr vor.

Anton Schneider wandte sich an Willa. »Wie ist noch mal Ihr Name?«

»Stark. Inspektorin Willa Stark.«

Seine Augen blieben immer noch an Willa haften, als hätte er jetzt endlich einen Haken in der Steilwand gefunden, an dem er sich festklammern konnte.

»Wann immer Sie möchten, geht's los.«

Dr. Mark Schubber schüttelte den Kopf. »Ich bin damit nicht einverstanden und möchte, dass mein Einwand ins Protokoll aufgenommen wird.«

»Wir haben es gehört.« Peter Kraus stand auf und bot Willa seinen Stuhl an.

Sie setzte sich dem Verdächtigen schräg gegenüber.

»Also, Herr Schneider. Die Aufnahme hier drinnen läuft bereits, seit Sie dieses Zimmer betreten haben. Sie können jederzeit anfangen zu reden, wenn's wollen.«

Willas Hand kam zu ihrem Mund. Schnell unterdrückte sie den Impuls, wieder an den Nägeln zu kauen.

12

Eine gute Stunde später kamen sie im Büro von Peter Kraus zusammen.

Der erste Hauptkommissar selbst, Marielle Kaiser-Rhön, Frank Zauber und Willa Stark.

Anton Schneider hatte seine Aussage gemacht und war bereits wieder auf dem Weg in die Forensische Psychiatrie. Sein Pflichtverteidiger wollte sofort einen Antrag auf Aufhebung der Zwangseinweisung einreichen und somit zumindest bewirken, dass sein Mandant von der Klinik in die Untersuchungshaft kam. Doch auch dort würde er ohne aussagekräftige Beweise nicht mehr lange zu halten sein.

Die Stimmung war, trotz Willas Erfolg bei dem Verdächtigen, gedrückt. In Anton Schneiders Aussage kam nichts vor, dass sie in dem Fall weitergebracht hätte.

Man konnte sagen, dass Anton Schneider sein dreimal notiertes »unschuldig« in mehrere Sätze aufgeteilt hatte. Er hatte Anja Kittner im Lokal *Lichtung* kennengelernt, sie hatte ihn angesprochen, er war mit ihr nach Hause, nach einer sexuellen einvernehmlichen Zusammenkunft war er eingeschlafen. Am Morgen hatte er die Frau gefunden, war geschockt zusammengebrochen. Ende.

»Nun haben wir die Nuss geknackt und gebracht hat es uns rein gar nichts. Mir wäre es lieber gewesen, wenn die Spurensicherung seine Wohnung noch mal auf den Kopf gestellt hätte.«

Frank Zaubers Laune hatte sich von allen am meisten verschlechtert. Willa meinte, dass die dunklen Ringe unter seinen Augen tiefer und seine Nase röter geworden waren in den Monaten, in denen sie ihn nicht gesehen hatte. Ihr fiel ein, dass Marielle ihr früher einmal erzählt hatte, dass er Probleme mit seiner Einsamkeit und dem Alkohol hatte und Willa dachte an ihren eigenen Weinkonsum und ihr Singleleben.

»Wozu? Das hat zu nichts geführt. Er hat geredet. Das ist schon ein Pluspunkt, Frank.« Marielle sah man, wie immer, die stressige Arbeit nicht an. Eine Strähne ihres blonden Haares hing über Auge und Wange; sie strich sie hinters Ohr.

»Wenn wir Anton Schneider ausschließen könnten, dann würde ich das sogar als zweiten Pluspunkt bezeichnen. Umso intensiver können wir die anderen Möglichkeiten ausloten.«

»Aber können wir ihn ausschließen?« Peter Kraus stand wieder an seiner Kaffeemaschine. Das heiße Wasser zischte. »Wir sind einen Schritt weiter mit ihm, mehr nicht.«

»Er ist doch beim Verhör wie ein Springteufel aus der Kiste gehüpft, hat so plötzlich zu reden angefangen, das gefällt mir nicht.« Zauber stellte sich zu seinem Chef, wartete auf den nächsten Kaffee.

Willa sah das jugendliche Gesicht des Verdächtigen vor sich.

Man konnte Anton Schneider nicht wirklich als attraktiven jungen Mann bezeichnen, aber er hatte eine gewisse Anziehungskraft, einen Charme, den sie selbst in seinem Schockzustand zu spüren glaubte. Etwas hatte sie bei dieser ersten Begegnung angezogen; schon im Beobachtungsraum hatte sie sein Gesicht, seine Augen, oder mehr das, was dahinterliegen konnte, berührend gefunden.

Ob es Anja Kittner auch so ergangen war, als sie sich Anton Schneider in der *Lichtung* geangelt hatte? Hatte die Frau öfter fremde Männer angesprochen und mit zu sich nach Hause genommen? Oder war er eine Ausnahme gewesen, das Aufflackern eines Bedürfnisses, lange nach der gescheiterten Ehe?

Hätte sie selbst so etwas getan? Bei Anton Schneider vielleicht?

»Willa, sag uns deine Gedanken dazu. Du hast unser Dornröschen schließlich erweckt.«

Willa seufzte, sah zu den Kollegen. Sie hatte sich an den Rand der weißen Besuchercouch gesetzt, wippte mit ihrem rechten Bein, versuchte, nicht an den Nägeln zu kauen. Was machte sie an der ganzen Sache weiterhin so nervös und unruhig?

»Ich denk', dass er tatsächlich einen Blackout hatte. Sich an nichts erinnern kann. Wie ich im Bericht aus der Klinik gelesen habe, hält das ja auch der Psychiater für durchaus möglich. Aber ich finde auch, dass dieser abrupte Wechsel bei ihm, als wäre nichts gewesen, ein bisschen befremdlich is'. Kommt mir ein wenig gespielt vor, wenn ich ehrlich bin. Aber so genau kenn' ich mich mit Traumatisierungen nicht aus.«

Marielle hob ihr iPad in die Höhe.

»Ich habe mich schlau gemacht. Tatsächlich kann ein Mensch, der durch ein Trauma verstummt, durch einen positiven Impuls schneller wieder stimuliert werden als gedacht. Wie wenn man einen Schalter umlegt.«

»Allerdings bleibt die Tatsache, dass er am Tatort war und ihr keine Einbruchsspuren an der Haustür festgestellt habt. Wie hätte der Täter in die Wohnung gelangen können?«

»Anja Kittner hat ihn hereingelassen.«

»Dann hätt' sie ihn gekannt. Wem sonst macht man mitten in der Nacht die Tür auf?«

»Stimmt. Da kommt bis jetzt nur der Exmann in Frage. Karl Kittner hat allerdings ein Alibi; war mit einem seiner Kunden im *Alcazar* bis drei Uhr morgens unterwegs, hat sich dort, seiner Aussage nach, ziemlich betrunken. Hat sich ein Taxi nach Hause, nach Kerpen bestellt, der Taxifahrer hat es bestätigt. Selbst, wenn er von dort wieder losgezogen wäre, passt es nicht mehr mit dem Todeszeitpunkt. Wir müssen intensiver im Umfeld des Opfers weitersuchen.«

»Hatte er einen Schlüssel zur Wohnung? Hätte er ohne die Erlaubnis seiner Ex hinein gekonnt? «

»Davon wissen wir bisher nichts. Der Nachbar, Markus Maximilian Jahrbein, hat die Tür zusammen mit Karl Kittner geöffnet. Er hat seit Jahren einen Ersatzschlüssel.«

»Was ist mit dem?«

»Wurde bereits überprüft. Bisher keine verdächtigen Anhaltspunkte.«

Jetzt schüttelte Zauber heftig seinen Kopf. »Nach wie vor, wenn ihr mich fragt, sollten wir diesen Anton Schneider weiter in Gewahrsam behalten. Unabhängig von seiner Aussage.«

»Du hast seinen Anwalt gehört, Frank.« Peter Kraus bewegte sich von der Kaffeemaschine hinter seinen Schreibtisch, auf dem noch die Fotos vom Tatort lagen. »Ohne stichhaltige Beweise haben wir nicht mehr viel Zeit.«

Willa stand auf, kam an Kraus' Seite und hob eines der Bilder hoch.

»War die Leiche denn auf dem Sofa drapiert? Meint ihr, dass der Mörder die Frau absichtlich so hingesetzt hat?«

»Es gibt keine Anhaltspunkte, dass ihr Körper nach dem Tod bewegt worden ist. Sie hat die Gardinenstange im Sitzen in den Bauch gerammt bekommen. Was wieder die Theorie unterstreicht, dass sie ihren Mörder gut gekannt haben muss. Von welcher Höhe aus die Stange eingedrungen ist, in welchem Winkel der Täter stand oder saß, wissen wir noch nicht. Die Auswertungen dauern. Aber was wir wissen ist, dass es an dem Tatwerkzeug selbst keinerlei Spuren oder Abdrücke gegeben hat. Weder von unserem Verdächtigen noch von einem Fremden.«

»Anton Schneider könnte einfach ein guter Lügner sein.« Frank Zauber schien es überhaupt nicht zu gefallen, dass der Mann bald frei sein würde. »Er und die Frau reden nach dem Sex, sie streiten sich, er dreht durch. Danach hat er die Gardinenstange saubergemacht und sich diese Geschichte ausgedacht.«

»So einfach ist es nicht, eine Stange, die aus dem Bauch einer Toten ragt, abzuwischen. Dafür muss man extrem kaltblütig sein. Für mich war die Tat eine Handlung im Affekt«, widersprach Marielle. »Und warum sollte er sich überhaupt so eine Geschichte ausdenken? Wenn er der Täter war, gab es Zeit genug, sich in der Nacht davonzuschleichen. Er ist nirgends polizeilich erfasst, wir hätten ihn trotz der Spuren, die er in der Wohnung und auf dem Körper der Frau hinterlassen hat, nicht so leicht ausfindig machen können. Wozu bleiben und ein Schauspiel inszenieren?«

»Noch mal. Dieses kindische Schweigen fand ich oberscheiße.« Frank war wieder an der Reihe. »Dann kommt Willa, und schnipp, redet der Typ. Nichts gegen dich, aber auch das finde ich unglaubwürdig.«

Willa hatte das Gefühl, sich gegen den miesepetrigen Kollegen verteidigen zu müssen.

»Also, dass mein Auftauchen und mein Dialekt ihn aus der Starre geholt haben, finde ich durchaus erklärbar, wie auch Marielle es vorhin schon sagte. Wenn er seine positiven Kindheitserinnerungen mit Graz verbindet und dann kommt jemand genau von dort, kann das sicher etwas bewirken.«

»In Graz ist seine Mutter erwürgt worden, also welche positiven Erinnerungen meinst du?«

»Aber davor war er als kleines Kind sicher glücklich. Graz erinnert ihn an die Seele seiner Mutter.«

»Das klingt wie aus einem Kitschroman.«

»Werd' nicht sarkastisch, Frank.«

»Seele seiner Mutter, also ehrlich.«

Kraus stoppte Willa und Frank.

»Leute, darüber sollten wir noch mal mit dem behandelnden Arzt in der Psychiatrie sprechen. Mich stört mehr, dass die

Aussage, die wir von Anton Schneider haben, uns nicht wie erhofft weiterbringt. Ich werde auch Dr. Orwinskis Meinung zu dem Fall einholen.« Peter Kraus arbeitete gerne mit dem Fallanalytiker aus Düsseldorf zusammen. »Mir fehlt bei Anton Schneider das Motiv. Vorschläge?«

Willa legte das Foto zurück.

»Raubmord?«

»Es hat, laut Exmann, nichts in der Wohnung gefehlt, soweit er das aus der Zeit seiner Ehe noch sagen konnte. Da wären wir wieder bei den intakten Schlössern, unten wie oben.«

»Eifersucht? Ein Beziehungsdrama?«

»Kein Grund dazu. Ein One-Night-Stand. Der Kellner in der *Lichtung* hat mit seiner Aussage Anton Schneiders Version bestätigt. Soweit er sich erinnern konnte, haben sich die beiden erst dort getroffen. Anja Kittner war zuerst da, allein, und hat Anton Schneider später angequatscht. Sie ging öfter in das Lokal und ist zuvor nie mit ihm gesehen worden. Hat aber auch zuvor noch nie einen fremden Mann an der Theke angesprochen, wie der Kellner weiter meinte.«

Peter Kraus stellte seine Tasse ab, klatschte einmal in die Hände.

»Nächste Schritte, Leute. Da ist noch genug Raum. Was steht an?«

Willas Bauch verkrampfte sich. Wenn Anton Schneider aus dem Rennen war, würde sie dann schon morgen wieder im Flieger zurück sitzen?

Frank Zauber zeigte wie ein Schüler auf.

»Ich fahre jetzt ins Labor, danach in die Rechtsmedizin.«

Marielle stand auf und schaltete ihr iPad aus.

»Wir haben den Exmann in die Wohnung in der Kurfürstenstraße bestellt. Zurzeit werden in dem Haus und in der Straße immer noch die Anwohner vernommen. Aber die Spurensicherung hat den Tatort freigegeben. Wir können also mit den beiden Männern, die Anja Kittner gefunden haben, hinein. Zu Karl Kittner wird auch der Nachbar dazukommen. Ich möchte den Ablauf mit den beiden durchgehen, am besten durchspielen. Bis dahin möchte ich bei Karl Kittners Kunden vorbeifahren, der ihm für diese Nacht sein Alibi verschafft hat.«

»Sind die Männer befreundet, dann könnt' er den Exmann decken?«

»Nein, Willa.«

»Anlageberater ist er, oder?«

»Genau. Mein Bruder hat diesen Job auch einige Jahre gemacht. Er hat sich ein goldenes Näschen dabei verdient, aber so was wie Freizeit oder Privatleben hat es in dieser Zeit für ihn nicht gegeben. Da bist du schon mal recht eng mit den Kunden. Leute, die Berater für ihr Geld brauchen, sind nicht nur stinkreich, sondern oft auch exzentrisch und sehr fordernd. Dazu kommt, dass zu jeder Zeit bei einer der Börsen auf der Welt gehandelt wird. Dieser Kunde, ein David Herz, hat Kittner im *Alcazar* auf der Bismarckstraße getroffen und mit ihm einen draufgemacht. Hat sich wohl in Kölschlaune Extratipps erhofft.«

»Ein Alibi vielleicht für gute Finanztipps?«

»Herr Herz hat genug für zwei Anlageberater, wenn einer von denen in den Knast müsste.«

»Sonst noch Zeugen? Das Lokal war sicher brechend voll.«

»Haben wir überprüft. Drei andere konnten sich an Kittner erinnern; drei Frauen, die er angemacht hat, zusammen mit Herz. Die haben mit Geldscheinen gewunken, das vergisst man nicht so leicht. Die Damen haben es aber vorgezogen, unter sich zu bleiben. Das Alibi des Ex steht also.«

»Okay.«

Peter Kraus klatschte wieder in die Hände.

»Meine Damen, ihr könnt euch unterwegs austauschen. Willa, geh du mit Marielle, ihr seid ohnehin immer ein gutes Duo gewesen. Ich muss mich hier auf die nächste Pressekonferenz vorbereiten, das wird mal wieder ätzend.«

Der Krampf in Willas Bauch löste sich. Wenn Peter Kraus sie mit Marielle losschickte, konnte es nur bedeuten, dass sie auf jeden Fall bis zur Ergreifung eines Täters hierbleiben konnte.

Die Besprechung war beendet. Als erster verschwand Frank Zauber grußlos durch die Tür. Willa war fast schon mit Marielle auf dem Flur, als Kraus sie zurückrief.

»Noch auf ein Wort, Willa. Nur eine Minute.«

Sofort kam der Bauchschmerz zurück. Wie beim pawlowschen Hund. Die Glocke bimmelte, er sabberte. Kraus rief, Willas Bauch krampfte.

»Ich warte draußen.«

Marielle schloss die Tür, Willa lehnte sich dagegen, brauchte etwas Stütze. Sie dachte daran, dass sie Mörder jagte und zwei Serientäter zur Strecke gebracht hatte, was sollte also diese Angst vor den nächsten Schritten? Trotzdem wappnete sie sich mit einem tiefen Luftholen.

»Willa, du kannst doch ganz gut mit den Medien?«

Ihr Einatmen blieb auf halber Strecke stecken. Damit hatte sie überhaupt nicht gerechnet.

»Nein, eigentlich überhaupt nicht. Denk an den Helene-Fall. Da haben sie mich in der Luft zerrissen.«

»Aber davor warst du der Liebling der Presse. Auch in Graz. Ich erinnere mich genau. Deswegen habe ich mir damals deinen Namen gemerkt.«

»Ich weiß nicht, worauf du hinauswillst.«

Peter Kraus hob ein Blatt Papier von seinem Schreibtisch hoch.

»Oberstaatsanwalt Prunk will neben der normalen Polizeiarbeit ein wenig gute Stimmung für unsere Truppe machen. Nach all der Scheiße, die in Köln gelaufen ist, meint er, wir brauchen das.«

Willa nickte. Sie wusste immer noch nicht, wohin das laufen sollte.

»Es gibt eine Anfrage vom *Express*. Sie wollen ein Interview mit dir haben. Sie haben schnell Wind davon bekommen, dass du wieder im Lande bist und uns unterstützt. Ich wollte zuerst ablehnen, aber Theo hat mich umgestimmt. Wir machen es. Also, du sollst es machen. Natürlich nur, wenn du willst. Kein Zwang von meiner Seite.«

Willa fühlte sich überrumpelt. Sie hatte sich gerade in der letzten Zeit von der Presse, so gut es ging, ferngehalten. Sie überlegte, sah, wie Kraus stirnrunzelnd auf das Blatt starrte, als wüsste er selbst nicht genau, ob er es nicht lieber in den Papierkorb werfen sollte.

»Ich mach' es!«

Er hob den Kopf.

»Gut. Dann gebe ich der neuen Pressefrau Bescheid, dass sie einen Termin für dich festmacht. Unsere Sandra Kano ist im Mutterschutz, und ich vergesse immer den Namen ihrer Vertretung. Peinlich, aber so ist es. Sandra hat übrigens einen Jungen bekommen. Noah.«

»Ich weiß davon.«

»Gut. Jetzt halte ich dich nicht länger auf, die Arbeit ruft. Schön, dass du wieder da bist.«

13

Markus Maximilian Jahrbein rannte bereits das dritte Mal durch den Eingang, durch den Vorraum, und blieb abrupt in der Mitte des Wohnzimmers stehen.

»Hier habe ich angehalten und mich umgesehen. Und da … da saß die Frau. Ich hab gedacht, warum sitzt sie denn einfach so da, nur im Morgenmantel. Und warum hat sie denn dieses Rohr zwischen ihren Beinen? Doch es war gar nicht zwischen ihren Beinen, es war auch kein Rohr, verstehen Sie?«

Obwohl der Nachbar anfangs sehr zugeknöpft und misstrauisch den beiden Ermittlerinnen gegenüber gewesen war, schien er sich jetzt vor Übereifer kaum mehr halten zu können. Er kniete sich vor die Couch hin und riss seine Augen auf, als würde er die Szene wieder real miterleben.

»Ich konnte es nicht fassen. Wissen Sie, ich sehe mir im Fernsehen immer gerne Krimis an, aber wenn man selbst in einen stolpert, das geht unter die Haut.«

Hinter ihm betrat Kittner zögerlich das Wohnzimmer. Er fühlte sich in dem Raum sichtlich unwohl. Seine Stimme war leise, fast ein Flüstern.

»Ich habe noch einen Moment gewartet, ich dachte ja, dass sich Anni vielleicht ärgern würde, mich zu sehen. Deshalb habe ich Herrn Jahrbein vorgehen lassen. Als er geschrien hat, bin ich auch hineingerannt.«

»So war es. Ich schrie, er kam gerannt.«

Auch beim dritten Schildern der Szene verlor sich Jahrbein in der Erinnerung, sein Atem ging schneller, er begann zu hyperventilieren. Willa legte ihre Hand auf seine Schulter. Sie konnte harte Muskeln unter dem Hemd spüren, obwohl der Mann eher dünn wirkte.

»Was machen Sie beruflich, Herr Jahrbein?«

Willa beugte sich zu dem Nachbarn hinunter. Jahrbein konnte seinen Blick noch immer nicht von der Couch abwenden.

»Ich bin Maler. Ich denke in Bildern, müssen Sie wissen. Das macht es noch schlimmer.«

»Ich dachte, Sie sind Architekt, Herr Jahrbein?«

Marielle war neben Willa aufgetaucht.

Jahrbein sah zu den Frauen hoch. Mit einem Stöhnen drückte er sich vom Teppichboden ab und kam zum Stehen. In seiner Größe überragte er Willa um mehr als einen Kopf, auch Marielle musste zu ihm aufsehen.

»Architekt, ja. Das ist mein Brotberuf sozusagen, aber ich habe meine Stelle im Büro Hasswerder & Sohn reduzieren können, schon vor drei Jahren, und versuche, mich als Künstler zu etablieren. Ich habe bereits in der Galerie *MaJourie* ausgestellt, die sich im Erdgeschoss befindet.«

»Was haben Sie dann gemacht?«

»Nach der Ausstellung?«

»Nein, nachdem Sie Frau Kittner gefunden haben?«

Er schüttelte den Kopf. Seine halblangen Haare bewegten sich mit.

»Wir standen eine Weile einfach nur da. Herr Kittner und ich.«

Karl Kittner stöhnte hinter ihnen.

»Ich wollte Anni berühren, ihr das Ding aus dem Bauch ziehen, aber Herr Jahrbein hat mich zurückgehalten.«

»Ja, natürlich! Ich konnte sofort sehen, dass die Frau tot war. Ermordet. Keiner stirbt eines natürlichen Todes mit einer Stange im Leib. Und da hab ich eben an die vielen Krimis gedacht, und wie es dort immer zugeht, und gemeint, wir sollten bloß keine Spuren verwischen.«

Er machte drei Schritte von der Couch weg, fasste Anja Kittners Exmann am Arm.

»So habe ich Herrn Kittner weggezogen, weg von der Leiche, nach hinten. Dann habe ich die Polizei verständigt.«

Wieder spielte er es nach, ging zu dem Telefon auf der Kommode und hielt sich den Hörer ans Ohr.

Kittner machte einen erschöpften Eindruck. Er senkte den Kopf, stöhnte wieder. Weder Marielle noch Willa nahmen darauf Rücksicht.

»Würden Sie meiner Kollegin noch mal erläutern, Herr Kittner, weswegen Ihre Exfrau eine gerichtliche Verfügung gegen Sie eingereicht hat, dass Sie sich ihr nicht mehr nähern durften?«

Marielle bewegte sich zur offenen Schiebetür, die ins Schlafzimmer führte, dort, wo Anton Schneider laut den Männern am Boden gesessen hatte.

Kittners drittes Stöhnen klang jetzt hörbar genervt.

»Ich weiß nicht, wozu das gut sein soll. Ich habe ein Alibi und ich verzichte bis jetzt auf einen Anwalt, weil ich Ihnen bei der Aufklärung helfen will.«

»Seien Sie doch so freundlich, Herr Kittner.«

»Gut.« Er wandte sich direkt an Willa. »Ich lebe seit über vier Jahren von meiner Frau getrennt, bin seit drei Jahren rechtskräftig geschieden. Wir hatten noch Kontakt. Meistens ganz guten. Aber sie konnte nie mit Geld umgehen; hat gedacht, es wächst an den Bäumen, hat sich nicht darum geschert, dass ich es sauer verdienen muss. Das hat mich immer in Rage gebracht. So kam eines zum anderen, und ich hab wohl mal was Falsches zu laut gesagt. Aber diese Verfügung wollte Anni wieder aufheben, glauben Sie mir.«

Willa nickte, schloss zu Marielle auf und ging dann in die Hocke.

»Hat hier Anton Schneider gesessen?«

Kittner war sichtlich froh über den Themenwechsel.

»Ja, das hat er. Hier hat er gehockt, genau da, wo Sie jetzt sind. Der hat sie umgebracht, da bin ich mir sicher. Den sollten Sie verhaften!«

»Herr Schneider ist bereits in Gewahrsam, Herr Kittner. Aber wir gehen allen Spuren nach.«

Jahrbein kam zu den Frauen, kniete sich neben Willa, schob seine Haare hinter seine Ohren. Sie konnte einen sauren Schweißgeruch an ihm wahrnehmen.

»Ich habe ihn zuerst nicht gesehen, er war wie unsichtbar. Still und völlig abwesend.« Er drehte sich nach hinten. »Sie, Herr Kittner, Sie haben ihn entdeckt und dann gepackt.«

Willa umschlang ihre Knie und drückte sich gegen den Türrahmen.

»Zeigen Sie es mir, bitte. Stellen Sie sich vor, ich wär' jetzt der junge Mann.«

Kittner zögerte.

»Ich habe fest zugepackt. Ich war außer mir. Ich war mir sicher, der hat meine Anni getötet.«

»Sie brauchen's nur anzudeuten.«

Mit einem plötzlichen Schwung war Karl Kittner über Willa und versuchte, sie mit beiden Händen hochzuziehen.

»So hab ich das Schwein gepackt und dann ...«

»Stopp!«

Jahrbein trat zwischen sie.

»Mir ist eben etwas eingefallen.«

Er schob Karl Kittner zur Seite.

»In dem Moment, als Herr Kittner den Typen hochgerissen hat, da hatte ich das Gefühl, als ob eine weitere Person in der Wohnung gewesen wäre.«

»Was meinen Sie damit?«

Jahrbein atmete wieder zu schnell.

»Ich meine, ich habe dagestanden, zwischen der toten Frau, dem zusammengekauerten Mann am Boden und meinem früheren Nachbarn, und ich konnte in das Schlafzimmer hineinschauen. Dorthin, wo Sie jetzt stehen, Frau Kommissarin. Im Spiegel hinter Ihnen, da konnte ich jemanden sehen.«

»Vielleicht Ihr eigenes Spiegelbild?«

»Nein, nein. Je länger ich überlege, desto sicherer werde ich. Da gab es noch eine weitere Person.«

»Wie sah sie aus? Denken Sie nach.«

Jahrbein begann, sich die Haare zu raufen.

»Ich weiß es nicht. Ehrlich. Es war alles so schrecklich. Ich bin mir sicher, dass es nicht nur ein Schatten war oder eine optische Täuschung, aber ich habe keine Ahnung, wie ich diese Gestalt beschreiben kann.«

Willa zog sich am Türrahmen hoch, zwischen den beiden großen Männern und ihrer ebenfalls groß gewachsenen Kollegin wirkte sie wie ein halbwüchsiges Kind.

»Haben Sie, während Sie beide auf die Polizei warteten, die Wohnung verlassen?«

»Nein. Auf keinen Fall.« Die Antwort kam von Karl Kittner wie aus der Pistole geschossen. »Ich wäre niemals wieder hinausgegangen und hätte Anni allein zurückgelassen. Ich hab sie immer noch geliebt.«

Der nächste Seufzer hörte sich mehr wie ein Schluchzen an. Jahrbein klopfte seinem Nachbarn tröstend auf Oberarm und Schulter.

»Aber ich wollte raus und in meine Wohnung. Meine ältere Schwester war zu Besuch, ich wollte ihr sofort alles erzählen. Herr Kittner hat mich festgehalten.«

Jahrbein hörte mit dem Klopfen auf und packte den überraschten Kittner mit beiden Händen am Oberarm, er verfiel wieder in sein hektisches übertriebenes Demonstrieren.

»Genauso haben Sie mich gepackt, Herr Kittner.«

»Daran erinnere ich mich nicht mehr. Überhaupt nicht.«

»Haben Sie aber!« Ein vorwurfsvoller Blick von Jahrbein an Kittner. »Ich hätte nicht raus gekonnt, selbst wenn ich es gewollt hätte. Meine Schwester hat später alles erfahren, als die Polizei gekommen ist und sie ebenfalls eine Aussage machen musste. Es hat sie ziemlich mitgenommen. Theresa ist krank.«

Die Ermittlerinnen warfen sich einen Blick zu. Wenn keiner der beiden Männer die Wohnung wieder verlassen hatte, wie hätte diese Person, die der Nachbar zu sehen geglaubt hatte, entkommen können?

Trotzdem stellte sich Marielle an den Schminktisch, vor den Spiegel, und versuchte eine Position zu finden, die sie bis an die Schiebetür sichtbar machen würde. Willa, an Jahrbeins Platz, konnte nur eine Ecke des Bettes und einen Teil des Türrahmens sehen. Sie winkte ab.

Marielle bewegte sich weiter ans Fenster, öffnete es, prüfte die Möglichkeit, hinauszuklettern und sich an der Außenmauer entlang zu bewegen. Aussichtslos. Selbst sie, die gerne mal einen Nachmittag in der Kletterhalle mit ihrem Mann verbrachte, hätte sich nicht zugetraut, sich an dem schmalen Mauerrand entlangzuziehen. Es gab keine Möglichkeit, sich mit den Fingern festzuhalten.

Marielle schloss das Fenster.

Willa kam ganz nah an ihre Kollegin, flüsterte: »Ein Fremder im Spiegel? Wohl zu viel Phantasie, der Mann. Was meinst du?«

»Oder wir übersehen was.«

»Was is' mit seinem Alibi? Vielleicht will er von sich selbst ablenken?«

Marielle verneinte.

»Seine Schwester war bei ihm, als Kittner geklingelt hat. Sie hat dort übernachtet. Das wurde bereits überprüft.«

»Die Schwester könnte ihn decken.«

»Richtig. Aber es gibt kein Motiv. Und keinen Anhaltspunkt gegen ihn. Er wohnt schon seit Jahren neben den Kittners. Wir gehen bisher davon aus, dass die Schwester die Wahrheit gesagt hat.«

Jahrbein war zu ihnen aufgerückt. Seine halblangen Haare baumelten wieder.

»Ich hoffe, ich habe mit meiner neuen Erinnerung keinen Schaden angerichtet. Aber je mehr ich daran denke, desto sicherer bin ich mir.«

Marielle antwortete schneller als Willa.

»Alles gut, Herr Jahrbein. Wir haben diese Nachstellung aus genau diesem Grund gemacht, damit Ihnen oder Herrn Kittner vielleicht noch etwas einfällt.«

»Kann ich dann gehen? Meine Schwester hat mir eben eine Nachricht aufs Handy geschickt. Sie wartet unten. Vor dem Haus.«

»Vielleicht kann ich kurz mit ihr reden?« Willa wollte jede Gelegenheit nutzen, um alles in dem Fall aufzuholen.

»Dann würde ich Sie bitten, mit mir nach unten zu kommen. Wie ich schon gesagt habe, Theresa ist krank. Ihre Gehbehinderung macht das Treppensteigen so schwer für sie. Deshalb bleibt sie immer über Nacht, wenn sie mich besucht. Heute wollten Theresa und ich ein paar Einkäufe erledigen.«

Willa sah zu Marielle, die nickte.

»Ich komm' mit ihnen. Hier is' für den Moment unsere Arbeit getan. Jetzt müssen wir nur den Mörder finden.«

Im Wohnzimmer hörten sie Karl Kittner wieder schluchzen.

Theresa Jahrbein hatte sich auf dem äußeren Sims eines der Fenster der Galerie *MaJourie* im Parterre gesetzt und stützte ihren rechten Arm auf einen Stock.

»Theresa, es tut mir so leid, dass du warten musstest.«

»Markus Maximilian.«

Statt zu lächeln, verzog die Frau ihren Mund zu einer schmerzvollen Grimasse. Tiefe Falten waren in ihrem Gesicht eingegraben und ihr ungefärbtes graues Haar ließ sie wie eine alte Frau aussehen. Einzig ihre Augen zeigten Vitalität. Der Bruder stürzte zu ihr hin und griff ihr unter den freien Arm, half ihr, aufzustehen.

»Es ist zu kalt hier für dich, Theresa.«

Willa rechnete nach. Markus Maximilian Jahrbein war Jahrgang 1969, noch keine fünfzig Jahre alt, wie viel älter war seine Schwester? Welches Leiden plagte sie? Willa musste Marielle danach fragen.

»Hallo, Frau Jahrbein. Willa Stark mein Name. Inspektorin Stark. Ich ermittle mit im Fall Anja Kittner und bin heute erst dazu gestoßen.«

Theresa Jahrbein machte sich von ihrem Bruder los, schwankte etwas, stand dann aber fest. Sie reichte Willa eine Hand mit Wollhandschuhen. Willa wurde schon beim Anblick heiß.

»Jahrbein. Theresa. Freut mich. Wir sind immer noch geschockt. Der Markus Maximilian wollte gar nicht aufmachen, weil wir beim Frühstück waren, als Herr Kittner klingelte. Und dann, als ich das von dieser Frau gehört habe. Schrecklich. Es ist unfassbar.«

Sie stöhnte und lehnte sich an ihren Bruder. Der Gesichtsausdruck von Jahrbein schwankte zwischen Besorgnis und beginnenden Ärger.

»Meine Schwester soll sich nicht schon wieder aufregen. Außerdem müssen wir los. Was wollen Sie von ihr?«

Theresa Jahrbein strich mit einer Hand über die Brust ihres Bruders.

»Ich habe Ihrer Kollegin schon gesagt, dass ich über Nacht bei Markus Maximilian geblieben bin. Wenn ich es die Treppen hochschaffe, dann bleibe ich immer. Er zeigt mir dann seine neuesten Bilder. Großartig. Ein echtes Talent. Haben Sie sich seine Werke angesehen?«

Willa verneinte. »Hätten Sie es denn gehört, wenn Ihr Bruder nachts rüber zu Anja Kittner wäre?«

Jahrbein schnaubte auf.

»Das ist eine Frechheit, Frau Stark. Ich habe diese Tür erst mit dem Exmann von Frau Kittner aufgeschlossen. Aus reiner Nachbarschaftshilfe. Ja, glauben Sie denn, ich könnte so etwas tun?«

»Ganz ruhig, mein Lieber.« Theresa Jahrbein schien die Frage erwartet zu haben. Sie fasste ihren Bruder am Handgelenk. »Auch das habe ich bereits Ihrer Kollegin mitgeteilt. Ich habe durch meine Krankheit einen sehr leichten Schlaf, ich wäre sofort hochgeschreckt, wenn ich die Außentür gehört hätte.«

Hätte sich die Schwester des Nachbarn auch geäußert, wenn es anders gewesen wäre? Sie war ein direktes Familienmitglied, man hätte sie nicht zu einer Aussage zwingen können.

Doch im Augenblick wollte Willa nicht zu viel hineininterpretieren.

»Es is' in Ordnung, Frau Jahrbein. Und ich bin dafür da, solche Fragen zu stellen, Herr Jahrbein. Für heute danke ich Ihnen beiden und halten Sie sich bitte weiterhin zur Verfügung.«

Die Geschwister setzten sich in Bewegung, Theresa Jahrbein ging auf ihren Stock gestützt allein, ihr Bruder einen halben Schritt hinter ihr.

14

Sie stießen vor dem Polizeipräsidium fast zusammen.

»Harro!«

Willas Herz machte einen kleinen Sprung und ihre Mundwinkel gingen automatisch nach oben. Gleichzeitig fühlte sie einen Anflug von schlechtem Gewissen. Sie hatte sich weder bei Harro gemeldet, als sie von ihrer Beratertätigkeit erfahren hatte, noch sofort nach ihrer Ankunft in Köln. Nicht mal eine SMS hatte sie geschrieben. Zugegeben etwas selbstsüchtig, ja, aber der Fall und ihre ersehnte Rückkehr in die Domstadt hatten ihr ganzes Denken eingenommen.

»Willa!«

Harro deNärtens, der Leiter des Rechtsmedizinischen Instituts am Melatengürtel, strahlte über das ganze runde Gesicht, als er Willas Namen aussprach.

Er hatte gehofft, sie hier zu treffen, war aber von dem Zusammenstoß doch überrascht. Peter Kraus hatte ihm einen Tag nach Anton Schneiders Verhaftung von seiner Idee erzählt, Willa Stark für eine Beratertätigkeit zurückzuholen, und Harro hatte den ersten Hauptkommissar nachdrücklich unterstützt.

Erstens fehlte ihm die zarte, aber zähe Grazerin mehr, viel mehr, als ihm lieb war, und zweitens hatte er in den letzten Monaten längst selbst alle möglichen Gedankenpläne entworfen, um das Fräulein Ösi wieder nach Kölle zu bekommen. Er hatte sich in seiner Phantasie sogar gesehen, wie er den perfekten Mord beging, verbunden mit einer gefälschten Spur, die direkt in die Steiermark führte, und somit eine neue Zusammenarbeit zwischen den Behörden möglich machen musste. Aber wieder erstens, gab es keine Garantie, dass es Willa sein würde, die man anforderte, und wieder zweitens, er klärte Morde auf und sah sich selbst aus verzweifelter Liebe nicht imstande, eigenhändig jemanden zu killen.

»Das ist wunderbar, dass du mir direkt in die Arme läufst!«

Willa drückte den beleibten Rechtsmediziner fest an ihren schlanken Oberkörper. Er konnte ihre Brüste durch sein Hemd und ihre Bluse hindurch spüren.

Durch Harros gesamtes System lief ein Zittern, das er nur mühsam unterdrücken konnte. Er wollte auf keinen Fall, dass sich seine Zuneigung offen zeigte. Noch dazu, wo sie nur auf freundschaftlicher Ebene erwidert wurde. Er schlang seinerseits seine Hände um Willa, schob sie aber gleichzeitig mit seinem Bauch ein paar Zentimeter von sich weg. Sie schien es nicht zu bemerken.

»Ich hab' so ein schlechtes Gewissen, weil ich mich nicht gemeldet hab'. Aber du verzeihst mir, gell?« Willa löste ihre Umarmung und packte mit den Fingern Harros Wangen. »Ein *Zwickerbussi* für dich!«

Sie kniff ins Fleisch von Harros Wangen und drückte ihm im selben Moment einen Kuss direkt auf die Lippen. Beide Berührungen, der kleine Schmerz des Kneifens und der weiche Kuss ließen ihn schwindeln. Am Eingangsbereich sahen zwei Kollegen zu ihnen herüber.

»Schon gut! Keine Intimitäten direkt vor dem Arbeitsplatz.«

Harro schob Willa endgültig von sich weg und ließ seinen Blick von oben bis unten über die junge Inspektorin gleiten.

»Gut siehst du aus, Willa. Frisch und voller Tatendrang. Herzlich willkommen zurück im Team.«

Willas Gesichtsausdruck verdunkelte sich schnell.

»Ich bin doch nur für eine einzige Beratung hier.«

»Aber du bist wieder da.«

»Wie es ausschaut, werd' ich auch schnell wieder fort sein. Der Hauptverdächtige hat geredet. Höchstwahrscheinlich ist er es nicht gewesen, das sagt mir mein Bauch.«

»Du und dein nichtvorhandener Bauch. Meiner schreit immer nach Essen. Leider.«

Willa tätschelte ihrem Kollegen sanft den Bauch. Wieder eine Berührung zwischen ihnen.

»Ich mag dein Baucherl. Du bist wie ein Bär vor dem Winterschlaf.«

Harro sah das Bild vor sich. Er, nackt und voluminös in einer Höhle, unter ihm die zarte Willa, einem Reh gleich, zerquetscht durch seine Leibesfülle. Schnell verbannte er die Szene aus seinem Kopf.

»Keine Tiervergleiche bitte, Willa. Hast du Zeit und Lust auf einen Kaffee?«

Willa sah auf ihr Handy. Sie begann, auf ihrem Daumennagel zu kauen, merkte es und steckte Mobiltelefon und Hand in die Tasche ihrer Jeans.

»Ich will mir das *depperte* Nägelbeißen abgewöhnen. Is' gar nicht so leicht. Aber ein schneller Kaffee geht bei mir immer.«

In dem Moment tauchte Marielle Kaiser-Rhön hinter Willa auf und Harro begann sich zu ärgern, dass er sich nicht sofort mit Willa aus dem Staub gemacht hatte; vor dem Polizeipräsidium kamen naturgemäß immer Kollegen dazu.

»Willa, da bist du. Und hey Harro.«

Die Hauptkommissarin drückte den Rechtsmediziner ihrerseits, freundschaftlich. Willa unterbrach die Begrüßung.

»Der Harro und ich, wir wollen auf einen Kaffee gehen, bist du dabei, Marielle?«

Da war es wieder. Wenn Willa Harros Zuneigung auch nur minimal erwidern würde, hätte sie ihre Kollegin abgewimmelt, statt sie einzuladen. Er musste sich von der Wunschvorstellung lösen, dass aus ihnen beiden jemals mehr als Kollegen und Freunde wurden. Trotzdem schickte er ein kurzes Stoßgebet zum Himmel.

Marielle schüttelte ihren Kopf.

»Nein, danke. Ich fahre direkt zu einem Großonkel unserer Toten. Der wohnt in einem Altersheim. Mehr an Verwandtschaft war bis jetzt nicht aufzutreiben. Willst du nicht lieber mit mir mitfahren, Willa?«

Harro sendete ein zweites Stoßgebet, während Willa kurz überlegte.

»Kann ich nachkommen?«

In dem kleinen Café auf der Kalker Hauptstraße saßen sie beide allein an diesem frühen Nachmittag.

Willa hatte ihre Erzählung von der ersten Begegnung mit dem Verdächtigen eben beendet. Harro nickte ihr anerkennend zu.

»Er hat also geredet. Hört sich gut an. Kraus hat sich sicher darüber gefreut.«

Harro hatte sich neben einem Cappuccino noch ein Puddingteilchen bestellt, es aber halb aufgegessen auf seinem Teller liegen lassen. Wenn sich Willa das Nägelkauen abgewöhnen konnte, schaffte er es vielleicht, mit dem Süßkram aufzuhören.

»Hast du dir die Fotos vom Opfer angesehen, Willa?«

»Ja, das hab' ich. Und ich hab' auch deinen Bericht gelesen. Muss wohl ein heftiger Stoß mit der Stange gewesen sein.«

Harro wischte sich den Mund mit der Serviette ab.

»Es braucht auf jeden Fall Kraft, um eine Gardinenstange, auch wenn sie im Durchmesser nur zwölf Millimeter hat, einem Menschen in den Bauch zu rammen. Mit einem kurzen Anlauf wäre das möglich, mit Schwung. Wir können auch einen tragischen Unfall nicht ausschließen, bei dem unser Unbekannter gestolpert sein könnte und die Stange unglücklich Anja Kittner getroffen hat.«

»Das glaubt doch keiner.«

»Willa. Wir sind dafür zuständig, alle Möglichkeiten auszuloten.« Er hatte seinen Dozententon angenommen, mit dem er die Studenten und Praktikanten im Institut belehrte. »Natürlich ist ein Unfallszenario denkbar unwahrscheinlich, aber es wäre unprofessionell, es auszuklammern.«

»Der Täter muss der Frau gegenübergestanden haben. Sie saß auf dem Sofa, wie soll da ein Unfall passieren?«

»Ich war noch nicht fertig. Was gegen einen Unfall spricht, ist die Tatsache, dass die Gardinenstange ihren Körper fast vollständig durchdrungen hat. Ein oder zwei Zentimeter mehr und das Ende wäre an ihrem Rücken wieder herausgekommen. Das zeigt uns die Kraft, die hinter diesem Stoß steckt. Das geht nicht einfach locker vom Sitzen oder Stehen aus, das braucht Wucht.«

»Eine Gardinenstange ist kein Messer. Hätte der Täter nicht nachbohren müssen, um durch Haut und Bauchmuskeln zu kommen?«

»Das Mordwerkzeug war auf der Seite, mit der sie in das Opfer gestoßen wurde, offen. Ohne Abschluss. Heißt, das Ende der Gardinenstange war scharfkantig und nicht abgerundet.«

»Könnt' die Stange vielleicht vorher als Mordwaffe präpariert worden sein?«

»Ja, möglich wäre es. Sie könnte mit einer Haushaltssäge gekürzt worden sein. Doch ich muss dich gleich enttäuschen, derlei Spuren konnte das Labor nicht entdecken. Es fehlte die Kappe, darunter sind alle handelsüblichen Gardinenstangen nicht extra abgeschliffen. Mit der nötigen Kraft konnte sie in den Bauch eindringen, durch die Muskeln und die Organe. Aber, wie gesagt, es braucht Wucht, um einen tödlichen Stoß zu vollführen.«

»War Anja Kittner sofort tot?«

»Ich dachte, du hast meinen Bericht gelesen?«

»Überflogen. Es gab Turbulenzen im Flieger und ich hatte Jimmy in der Box dabei. Der miaute kläglich.«

»Du hast deinen Kater hierher ins Hotel mitgenommen?«

Willas Daumen schlich sich in ihren Mund und sie kaute am Nagel.

»Ich hab' noch die Wohnung, erzähl' ich dir später. Jetzt sag mir bitte, wie lange man mit einer Gardinenstange im Bauch weiteratmen kann?«

Harro biss ein nächstes Stück von seinem Puddingteilchen ab, sie waren beide wieder bei ihren alten Gewohnheiten.

»Sie hat vielleicht noch einige Minuten gelebt. Ähnlich wie bei einem Bauchschuss stirbt man nicht sofort. Man verblutet innerlich. Aber sicher war sie zu keiner Bewegung mehr fähig, zu keinem Schrei.«

Eine kurze Pause entstand zwischen ihnen.

Willa holte ihr Handy aus der Jeans, las eine Nachricht, ihr Blick verdunkelte sich, sie schien zu überlegen. Dann bestellte sie sich noch einen Kaffee.

»Für dich auch noch etwas, lieber Harro?«

Harro verneinte. Gerne hätte er sie nach privaten Dingen in Graz befragt, aber der Fall stand zwischen ihnen.

»Du denkst, dass der Verdächtige nicht schuldig ist, Willa? Er war am Tatort. Er hätte nach dem Mord seine Fingerabdrücke von der Tatwaffe abwischen, hätte sich nackt hinsetzen und den Traumatisierten mimen können. Nur, weil er aus deiner Heimatstadt kommt, ist er nicht automatisch ein Unschuldslamm.«

Jetzt lachte Willa laut auf, ihr typisches Willa-Lachen, das er so mochte.

»Also, hör mal, ich selbst hab' schon mehrere Mörder unten in der Steiermark festgenommen. Da gibt's mehr böse Buben als hier, manchmal sogar in Serie.«

Auch Harro musste jetzt grinsen. Er schnappte sich den letzten Bissen Puddingteilchen und genoss es sichtlich. Allein schon, dass er hier wieder mit seiner Willa sitzen und quatschen konnte, tat ihm gut.

»Und weiter?«

»Hast du ja gehört. Ich treffe mich mit Marielle bei diesem Großonkel des Opfers, später suchen wir weiter nach Bekannten von Anja Kittner. Volles Programm. Willa im Kölner Turbogang.«

»Ich meinte, wie sind deine weiteren Gedanken zu dem Verdächtigen?«

Willa wurde wieder ernst.

»Also, meine Vermutung zu Anton Schneiders Unschuld hat bis

jetzt hauptsächlich was mit meinem Bauchgefühl zu tun. Und das hat sich gedreht. Zuerst hätte ich ihn nie und nimmer ausgeschlossen. Doch je länger ich den Fall in meinem Kopf wälze, desto mehr glaube ich, dass Marielle Recht hat. Er wäre nie in der Wohnung geblieben, es gab einfach keinen Grund. Aber noch ist der Verdacht gegen ihn nicht ausgeräumt. Da wir keine konkreteren Beweise gegen ihn haben, wird sein Anwalt auf Aufhebung der Untersuchungshaft plädieren, das heißt, er soll bald aus der Forensischen Psychiatrie entlassen werden.«

»Du hast ihn zum Reden gebracht. Finde ich toll!«

»Na ja, ich hab' nicht das Gefühl, dass ich so viel gemacht hab'. Ich glaube, er hätte früher oder später sowieso gesprochen. Er musste sich von dem Schock erholen. Wenn er wieder auf freiem Fuß ist, wird er sich nicht aus der Stadt entfernen dürfen. Bevor es so weit ist, werde ich mein Bild von ihm vertiefen können. Direkt vor Ort, in der LVR-Klinik, werd' ich noch mal mit ihm reden.«

»Du fährst in die Psychiatrie und willst mit dem Typen noch mal reden? Warum das denn?«

»Ich hab' vorhin eine SMS von Peter Kraus bekommen, dass Anton Schneider um ein Gespräch mit mir gebeten hat. Kraus hat das mit Prunk und der Klinik abgesprochen. Morgen ist das Treffen. Spannend. Was er wohl will?«

»Ungewöhnlich. Seltsam. Findest du nicht?«

»Egal. Ich fahr' hin. Wer weiß. Vielleicht ist ihm noch was eingefallen, was für uns wichtig sein könnte.«

Harro hob seinen Arm und griff über den Tisch. Er wagte es, Willas Hand zu nehmen. Ihre zarten Finger verschwanden unter seinen.

»Geh nicht allein zu dem Mann. Jetzt habe ich ein ungutes Gefühl, Willa. Mein Bauch kann nämlich auch zu mir sprechen.«

Willa lachte wieder. Laut und herzhaft. Die Bedienung hinter dem Tresen warf ihnen beiden einen strengen Blick zu, als würden sie in dem sonst völlig leeren Café jemanden stören.

»Wir sollten uns nackt aneinanderreiben und Konversation von Bauch zu Bauch machen. Was meinst du, mein liebster Rechtsmediziner?«

In Harros Bauch machte sich erneut ein wohliges Gefühl bemerkbar.

Er stand auf und holte sich ein zweites Puddingteilchen. So schnell ließen sich die guten Vorsätze über den Haufen werfen.

15

»Hey, meine Schöne?

Darf ich mir den Artikel aus der *Bild am Sonntag* ausschneiden? Hör mal, was da steht:

An alle Frauen da draußen. Der erste Mai ist nicht nur der Tag der Arbeit, sondern kann auch der Tag der Liebe werden. Ein Feiertag, an dem man seinen Liebsten beschenken sollte mit Blümchen oder einem selbst gemalten Herzen. Ja, meine Damen, wir, das männliche harte Geschlecht, wir freuen uns kindlich über einen Liebesbeweis vom Schätzchen, glauben Sie mir!

Einziger Wermutstropfen: Heute fällt der Feiertag auf einen Sonntag. Aber die Wettervorhersage gleicht das mit strahlendem Sonnenschein aus.

Klingt doch nett?

Darunter ist ein Foto von einer wirklich scharfen Blondine, die ein paar Maiglöckchen in der Hand hält.

Sie sieht auch nett aus. Sexy und nett zugleich.

Das Foto schneide ich ebenfalls aus und nehme es mit. Okay? Ich hab den *Kölner Stadt-Anzeiger* abonniert, da gibt es so freizügige Bilder nicht.

Der Tag der Arbeit, passt doch.

Warum, fragst du?

Ich habe gearbeitet. Viel. Es war eine Zeit des Schaffens.

Ich hab dich vernachlässigt, ich weiß.

Aber bis zu dir, auf die andere Rheinseite, ist es ein langer Weg. Du weißt, dass ich keinen eigenen Wagen habe.

Egal.

Da bin ich wieder.

Du warst so süß, als du mich gefragt hast, ob ich wieder vorbeikommen mag. Da war mir alles klar. Dein Blick, dein Mund, deine Stimme, sie haben mir alle Signale zugesandt, die ich mir zu hören gewünscht habe, seit wir uns das erste Mal getroffen haben.

Du warst nicht nur süß, sondern auch unartig. Dein enger Rock, deine hohen Schuhe, dein roter Lippenstift. Hast du dir das von dem Foto in der Zeitung abgeguckt? Ich hätte dir Maiglöckchen mitbringen sollen, nicht wahr?

Wenn du magst, können wir später gemeinsam einen Film gucken. Ich habe mir deine DVD-Sammlung angesehen, und *E-Mail für dich* ist dabei. Den Film kann ich mir gar nicht oft genug ansehen.

Was sagst du?

Gerne koche ich uns Tee. Ich muss mich erst in deiner Küche zurechtfinden. Welchen willst du? Da ist eine Frühlingsmischung, das passt doch gut.

Einen Tee für meine Schöne.

Schön. Das bist du. Auch wenn du die *Bild am Sonntag* liest, profanes Frauenzimmer. Aber jetzt, wo ich dich betrachte, ja, das passt. So wie romantische Liebesfilme zu dir passen.

Einen herrlichen Blick auf den Rhein hast du von deinem Fenster aus. Ist mir bei meinem ersten Besuch nicht aufgefallen. Man übersieht so viel. Wie wunderbar, dass ich wiedergekommen bin, findest du nicht?

Was zahlst du an Miete? Ist es günstiger, in Mühlheim zu wohnen?

Wobei in der Zeitung stand, zumindest im *Stadt-Anzeiger*, dass die Wohnungen mit Rheinblick mit jeder Neuvermietung teurer werden, da hilft auch die Mietbremse wenig. Unfassbar, oder? Wie lange können wir uns unser Dach überm Kopf noch leisten?

Du hast es leichter, du hast ein geregeltes Einkommen. Das macht dich zu einer sicheren Partie, was?

Wie gerne würde ich dich küssen, meine Schöne.

Deine offenen Lippen laden mich ein, und ehrlich, in jeder Position, in jedem Zustand finde ich dich sexy. Aber ich traue mich nicht.

Zum Lachen.

Lachst du?

Ich höre dein Lachen in meinem Herzen.

Wenn wir uns später *E-Mail für dich* ansehen, dann will ich neben dir sitzen und deine Hand halten. Darf ich das?

Und jetzt, guck mal! Eine Überraschung. Es gibt Kuchen!

Den hab ich mitgebracht. Ta-da! Wie ein Kaninchen aus dem Hut hab ich ihn aus meiner Tasche gezaubert.

Ich steh auf Kuchen mit Kirschen, du auch?

Tust du, meine Schöne?

Der Tee!

Das Wasser kocht und ich stehe da und quatsche und quatsche und da sprudelt es schon über. Verzeih mir, ich rede nicht immer so viel.

Wie lange muss man ihn ziehen lassen?

Acht Minuten? Das dauert.

Ich könnte dich in der Zeit schon mal von der Küche ins Wohnzimmer bringen, damit wir mit dem Film beginnen können.

Schwer bist du, meine Schöne, ziemlich schwer. Ein paar Pfund weniger würden dir gut tun. Sei nicht beleidigt. Ein dummer Scherz.

Aber eine Dusche wäre nicht schlecht. Das meine ich leider ernst. Du stinkst. Aber bitte, krieg das jetzt nicht in den falschen Hals.

Jetzt wird es richtig komisch.

Jetzt muss ich herzhaft lachen.

In den falschen Hals.

Oh Mann, das ist der Witz dieses Sonntags, dieses Tages der Arbeit, dieses Liebestages. Oder?

Oh Gott, jetzt wärst du mir fast aus den Händen gerutscht. Fast. Keine Sorge, ich halte dich.

Da wären wir. Bequemer Fernsehsessel mit Platz für zwei. Hoch mit dir und setz dich aufrecht hin. Sträub dich nicht.

Was? Ich soll nicht an deine Seite kommen, weil du über meinen letzten Witz nicht lachen konntest?

Du musst zugeben, dass es zumindest ein klein wenig komisch war. In den falschen Hals. Wirklich. Ich sehe ein Schmunzeln auf deinem Mund. Sei kein Spielverderber. Der Film wartet, die Gemütlichkeit, die Liebe. Verdirb uns nicht diesen Tag.

Der Tee ist fertig.

Bleib bitte jetzt so sitzen, ich kann dich nicht ewig halten.

Aua, mein Rücken, den werde ich morgen spüren.

Mach dich nicht lustig über mich. Bitte, lach nicht. Ich sage auch nichts zu deinem Hals, deinem fleckigen Hals. Deiner porösen Haut. Dieses Grau hattest du letztes Mal noch nicht. Oder?

Ernsthaft jetzt. Hast du Tücher in deinem Kleiderschrank?

Wenn ich mir deinen Hals ansehe, das gefällt mir nicht. Ganz und gar nicht.

Ich suche nach einem Tuch für dich.

Ich will diese Male, diese Flecken nicht sehen.

Ich will es nicht.

Verstehst du das?

Es macht mich traurig, meine Schöne.

Ich hoffe, dass dir nicht zu warm wird mit dem Tuch um den Hals, aber ich denke, das müsste gehen.

Ja, viel besser.

Ich hole den Tee und den Kuchen.

Noch was. Nach dem Film muss ich schnell los. Ich mache auch alles sauber. Wozu habe ich sonst meine Gummihandschuhe mitgebracht?

Du kennst den Film auch schon? Ja, das dachte ich mir. Wieder etwas, das uns verbindet.

Hast du eine Lieblingsszene?

Ich liebe es, wenn Tom Hanks zu Meg Ryan kommt, mit Blumen in der Hand, und Meg Ryan verschnupft ist.

Daisy heißt die Margerite auf Englisch, hast du das gewusst? Es ist großartig, wie Meg Ryan die Szene spielt.

Ja, ich weiß.

Ich habe dir heute keine Blumen mitgebracht. Weder Maiglöckchen noch Margeriten.

Verzeih mir.

Als Wiedergutmachung lese ich dir später noch den Cartoon aus der *Bild am Sonntag* vor. Okay?«

16

»Eine Frau, die viele gekannt haben, die jedoch keinem vertraut war. Diesen Satz könnten wir als Überschrift über Anja Kittners Leben stellen.«

»Und wir zwei sind heut' immer noch keinen Schritt weiter.«

Marielle und Willa waren den ganzen Tag unterwegs gewesen. Jetzt standen sie im Stau, ein gutes Stück von der Severinsbrücke entfernt.

Marielle trommelte mit den Fingern ungeduldig auf dem Lenkrad.

»Verlorene Lebenszeit.«

Willa dachte an ihren Kater und die langen Stunden, in denen er allein zu Hause war. Es war doch eine schlechte Idee gewesen, das Tier wieder mit hierher zu schleppen. Sie musste sich von diesem Gedanken ablenken.

»Wollen wir die Aussagen noch mal durchgehen?«

»Gute Idee. Mein iPad liegt auf dem Rücksitz.«

Willa griff nach hinten, schlug die Schutzhülle zurück.

»Wie komm' ich rein, bitte?«

»12081928.«

»Dein Geburtsdatum?«

»Werde bloß nicht frech, Fräulein Ösi. Lies vor, wenn man euch in den Bergen überhaupt Lesen beigebracht hat.«

»Ebenfalls sehr lustig, Kollegin.«

Willa scrollte durch die Aufnahmen und Notizen ihrer Kollegin, in ihrem Kopf sah sie die Menschen dazu, hörte die vielen Stimmen.

Franziska Melchgar, Fitnesstrainerin

»Anja Kittner hat drei- bis viermal die Woche bei uns trainiert. Toller Körper für ihr Alter. Manche, die über die Vierzig hinaus sind, beginnen am Bauch oder an den Hüften diese Röllchen zu entwickeln. Aber nicht so Anja. Die hat sich hineingesteigert in den Sport. Und mit den richtigen Übungen hat sie es gut geschafft, sich straff zu halten. Wir haben uns gerne und oft an der Saftbar hinterher unterhalten. Aber eher über belanglose Dinge, nichts wirklich Privates. So toll, die Frau. Kaum zu glauben, dass sie tot ist.«

Henning Schrek, Friseur

»Akkurat war Frau Kittners Haarschnitt, ja, alle drei Wochen, die Spitzen fransen sonst aus. Oh, ich konnte die Uhr nach ihr stellen. Frau Kittner. Anni. Oh, oh. Mir kommen die Tränen. Alle sechs Wochen die Farbe neu. So ein wunderschöner Kopf. So klug. Ich habe nie verstanden, wie sie ihren Exmann verlassen konnte. Ich habe das alles mitbekommen. Immer hat sie erzählt. Die Scheidung. Oh weh. Verzeihen Sie, ich brauche ein Taschentuch. Danke. Eine liebe treue Kundin. Alle drei Wochen die Spitzen. Es trifft immer die Guten.«

Hilde und Wilhelm Angerer, Nachbarn im selben Haus

»Wir leben nun schon seit achtundzwanzig Jahren hier in der Südstadt und seit sechzehn Jahren im zweiten Stock dieses Hauses. Köln hat sich verändert. Nicht zum Guten. Aber noch nie ist ein Verbrechen in der Straße passiert. Noch nie. Nicht wahr, Hilde?«

Torsten Wiert, Büdchenbetreiber

»De war klass. De hat jern ein Kölsch getrunken. De kam jood an. Also, wenn isch den en de Finger bekomm.«

Karl Kittner, Exmann

»Woher soll ich denn wissen, ob Anni Feinde hatte? Nicht während unserer Ehe. Was sie danach getrieben hat, mein Gott, keine Ahnung. Ich bin eben kein Stalker, wie es dieser Verfügung nach den Anschein hat. Ich arbeite hart, ich pflege einen guten Umgang mit meinen Kunden, die können Sie alle fragen. Ich weiß nicht, mit wem sie sich getroffen hat. Freundinnen, das war nicht so ihr Ding, und ihre Eltern sind beide schon gestorben. Meine Schwiegermutter mochte mich immer, hätte Ihnen nur Gutes über mich erzählt. Diesen Großonkel? Hab ich persönlich nie kennengelernt. Anni hat ihn nie besucht.

Liebhaber? Sicher hatte sie nach mir irgendwelche Kerle im Bett. Das sieht man doch an diesem Typen, den Sie verhaftet haben. Der war es, da bin ich mir immer noch sicher. Der tickt nicht richtig. Als ich den in der Wohnung entdeckt und angepackt habe, da hat er nach seiner Mutter gerufen. Das soll sich mal einer vorstellen. Ich dachte, da hockt der Mörder; in dem Moment ruft der nach seiner Mutter. Scheiß auf deine Mutter, habe ich zu ihm gesagt, du Schwein hast meine Anni aufgespießt. Normalerweise drücke ich mich nicht so aus, aber ich war mir sicher, dass er es getan hat. Hat Anni gebumst, dann gekillt. Davon bin ich überzeugt. Mich müssen Sie nicht verdächtigen, aber den. Den auf jeden Fall. Scheiß auf deine Mutter, hab ich zu ihm gesagt.«

Jens Kreidemann, Nachbar von Haus Nummer 11, schräg gegenüber

»Ich möchte eine Aussage machen, meine Damen. Ich habe etwas gesehen. Jawohl. Ich weiß genau, wer Frau Kittner umgebracht hat. Es war der Zeitungsausträger. Ich beobachte den Mann schon seit Monaten, etwas stimmt mit ihm nicht. Ganz abgesehen davon, dass er immer und immer wieder versucht, meine Zeitung durch den Briefschlitz zu schieben. Was zur Folge hat, dass die erste Seite reißt. Das heißt, dass die Schlagzeilen wie ein verdammtes Puzzle zu mir kommen. Ich habe den Mann zur Rede gestellt, Frau Kittner weiß das, sie war immer bereit, sich mit mir zu unterhalten, sie hat mich verstanden. Der Zeitungsausträger hat mich bedroht, er konnte nicht mal richtig deutsch, verstehen Sie. Was für Zeiten!

Ich werde nichts unterschreiben, wenn Sie mir etwas vorlegen wollen. Und, da die Damen schon mal hier sind, möchte ich eine Beschwerde über die mangelnde Polizeipräsenz in der Südstadt anmerken. Noch dazu, wo jetzt am Römerpark, na Sie wissen schon, diese Leute untergebracht sind. Sie verstehen?«

Ursula Lieb, Mirjam Jansen, Klaus Stöber, Antonia Faruccio, Nils Schrömmel – Bekannte

»Schrecklich so was. Und das im Bekanntenkreis. Da denkt man nie, dass etwas so Furchtbares passiert.«

»Die arme Frau. Gut, dass sie keine Kinder hatte.«

»So nett war die Anni. Es ist eine Schande. Wo ist die Polizei, wenn man sie braucht?«

»Also, mein Mann hat auch Gardinenstangen im Keller. Jede Menge sogar. Vielleicht sollten wir nachsehen, ob eine fehlt? Bitte? Das war scherzhaft gemeint. Also, Anja hätte den Witz verstanden.«

»Unjlöck hät brigge Föß.«

Und so weiter. Und so weiter.

Willa ging die Notizen durch.

»Eine Frau, die mit vielen bekannt war, aber keinem vertraut. Da hast du völlig Recht, Marielle.«

So könnte auch ihr eigener Nachruf lauten, dachte Willa, ohne es auszusprechen.

Die Autoschlange bewegte sich endlich, es ging zäh über die Brücke weiter.

Nach dem Stau gönnten sich die beiden Ermittlerinnen draußen ein Glas Wein an einem der Tische im *Goldmund* in Ehrenfeld, ganz in der Nähe von Willas Wohnung. Die lauen Temperaturen hatten viele Nachtschwärmer herausgelockt. Es wimmelte um sie herum.

»*Unjlöck hät brigge Föß.* Das hab' ich überhaupt nicht verstanden.«

»Unglück hat breite Füße, ist damit gemeint.«

»Dazu passt: Gratis is' nur der Tod und der kost's Leben.«

»Schön, dass du wieder da bist.«

»Ja, das unterschreibe ich dir sofort.«

Die Frauen stießen an

Willas Kater würde etwas länger auf sein Frauchen warten müssen.

17

Der Gang war unendlich lang, es roch nach Krankenhaus und überall dieses Weiß. Willa fühlte sich geblendet von dieser Abwesenheit von Farbe, sie sah an sich herunter und fixierte mit ihrem Blick die blauen Schnürsenkel an ihren Turnschuhen. Farbe musste in ihre Augen.

Dazu kam die Mauer. Schon beim Betreten der Forensischen Psychiatrie, in der schuldunfähige Straftäter gesichert und behandelt wurden, keine paar Meter nach dem Haupttor, war sie sich eingesperrt vorgekommen. Sie fragte sich, warum es ihr hier drinnen zu schaffen machte, sie war oft in Haftanstalten gewesen oder hatte Verdächtige in der U-Haft vernommen, da waren Mauern und Gitter etwas völlig Alltägliches.

Vielleicht hing es damit zusammen, dass sie das Wort Psychiatrie mit der schlimmen depressiven Phase ihrer Mutter nach der Verhaftung von Onkel Willi verband.

Anna war für vier Wochen eingewiesen worden. In dieser Zeit, vollgestopft mit Medikamenten, hatte sie nur apathisch in ihrem Krankenzimmer gelegen und sich weder um sich selbst noch um ihre Tochter kümmern können. Willa war bei einer Arbeitskollegin der Mutter untergekommen und hatte sich wie eine Waise gefühlt. Sie selbst hatte unter Schüben heftiger nächtlicher Bauchkrämpfe gelitten, es aber niemanden erzählt. In diesen Nächten hatte sie ins Kopfkissen gebissen, um wegen dieser Bauchschmerzen nicht laut zu schreien. Nachdem Anna wieder zu Hause war, hatten bei Willa die Krämpfe aufgehört.

Auch als Erwachsene hatte Willa von Zeit zu Zeit wiederkehrende Beschwerden in ihrem Bauch und Darm. Sie führte die Störungen auf ihren sensiblen Radar zurück, auf ihren Instinkt. Während eines Falles meldete sich immer ihr Bauchgefühl.

Schon auf dem Weg hierher war dieses Grummeln wieder aufgetaucht, eine nervöse und zugleich trübe Stimmung hatte sich in ihr breit gemacht. Sie war von der Bahn aus zum Haupteingang, dann durch den Park der Klinik gelaufen, um zur ersten Kontrollstation im Gebäude zu kommen, in dem Anton Schneider untergebracht war.

Ohne fahrbaren Untersatz war ihr die Strecke nach Porz quälend lang vorgekommen. Ihr alter Mazda ruhte seit Januar auf dem Schrottplatz, war längst in seine Einzelteile zerlegt, und durch die weiterlaufende Miete in Köln hatte sie sich kein neues Auto leisten können. Deshalb war sie mit öffentlichen Verkehrsmitteln unterwegs und ging, wann immer die Möglichkeit dazu bestand, zu Fuß.

In diesen Tagen war alles erblüht, an den Bäumen zeigten sich Knospen und hellgrüne Blätter. Der Frühling galt als Zeit der Liebe und der Romantik, überlegte Willa, aber nicht für sie. In ihrem Leben hatte es seit Jahren keine neue Liebe mehr gegeben, und sie kam sich selbst eingesperrt vor, hinter den Mauern ihrer Arbeit, die nichts Romantisches zuließ.

»Kann ich Ihnen helfen?«

Eine Krankenschwester in einem weißen Kittel war vor Willa aufgetaucht. Es war das dritte Mal, dass sie seit ihrer Ankunft angesprochen wurde. Die Sicherheitsvorkehrungen waren streng, sie hatte an der Anmeldung ein langes Formular ausfüllen müssen. Eigentlich sollte sie im Eingangsbereich auf eine Begleitperson warten, die sie zu Anton Schneider bringen würde. Aber es hatte ihr zu lange gedauert und sie war allein losgegangen.

Zweiter Stock, Zimmer 1709.

»Ich soll den Patienten Anton Schneider treffen.«

Wieder zückte sie ihren Ausweis.

Die Krankenschwester warf keinen Blick darauf. »Hat Sie niemand am Empfang abgeholt? Sie dürfen hier nicht einfach herumlaufen.«

Willa holte Luft, wollte eine energische Antwort geben, in der Art, dass sie niemanden brauchte, der sie an der Hand nahm, und, dass sie imstande war, eine Zimmernummer eigenständig zu finden. Dieses ganze Weiß machte sie reizbar.

»Frau Stark? Kommissarin Stark?«

Willa drehte sich und sah in das sich nähernde Hellblau eines Pflegeranzugs. Endlich eine Farbe in all dem farblosen Klinikambiente. Das baute sie etwas auf. Der Pfleger streckte ihr seine Hand hin, sie war groß und erinnerte Willa an eine Bärenklaue.

»Ich bin Hans Busch, ich soll Sie zu Herrn Schneider bringen. Unten am Empfang haben wir uns wohl verpasst, Frau Kommissarin Stark.«

»Inspektorin is' mein Titel. Tut mir leid, dass ich gleich los bin, aber es eilt. Anton Schneider hat dringend um dieses Gespräch gebeten. Ich bin im Team der ermittelnden Mordkommission im Fall Anja Kittner.«

»Wir wissen Bescheid. Sie hätten mir vorhin nur Ihren Namen zu nennen brauchen«, mischte sich hinter Willa die Krankenschwester ein. »Allerdings wollte auch Dr. Meininger dazukommen und Sie instruieren. Er wird bei Ihrem Besuch anwesend sein wollen. Warten Sie also.«

Willas Stimme waren der Unmut und die Ungeduld jetzt deutlich anzuhören.

»Dr. Meininger soll hinterher mit mir sprechen. Statt Instruktionen eben eine Nachbesprechung. Sakra noch einmal!«

Der Pfleger und die Krankenschwester sahen Willa konsterniert an.

Anton Schneider saß am Tisch am Fenster, als Willa das Zimmer betrat. Es erinnerte sie an die Situation beim Verhör, nur, dass er sich ihr diesmal sofort zuwandte und lächelte.

Das Lächeln ließ ihn wieder jünger erscheinen. Er streckte ihr seine Hand entgegen, erhob sich kurz.

»Danke, dass Sie zu mir gekommen sind, Frau Stark. Ich fühle mich in diesem Zimmer, in einer Klinik allgemein, immer krank, obwohl ich es nicht bin. Das macht das ganze Weiß hier. Wenigstens tragen manche Pfleger ein hellblaues Outfit.«

Genau ihre Gedanken, von dem jungen Mann ausgesprochen. Willa fuhr sich durch ihre Haare, sie hatte sie heute Morgen kurz durchwühlt, aber nicht gekämmt. Sie fühlte sich weiter unruhig.

»Herr Schneider, ich bin hier, weil Sie ausdrücklich darum gebeten haben. Und Sie sind in diese Klinik eingewiesen worden, weil Sie am Tatort verstört waren, kein Wort geredet haben. In solchen Fällen ordnet die Staatsanwaltschaft statt der Untersuchungshaft einen Klinikaufenthalt an. Alles ist ordnungsgemäß gelaufen.«

»Sie haben Recht, Frau Stark. Sorry. Ehrlich gesagt, hätte ich mich in einer Zelle wohl auch nicht wohler gefühlt. Setzen Sie sich doch, bitte.«

Willa zögerte kurz, setzte sich Anton Schneider gegenüber. Trotz ihres schroffen Auftretens behielt er sein kleines Lächeln auf den Lippen bei. Auch das irritierte sie.

»Herr Schneider, meine Zeit ist knapp. Meine Kollegen und ich, wir stecken, wie Sie wissen, mitten in den Ermittlungen. Wenn Sie mir dazu etwas Relevantes mitzuteilen haben, machen Sie's sofort, oder ich gehe wieder.«

»Bei unserer ersten Begegnung waren Sie freundlicher. Zumindest habe ich es so in Erinnerung.«

»Da war die Situation eine völlig andere.«

»Sie meinen, da war ich durchgeknallt und Sie mussten den Verstörten zum Reden bringen.«

Willa fühlte sich ertappt.

»Ich bin im Stress, das ist alles. So ein Fall is' kein Zuckerschlecken.«

»Ich höre Ihren Dialekt so gerne, Frau Stark. Meine Kindheit ist damit verbunden, auch, wenn diese Zeit mit dieser großen Tragödie behaftet ist.«

»Ich weiß. Können wir zur Sache kommen?«

Immer noch war sein Lächeln da.

Überhaupt wirkte der junge Mann so ruhig, als wäre Willa die Bewohnerin dieses Zimmers und er zu Besuch. Seine ganze Körpersprache war völlig anders als bei seiner Vernehmung.

Anton Schneider drehte seinen Kopf zur Seite, sah aus dem Fenster. Hier gab es keine Gitter, die Scheiben waren aus Sicherheitsglas.

»Davon würde ich gern erzählen. Vor allem Ihnen. Etwas sagt mir, dass Sie es verstehen würden, ausschließlich Sie. Wir sind vom selben Schlag. Zumindest kommt es mir so vor.«

»Ich steh' aber nicht unter Mordverdacht, Herr Schneider.«

»Mich würde es freuen, wenn Sie mich Anton nennen würden, aber ich weiß, das ginge zu weit. Wenn ich hier wieder raus bin, und das werde ich hoffentlich bald sein, wäre es mir eine Freude, Sie mal in der Stadt zu treffen. Ganz locker, auf einen Kaffee oder so.«

»Das ist nicht möglich, Herr Schneider. Ich kann und will mich mit keinem Verdächtigen treffen.«

»Ich meinte später, liebe Frau Stark. Wenn meine Unschuld bewiesen ist und der Täter gefasst. Ein neutrales Treffen in der Sonne. Eine nette Begegnung im Frühling.«

Willa schwieg. Ihre trübe Stimmung kam hoch. Ihre Gedanken auf dem Weg hierher.

Der junge Mann drehte sich wieder zu ihr hin.

»Wir könnten uns Geschichten aus unserer Kindheit erzählen. Obwohl Sie meine Story ja zum Teil schon kennen.«

Anton Schneider legte seinen Kopf schief. Willa merkte, dass sich in ihrem Bauch ein Druck aufbaute. Am liebsten wäre sie auf der Stelle auf und davon. Sie holte tief Luft und legte sich die Hand auf den Bauch.

»Was soll das hier werden, Herr Schneider? Ich bin nicht zum Vergnügen gekommen.«

Sein Lächeln wurde zu einem Lachen.

»Willa. Ich meine Frau Stark. Das ist mir völlig klar. Alles rein dienstlich. Und ich bedanke mich bei Ihnen, dass Sie mir nach dem Schock, als ich die arme Anni gefunden habe, aus meiner Erstarrung geholfen haben. Ich war unfähig zu sprechen, bis Sie gekommen sind. Danke!«

Willa zappelte nervös mit dem Fuß unter dem Tisch. Dieses Gespräch zwischen ihnen musste zurück in die Ermittler-Verdächtiger-Position oder zumindest in eine professionelle Zeugenvernehmung.

»Nichts zu danken, Herr Schneider, das is' mein Job. Ich würde Ihnen jederzeit Handschellen anlegen, wenn es einen begründeten Verdacht gäbe, ganz ohne ein Wort an Sie zu richten. Jetzt reden Sie endlich.«

Anton Schneider sah über Willa hinweg, auf die Wand gegenüber, als würde dort ein Film ablaufen.

»Ich glaube, mich an etwas in dieser Nacht zu erinnern.«

Wie auf Kommando begann sich ihr Bauch langsam zu entspannen, es gab nichts mehr Privates oder Unangebrachtes zwischen ihnen. So war es richtig. Sie beugte sich vor, konzentriert und aufmerksam.

Er atmete einmal durch.

»Ich habe einen tiefen Schlaf und selbst, wenn mich etwas weckt, kann ich mich schnell wieder umdrehen und weiterpennen. Auch in fremden Betten. Ich kann Ihnen die genaue Zeit nicht sagen, sorry, Frau Stark, nur, dass es stockdunkel im Schlafzimmer von Anni war. Also mitten in der Nacht. Ein Poltern hat mich geweckt. Dann habe ich eine Stimme gehört, eine männliche, und hab kurz gedacht, dass es vielleicht ihr Exmann sein könnte, der scheint ja immer noch nicht von ihr loszukommen. Ich hab mich aufgesetzt und neben mich gegriffen, das Bett war leer. Anni muss aufgestanden sein, aus dem Schlafzimmer raus. Ich habe weiter gehorcht, gelauscht, aber weder die männliche Stimme noch das Poltern haben sich wiederholt. Dann habe ich mich umgedreht und weitergeschlafen.«

»Sie sind nicht nachschauen gegangen?«

»Ich war müde. Der Abend war lang, die Nacht kurz und wir hatten ausgiebig Sex.« Anton Schneider stockte kurz, warf Willa einen direkten Blick zu. »Ich hab nicht an irgendeine Gefahr gedacht, da war kein Schrei oder sonst was in der Art. Nur das Poltern und die Männerstimme.«

»Wie kommen Sie auf den Exmann?«

»Anni hatte mir in der Bar, in der wir uns kennengelernt haben, von ihrer gescheiterten Ehe erzählt. Auch, dass ihr Ex sie schon oft belästigt hat und sie sogar eine einstweilige Verfügung gegen ihn erwirkt hat. Deshalb. Aber dass er sie töten würde, hätte ich nie vermutet.«

»Karl Kittner hat ein Alibi für die gesamte Nacht, Herr Schneider. Wen auch immer Sie gehört zu haben glauben, es kann schwer der Exmann gewesen sein.«

»Alibis können falsch sein, oder? Je mehr ich grüble, umso sicherer bin ich mir, er war es. Ich weiß, das hört sich in meiner Situation an, als würde ich von mir selbst ablenken wollen, aber glauben Sie mir, Annis Schicksal setzt mir richtig zu. Ich will, dass der wahre Täter gefasst wird. Ich wollte Ihnen einen Vorschlag machen: Vielleicht kann ich eine Stimmprobe hören? Zum Vergleich? Wäre das möglich?«

»Dazu kann ich Ihnen direkt keine Antwort geben. Wie schon gesagt, Karl Kittner hat ein Alibi und selbst wenn Sie seine Stimme wiedererkennen würden, stünde dann Aussage gegen Aussage.«

»Es quält mich. Je länger ich über diese Nacht nachdenke, umso mehr fühle ich mich schuldig. Weil ich seelenruhig geschlafen habe, als es passiert ist. Ich will … Ich muss einen Beitrag leisten. Für Anni. Verstehen Sie das?«

Mit einem energischen Kopfschütteln stand Willa auf.

»Nicht wirklich, Herr Schneider. Es kommt mir, ganz ehrlich, übertrieben vor. Sie beide waren kein Paar. Sie kannten die Frau gerade mal ein paar Stunden.« Willa musste an Frank Zaubers skeptische Bemerkungen denken. »Und dafür haben Sie mich den weiten Weg machen lassen, Herr Schneider? Deshalb wollten Sie mich sprechen?«

»Vielleicht wollte ich Sie wiedersehen?«

Unmut stieg in Willa hoch. Was hatte sie sich dabei gedacht, allein hierher zu kommen? Mit Marielle oder Frank in Begleitung hätte sich der Verdächtige nie solche privaten Sätze erlaubt.

»Von einem traumatisierten Mann zu einem lockeren Sprücheklopfer haben Sie nicht lange gebraucht.«

Anton Schneider erhob sich ebenfalls. Er hob abwehrend die Arme.

»Das war dumm und unverschämt von mir. Verzeihung.«

Willa streckte ihm ihre Hand hin, höchste Zeit zu gehen. Der Besuch hatte sich als Flop erwiesen. Er bewegte sich nicht, fixierte Willa nur.

»Frau Stark. Wenn es der Exmann nicht war, vielleicht kann ich dann trotzdem helfen, mir eine Stimme eines weiteren Verdächtigen anhören, sollten Sie jemanden verhaftet haben?«

»Vielleicht. Wir werden sehen.«

Anton Schneider machte keine Anstalten, Willa die Hand zu reichen. Also gut, sie konnte auf das Händeschütteln verzichten. Schon an der Tür, drehte sich Willa noch einmal um.

»Ich werde Ihre Bitte weiterleiten, Herr Schneider. Sie können sicher sein, dass wir allen möglichen Spuren nachgehen. Wenn wir Anja Kittners Mörder fassen, erfahren Sie es sowieso.«

»Heißt das, dass Sie gegen mich keinen Verdacht mehr hegen?«

»Sie sind auf jeden Fall weiterhin verdächtig. Sie werden noch ein paar Tage in der Klinik bleiben müssen, auch, wenn sich Ihr Anwalt große Mühe gibt.«

Er wirkte mit einem Mal schrecklich niedergeschlagen, wie ein kleiner Junge, dessen Fahrrad gestohlen worden ist.

»Ich glaube, ich würde doch die Zelle in der Untersuchungshaft bevorzugen.«

»Das muss die Staatsanwaltschaft entscheiden, nicht wir von der Kripo.«

»Willa, kennen Sie das Gefühl, in einen Strudel aus Traurigkeit und Verlorensein hineingezogen zu werden, immer und immer wieder, ohne den Boden unter Ihren Füßen zu finden?«

Sie blieb an der Tür stehen und sah sich für eine Sekunde mit dem Mann an einem Tisch in der Sonne sitzen, Kaffee trinken und über ihre Lebensgeschichten reden. Scheiße, das fehlte ihr noch.

»Herr Schneider, ich bin und bleibe Inspektorin Stark für Sie. Und in meinem Alltag als Polizistin gibt es wenig Raum für Träumereien. Mir geht es um Fakten.«

Anton Schneider kam ein paar Schritte auf sie zu, streckte jetzt seinerseits die Hand aus, hob seinen Arm aber höher, neben ihr Ohr.

Wenn er mich anfasst, nehm' ich ihn in den Polizeigriff. Dann gibt es eben einen Eklat heute.

Ihr Herz schlug schneller. Sie hielt den Atem an.

Stattdessen zog Anton Schneider seine Hand wieder zurück und hielt ein Eincentstück zwischen den Fingern.

»Das soll Glück bringen, Inspektorin Stark.«

Willa bewegte ihren Kopf, den ganzen Oberkörper nach hinten, schwankte.

»Was war das denn?«

Der Mann begann wieder zu lächeln, breit, als wäre alles Vorherige nicht gewesen.

»Das war mein völlig missglückter Versuch, Sie mit einem meiner kleinen Zauberkunststücke zu versöhnen.«

»Dürfen Sie hier drinnen überhaupt Geld haben?«

Willa ging, ohne seine Antwort abzuwarten.

Keine zwei Schritte aus dem Krankenzimmer heraus bauten sich vor Willa die Krankenschwester, der Pfleger und der verspätete Dr. Meininger auf. Er wirkte sehr verärgert.

»Ich hätte bei dem Gespräch anwesend sein müssen, Frau Kommissarin Stark. Die Vorschriften sind einzuhalten.«

Bevor Willa antworten konnte, summte ihr Handy in der Hosentasche. Marielle rief an. Willa hob ihre Hand und deutete Dr. Meininger an, zu schweigen. Seine Augenbrauen zogen sich zusammen; er war es nicht gewohnt, Anweisungen per Handsignal zu bekommen.

»Willa is' hier.«

»Bist du fertig in der Psychiatrie?«

»So gut wie. Anton Schneider hat eine Aussage gemacht, dass ihn in der Mordnacht eine Männerstimme geweckt hätte. Damit ist im Moment nichts anzufangen.«

»Nimm dir ein Taxi und komm sofort. Düsseldorfer Straße 51, im Stadtteil Mühlheim. Wir haben eine Frauenleiche.«

»Gehört die zu unserem Fall dazu?«

»Keine Ahnung. Warum?«

»Weil ich ja nur für die Klärung des Mordes an Anja Kittner in Köln bin.«

»Scheißegal, wie du immer sagst, Willa. Komm einfach. Misch dich ein, wir können dich dabei brauchen.«

Jetzt lächelte Willa. Man brauchte sie hier in Köln.

Dr. Meininger tippte auf ihre Schulter.

»Frau Kommissarin Stark, ich möchte noch einmal insistieren, dass es nicht geht, dass Sie ohne meine Anwesenheit mit einem Patienten reden.«

Willa packte seine Hand, schüttelte sie schnell.

»Ich muss sofort weiter. Servus!«

Der Pfleger und die Krankenschwester wechselten einen Blick. Dr. Meininger setzte zu einer Antwort an. Doch Willa war schon in Bewegung. Sie ließ die Gruppe einfach stehen. Sie lief die Treppen hinunter. An der Anmeldung vorbei. Sie war sich sicher, dass sie sich hätte wieder austragen müssen, wollte aber auf keinen Fall stoppen.

Am Ende des Parks, wieder am Hauptausgang, hielt sie jedoch an. Sie drehte sich um, sah zu den oberen Fenstern der Klinik hoch. Ob Anton Schneider am Fenster stand?

18

Während Willa sich durch die Schaulustigen kämpfte, die bereits dutzendweise auf der Düsseldorfer Straße standen, fragte sie sich, wie es möglich war, dass die Leute so schnell Wind von einem Mord bekamen. Lauerten Späher hinter den Gardinen auf jedes Sirenengeheul oder hörten mehr Menschen als gedacht den Polizeifunk mit?

Willa hatte viel länger von Porz bis Mühlheim gebraucht als erwartet. Das Taxi war in einen Stau geraten, Köln an einem normalen Wochenbeginn eben. Im Wagen hatte sie sich gewünscht, doch in einem öffentlichen Verkehrsmittel zu sitzen, da wäre sie rascher vorangekommen. Sie hatte zweimal versucht, Marielle zu erreichen; die Mailbox war beide Male angesprungen.

Als Willa endlich am Absperrband vor dem Wohnhaus ankam, stupste sie ein Mann von der Seite und drückte ihr eine Karte in die Hand.

»*Kölner Express*. Wenn Sie mehr Infos haben, kontaktieren Sie mich, bitte.«

Bevor Willa den Pressemann in Augenschein nehmen konnte, war er in der Menge verschwunden. Es war beunruhigend, dass er sie sofort erkannt hatte.

Ihr Termin und das Interview kamen ihr in den Sinn. Sie überlegte, es wieder abzusagen. In diesem Moment fragte der erste Polizist in Uniform nach ihrem Ausweis. Willa vergaß alles andere außer der neuen Toten, die in dem Haus auf sie wartete.

Der üble Geruch kam Willa bereits auf dem Flur und auf der steilen Treppe entgegen, als sie sich nach oben in den vierten Stock durchschlug. Sie war weitere dreimal angesprochen worden, was sie hier zu suchen hätte. Die Presse erkannte sie, ihre Kollegen anscheinend nicht. Das nervte. Vielleicht sollte sie sich den Satz »Ich gehör' dazu!« auf die Stirn tätowieren lassen.

Aus der Tür der obersten Wohnung kamen zwei Bestatter mit einer Bahre. Der Körper darauf war zugedeckt. Die Männer begannen vorsichtig, die steile Treppe hinunterzusteigen.

Das hieß, Harro war mit der ersten Leichenschau durch und der Körper würde in die Rechtsmedizin gebracht werden. Als die Bestatter auf Willas Höhe waren, presste sie sich gegen die Wand, um den Weg der beiden nicht zu behindern. Sie widerstand dem Impuls, die Plane aufzuziehen und sich die getötete Frau anzusehen; es würde Fotos geben, und sie würde gleich den Rechtsmediziner treffen.

»Willa, da bist du endlich.«

Marielle schaute über das Geländer nach unten.

»Tut mir leid. Scheißstau.«

Neben Willas Kollegin tauchte eine weitere Frau auf. Sie trug einen Schutzanzug mit einer Haube auf dem Kopf.

»Ich wollte nicht warten, Inspektorin Stark. Deshalb habe ich die Leiche freigegeben. Ich hoffe, das ist in Ordnung für Sie. Hauptkommissarin Kaiser-Rhön und Sie werden ohnehin später zu uns in die Rechtsmedizin kommen. Bis dahin kann Harro vielleicht mehr sagen als ich.«

Willa brauchte einen Moment, um sich klar zu machen, dass diesmal nicht Harro am Tatort war. Ein für sie ungewohntes Bild. Harro gehörte dazu wie die Butter aufs Brot.

»Harro ist im Institut geblieben.« Als hätte die Frau Willas Gedanken erraten. »Er hat sich übers Wochenende einen Hexenschuss eingefangen und kann sich kaum bewegen. Mein Name ist Nina Kahlein, wir sind uns einmal bei einem Sponsorentreffen im Institut begegnet.«

Willa war an der obersten Stufe angekommen und Nina Kahlein zog einen ihrer Latexhandschuhe aus und reichte ihr die Hand. Willa konnte sich überhaupt nicht an Harros Kollegin erinnern, lächelte aber mit einem Nicken. Marielle und die Rechtsmedizinerin gingen in die Wohnung zurück. Willa folgte ihnen.

Drinnen war der Geruch kaum erträglich. Ranziges Fett oder verfaulte Eier, sofort waren Assoziationen in Willas Hirn.

Eine weitere junge Frau in einem Ganzkörperanzug hielt Willa ein kleines Tablett mit Wattebäuschen für die Nase hin. Dankbar stopfte sie sich beide Nasenlöcher zu und begann durch den Mund zu atmen.

»Wie lange ist die Frau tot?«

»Eine Woche.« Nina Kahlein hatte keine Watte in ihrer Nase und Willa staunte darüber, dass die Frau völlig gleichmäßig zu atmen schien.

»Nur eine Woche?«

»Die Autolyse, die sogenannte Selbstverdauung, setzt nach der Totenstarre ein, zwischen vierundzwanzig und achtundvierzig Stunden. In dem Zimmer, in dem die Frau gestorben ist, war die Heizung hochgedreht, das hat den Prozess beschleunigt. Der Körper liegt höchstens eine Woche hier. Ich tippe auf fünf Tage. Den Zeitraum werden wir nach der Obduktion noch eingrenzen können.«

»Können Sie etwas über die Todesursache sagen?«

»Ich will mich da nicht zu weit aus dem Fenster lehnen, mir sind aber, neben den klassischen Leichenflecken, einige Male und Verfärbungen am Hals aufgefallen, die auf eine Erdrosselung hindeuten könnten. Dazu punktförmige Blutaustritte. Nach den Untersuchungen wissen wir mehr.«

Die Ermittlerinnen betraten das Zimmer am anderen Ende des Flurs. Marielle hatte ihr iPad in der Hand und verwendete es statt des klassischen Notizblocks. Sie mochte die moderne Technik. Willa hingegen, obwohl ein paar Jahre jünger, ließ die möglichen Szenarien wie Kurzfilme in ihrem Kopf ablaufen oder kritzelte ihre Notizen auf kleine Blöcke.

Marielle scrollte, während sie sprach.

»Katharina Brandt, zweiundfünfzig, alleinstehend. Sie hat einen erwachsenen Sohn, David, der in Kiel lebt. Wir haben ihn bereits verständigt, er ist auf dem Weg hierher. Die Frau hat als Übersetzerin gearbeitet, war bei einer Agentur für Fremdsprachenspezialisten tätig.«

Im Wohnzimmer, neben der Essecke, stand ein gemütlicher Fernsehsessel. Um den Sessel herum waren die meisten kleinen Marker mit Zahlen aufgestellt worden.

»Hier wurde die Leiche gefunden. Der Fernseher lief noch.«

»Von wem?«

»Einer Kusine der Toten, die in Mainz lebt und diese Woche hier übernachten wollte, weil sie in Köln zu einem Vortrag musste. Sie hat sich gewundert, dass ihre Verwandte nicht auf ihre Nachfragen geantwortet hat, aber die Verstorbene war wohl ein sehr eigenbrötlerischer Mensch und hat sich oft über Tage oder Wochen bei keinem gemeldet. Die Kusine hatte einen Schlüssel und kam so in die Wohnung.«

»Kann ich auch mit ihr sprechen?«

»Im Moment sitzt sie im Krankenwagen unten. Nach ihrer ersten Aussage ist sie umgekippt und musste versorgt werden. Später sicher, Willa.«

Willa ging ans Fenster. Die Wohnung direkt unter dem Dach hatte den Vorteil, dass man über zwei andere Häuser hinwegschauen konnte und die Aussicht auf den Rhein frei war. In ihrer Hochparterrewohnung ging der Blick auf den Innenhof oder auf die Straße hinaus.

Der Rhein war in den letzten Tagen über seine Ufer getreten und hatte die Wiese auf der anderen Seite überschwemmt, obwohl es keinen Regen gegeben hatte. Es musste das Schmelzwasser sein.

Willa ließ die ersten Eindrücke Revue passieren.

Eine alleinstehende Frau, in der Mitte des Lebens. Nicht ganz allein, denn ihren Mörder musste sie in die Wohnung gelassen haben.

»Es gab keine Einbruchsspuren, oder?«

»Nichts deutet bisher auf ein gewaltsames Eindringen hin.«

Tot in ihrem Fernsehsessel gefunden, das hieß, der Täter war ihr vertraut.

»Die Haustür samt Schloss ist in Ordnung. Die Wohnung ist im vierten Stock; die Fenster liegen zu hoch, kommen für gewöhnliche Einbrecher eher nicht in Frage.«

Marielle schien denselben Gedankengang wie Willa zu verfolgen.

»Also hat sie ihren Mörder gekannt.«

»Sie und er haben es sich vielleicht beim Fernsehen gemütlich gemacht, bevor er sie getötet hat.«

»Oder er hat sie ermordet und anschließend in diese sitzende Position gebracht. Das wird die Spurensicherung hoffentlich noch herausfinden.«

Willa überlegte weiter. Zu Hause ermordet, die Tote in sitzender Position. Das klang bekannt. Die Todesursache unterschied sich allerdings.

»Was denkst du, Willa?«

Willa vergrub ihre Hände in den Jeanstaschen, sah weiter auf den Rhein.

»Schlag mich tot, aber ich sehe einen möglichen Zusammenhang zwischen dem Mord an Anja Kittner und dem hier. Oder denk' ich zu schnell, zu weit?«

»Ich schlag dich sicher nicht tot, ich habe selbst schon daran gedacht.«

Gemeinsamkeiten waren da. Oder wollte Willa es so hindrehen, um den Fall in der Südstadt mit dem hier zu verknüpfen? Sie wurde in ihrer Vermutung wieder unsicherer, es konnte sich um einen ersten falschen Eindruck handeln.

»Vielleicht irr' ich mich auch, Marielle. Vielleicht ist es wie bei Spinat und Rapunzelsalat. Die Blätter sehen sich ähnlich, haben aber nichts miteinander zu tun.«

»Rapunzelsalat?«

Willa überlegte. »Ich glaub', hier heißt er Feldsalat.«

Marielle schmunzelte.

»Ich denke, dass Spinat und Rapunzelsalat gut zusammenpassen könnten. Auszuschließen ist es nicht, dass die Morde zusammenhängen. Obwohl sich die Tötungsart unterscheidet. Ich hoffe, wir finden einen konkreten Hinweis. Je nachdem, wie lange die Frau tot in ihrem Fernsehsessel saß, könnte das übrigens den Ösi-Mann entlasten.«

»Den Ösi-Mann? Ich verstehe nicht …«

»Anton Schneider. Dummer Scherz von mir. Aber wenn der Mord an Katharina Brandt tatsächlich weniger als eine Woche zurückliegt, kann er es nicht gewesen sein. Da saß er schon in der Forensischen Psychiatrie. Also ein Pluspunkt für ihn.«

Das würde ich ihm persönlich sagen, wenn es so wäre, dachte Willa. Vielleicht bei einem Kaffee in der Sonne? Schnell wischte sie diesen Gedanken fort und konzentrierte sich auf ihre Kollegin.

»Wie auch immer, ich möchte keine voreiligen Schlüsse ziehen.«

»Wie war es vorhin in der Psychiatrie, Willa?«

Willa war im Taxi das Gespräch und die Begegnung mit Anton Schneider mehrfach durchgegangen. Der Mann beschäftigte sie, es war nicht zu leugnen. Nicht nur als Verdächtiger.

»Ehrlich, Marielle, es war völlig nutzlos, dorthin zu fahren. Dass ihn eine männliche Stimme in der Nacht geweckt hat. Klingt mehr nach Wichtigtuerei.«

»Allerdings hat der Nachbar von Anja Kittner, dieser Jahrbein, auch jemanden gesehen. Erinnere dich.«

»Du meinst diese Spiegelgestalt? In dem Fall treiben sich lauter Phantome herum.«

»Mag sein. Lass es uns trotzdem im Auge behalten.«

Willa fuhr sich unruhig durchs Haar.

»Anton Schneider hat klar den Exmann verdächtigt.«

»Den haben wir ausgeschlossen.«

»Das wusste er aber vorher nicht. Ich glaub', der wollt' nur mit mir Kontakt aufnehmen.«

»Kontakt aufnehmen? Inwiefern?«

Marielle sah ihre Kollegin verwundert an. Willa winkte schnell ab.

»Vielleicht, weil ich aus Graz bin, und weil ich ihn bei seiner Vernehmung zum Reden gebracht hab'. Irgendwas in der Art. Es war ein wenig komisch. Am Ende hat er ein Zauberkunststück gemacht.«

»Klingt wirklich schräg.«

Willa wollte Marielle mehr erzählen, aber in dem Moment wurden die beiden Ermittlerinnen unterbrochen.

»Zwei Morde an zwei Frauen innerhalb kurzer Zeit. Das fehlte mir noch!«

Hinter ihnen stand Peter Kraus.

19

Wenn jemand Willa erzählt hätte, dass es etwas geben würde, dass ihre Freude fast zunichte machte, als sie in den zweiten Mordfall eingebunden wurde, hätte sie es niemals geglaubt. Niemals.

Peter Kraus hatte tatsächlich beschlossen, Willa weiterhin im Team zu behalten und ihre Beratertätigkeit in Köln zu verlängern. Ohne, dass ein österreichischer Staatsbürger im Spiel war. Zwei Fliegen mit einer Klappe, nannte Kraus es, denn die Ermittlungen zu Anja Kittner liefen ebenso auf Hochtouren weiter.

Es gab jedoch etwas, dass ihren Jubel verpuffen ließ.

Clemens Wächter übergab seiner jungen Kollegin für den restlichen Zeitraum des Falles das Büro, das sie sich bisher geteilt hatten. Eigentlich war es Clemens' Zimmer gewesen und als Willa das erste Mal über Europol nach Köln beordert worden war, hatte er ihr angeboten, bei ihm unterzukommen und war ihr in den ersten Wochen eine große Hilfe gewesen.

Jetzt hatte sich die Lage verändert, er war dabei, umzuziehen, einen Stock höher, in ein wesentlich größeres und helleres Büro. In ein oder zwei Tagen würde Willa dieses Zimmer für sich allein haben und sich in der ihr verbleibenden Zeit so fühlen können, als wäre sie ein ständiger Teil der Kölner Kriminalpolizei.

»Kommt ihr voran?«

Clemens Wächter stapelte Bilder und zwei Pflanzen in einen viel zu kleinen Karton, holte sie wieder heraus und versuchte es erneut.

Willa kaute versonnen an ihrem Daumennagel, bis es ihr bewusst wurde und sie die Hand in ihrer Hosentasche vergrub. Sich das Nägelkauen abzugewöhnen war ebenso schwer wie mit dem

Rauchen aufzuhören. Als Teenager hatte sie zwischen ihrem siebzehnten und neunzehnten Lebensjahr erschreckend viel gequalmt, ein weiterer Protest gegen das ungerechte Leben.

Schließlich war es ihr damaliger Freund und späterer Verlobter Michael, der Michi, gewesen, der sie zu einer Wette herausgefordert hatte. Es hatte nichts zu gewinnen gegeben, nur Michis Ansage zu schlagen, dass sie es niemals schaffen würde, den *Tschick* von einem Moment auf den anderen sein zu lassen. Das hatte für Willa ausgereicht. Sie hatte die noch brennende Zigarette auf den Boden geworfen, ausgetreten und seine Herausforderung angenommen. Die ersten Wochen waren die Hölle gewesen, aber ihre sture Art, sich in eine Sache zu verbeißen, hatte über ihre Sucht und Sehnsucht nach dem blauen Dunst gesiegt.

Heute konnte sie sich nicht mehr vorstellen, wieder anzufangen, selbst in stressigen Zeiten. Mittlerweile war das Suchtmittel der Wahl Koffein und darüber würde sie nie eine Wette annehmen.

Um sich abzulenken, scrollte Willa am PC durch die News.

Die Presse berichtete über den Mord an der alleinstehenden Frau in Mühlheim, ohne einen Zusammenhang mit Anja Kittner in der Südstadt herzustellen. Die Schlagzeilen waren prall, im Internet kam die Kölner Polizei meistens nicht gut weg, und es wurde über die Gefährdung von alleinlebenden Frauen diskutiert, über Prävention, und den sich ausbreitenden Sumpf des Verbrechens in der Stadt im Allgemeinen.

Die Ermittlungen liefen auf Hochtouren.

Trotz Willas und Marielles ersten Spekulationen über die sitzende Stellung der Leichen und das Profil der beiden getöteten Frauen, wurden Anja Kittner und Katharina Brandt vorerst als getrennte Mordfälle angesehen. Inzwischen hatte auch die Spurensicherung bekannt gegeben, dass Katharina Brandt nicht in dem Fernsehsessel ermordet worden war, sondern in der Küche. Die Leiche musste am Boden vor der Spüle gelegen haben, war danach erst hinüber ins Wohnzimmer geschleppt worden.

Willa zuckte auf die Frage ihres Kollegen nur mit den Schultern.

»Nichts wirklich Neues, Clemens. Die Spurenauswertung läuft, wir rennen uns die Füße wund und trotzdem sind wir überhaupt nicht weitergekommen. In beiden Fällen nicht. *A Schas* is' es!«

Clemens Wächter unterbrach seine Einpackaktion.

»Erzähl. Was habt ihr?«

»Fest steht inzwischen, dass Katharina Brandt mit einer dicken Schnur, einem gedrehten Band oder einer Kordel erdrosselt worden ist. Wir gehen davon aus, dass die Tat in der Küche geschehen is'. Dann hat der Mörder die tote Frau ins Wohnzimmer verfrachtet, sie in ihren Fernsehsessel gesetzt, die Kissen um sie herum gestapelt, dass ihr Körper aufrecht geblieben ist. Mehr konnte nicht festgestellt werden. Wir haben keine Tatwaffe gefunden, also nichts, was zu den Strangulationsmalen hätt' passen können. Die Obduktion hat außer der Todesursache keine konkreteren Ergebnisse gebracht.«

»Das haben wir doch öfter.«

»Irgendetwas macht mich dabei unruhig, Clemens. Marielle geht's ebenso. Dieser Mord und der in der Südstadt, die könnten zusammenhängen.«

»Du meinst, die Frau mit der Gardinenstange im Bauch?«

»Genau. Auch da haben wir nichts wirklich Handfestes. Trotzdem gibt es gemeinsame Punkte, die passen könnten.«

»Hast du es im Team angesprochen? Deine Vermutung erklärt?«

Willa zog eine Augenbraue hoch.

»Du denkst jetzt, dass ich wieder alles allein in meinem Kopf ausmach', dann losrenn' und versuche den Täter solo zu schnappen, stimmt's?«

Clemens Wächter grinste.

»So was in der Art sind wir schon von dir gewohnt.«

»Habt ihr mich deshalb zurück nach Graz gehen lassen und keine Verlängerung bei Europol beantragt?«

Es nagte immer noch an ihr. Sie hatte nach dem Fall Marie

Kerber und dem glücklichen Ausgang durch ihren Einsatz damit gerechnet, bleiben zu dürfen.

Wächter kam zu Willa an den Computerbildschirm. Ein Foto vom zweiten Opfer, Katharina Brandt, helle kurze Haare, strenges Gesicht, eine Brille, war groß in einem Online-Artikel zu sehen.

»Hat Kraus es dir nie erzählt?«

»Was?«

»Die Gelder wurden gekürzt. Europol hätte dein Gehalt nicht mehr übernommen. Er hatte keine andere Möglichkeit, außer, er hätte dir, hier bei uns, eine Festanstellung angeboten.«

Diese Info hätte ihr im Winter jemand geben sollen.

»Festanstellung? Das geht?«

Wächter begann erneut mit seiner Stapelaktion.

»Weißt du nicht, dass das seit kurzem möglich ist? Rede doch mit Kraus darüber, wenn euer Fall oder eure zwei Fälle abgeschlossen sind. Du bist doch bei beiden jetzt mit im Team.«

Sie nickte. Willa würde sich in einer Stunde mit Marielle wieder am zweiten Tatort treffen, um in der Nachbarschaft nach Zeugen zu suchen.

Sie überlegte, wann der richtige Zeitpunkt für solch ein Gespräch mit Peter Kraus sein könnte, da ging die Tür mit Schwung auf und der erste Hauptkommissar tauchte leibhaftig im Türrahmen auf.

»Wir haben ein erstaunliches neues Ergebnis, Leute.«

Als er merkte, dass nur Willa vom Team anwesend war, bremste er sich ein. »Willa, trommel Marielle und Frank her. So schnell es geht, Treffen bei mir im Büro.«

Dann war er schon wieder draußen.

»Er mag dich«, sagte Wächter trocken.

Auf dem Weg in Kraus' Büro machte Willa in der Damentoilette einen Zwischenstopp, stand eine Weile vor dem Waschbecken, unschlüssig, ob es helfen würde, wenn sie sich ihr Gesicht mit kaltem

Wasser kühlen würde. Seit der Ankündigung ihres Chefs fühlte sie sich nicht gut. Ihre Stirn war heiß, zugleich fröstelte sie.

Was, wenn Peter Kraus bestätigen würde, dass Anton Schneider als Mörder von Anja Kittner überführt war? Dass ein Beweis gegen ihn aufgetaucht und der Fall gelöst war? Oder dass der Todeszeitpunkt von Katharina Brandt weiter zurücklag als bisher vermutet, und Anton Schneider als Zweifachmörder in Frage kam?

Wie absurd und lächerlich, dass sie an solche Möglichkeiten denken musste. Wie erschreckend und verwirrend, dass es sie aus dem Gleichgewicht brachte.

Was war los?

Anton Schneider war los.

Davon hatte sie keinem in den letzten Tagen erzählt.

Wie ein Fabelwesen oder ein Gespenst tauchte der junge Mann wieder und wieder in Willas Gedanken auf. Er schlich sich in die Überlegungen während ihrer Arbeit, in die Falten ihres Denkens, während sie sich einen Kaffee holte oder mit den Kollegen Zeugen vernahm. Gestern am späten Abend, mit Kater Jimmy auf dem Schoß, hatte sie an ihn denken müssen und sie hatte eine Weile nicht mehr auf dem Bildschirm des Fernsehers geschaut, sondern an die Wand gestarrt, auf das Bild dort, auf dem ein Foto von einem Sonnenuntergang am Meer abgebildet war. Mit einem Pärchen in der Mitte, das am Strand stand und aufs Wasser sah. Es hatte dort bereits gehangen, als sie eingezogen war und sie hatte es an der Stelle belassen, fand es schön und passend. Jetzt wirkte es auf Willa deprimierend. Kein Meer, kein Strand, keine Zweisamkeit in Sicht. Dieses Foto hatte nichts mit ihrem Leben zu tun, gehörte in Wahrheit nicht dorthin.

Ein Strudel aus Traurigkeit und Verlorensein, hatte er gesagt. Ohne Boden unter den Füßen.

Nachts hatte sie von ihm geträumt, er hatte seine Hand nach ihr ausgestreckt, mit seinen Fingern ihre berührt. Sie war davongelaufen, aber nicht von der Stelle gekommen. Es hatte ihr Angst gemacht. Er hatte ihr Angst gemacht, aber nicht vor Gewalt oder einem Übergriff, sondern die Angst vor einem Gefühl, einer Anziehung, die sie nicht haben wollte. Auf keinen Fall.

A Gfrett war das, was für *a Gfrett*.

Gleich würde ihnen Kraus die Neuigkeiten mitteilen. Wenn Willa mit ihrer Vermutung Recht hatte, dann würde Anton Schneider der Prozess gemacht werden und keiner würde je wissen, dass sie sich zu ihm hingezogen gefühlt hatte. Keiner.

Eine Viertelstunde später fanden sich Marielle, Frank und Willa im großräumigen Büro ein.

»Es gibt eine Übereinstimmung.«

Die Kollegen sahen Peter Kraus an.

»Mach es nicht so spannend, Peter.« Marielle rollte mit den Augen.

Willa stand neben Frank. Außer, dass sie etwas blasser wirkte als vorhin, war ihr äußerlich nichts anzumerken.

»Bei einem der Fingerabdrücke, die am Tatort in der Düsseldorfer Straße ausgewertet worden sind, gibt es eine Übereinstimmung mit einem Teilabdruck aus der Wohnung von Anja Kittner.«

Frank Zauber schnaubte.

»Teilabdruck, das klingt etwas ungenau!«

»Ich bin noch nicht fertig, Leute.« Peter Kraus trat hinter seinen Schreibtisch, rieb sich die Hände. »Der komplette Daumenabdruck in Mühlheim stammt vom Esstisch dort. Er passt genau zu einem Teilabdruck aus der Wohnung in der Südstadt, der dort von der Spurensicherung von der Tischplatte des Couchtisches abgenommen worden ist. Wir können davon ausgehen, dass ein und dieselbe Person an beiden Tatorten war. Das schafft eine neue Perspektive für uns.«

»Du willst also sagen, dass wir jetzt die beiden Fälle verbinden und von ein und demselben Täter ausgehen?« Marielle verschränkte die

Arme. »Das ist es doch, was Willa und ich von Anfang an am zweiten Tatort vermutet haben.«

Willa räusperte sich, nickte nur.

Peter Kraus zeigte zuerst auf Marielle, dann auf Willa.

»Meine Damen. Ich gratuliere euch. Jetzt gibt es den Beweis dazu.«

Der Computer auf Kraus' Schreibtisch gab ein paar laute Töne von sich. Peter Kraus drehte den Bildschirm um neunzig Grad seinen Kollegen zu.

»Ah, passend aufs Stichwort. Frau Kahlein und Harro!«

Der Rechtsmediziner und seine Kollegin meldeten sich über Skype. Es war allen klar, dass ein weiteres überraschendes Ergebnis folgen würde, das Peter Kraus nicht hatte vorwegnehmen wollen.

»Ihr könnt sofort loslegen, das Team ist versammelt.«

Willa verschränkte ihre Finger fest ineinander, als ob sie sich an sich selbst festhalten wollte.

Harro sah am Bildschirm gequält aus, sein Hexenschuss machte ihm immer noch zu schaffen. Er überließ Nina Kahlein das Wort. Die genoss es sichtlich, ähnlich wie Peter Kraus eben, vor versammelter Mannschaft die Ergebnisse zu präsentieren.

»Unsere ersten Resultate haben sich bestätigt. Es gibt an beiden Tatorten einen übereinstimmenden Daumenabdruck. In der Südstadt hatten wir genug Merkmale, um den Vergleich mit der Düsseldorfer Straße einwandfrei durchzuführen.«

»Das habe ich hier schon verkündet. Weiter, Frau Kahlein.«

»Ach ja.« Nina Kahlein wirkte kurz enttäuscht. »Jetzt die viel wichtigere Neuigkeit: Es gab für uns die Möglichkeit, ein genetisches Profil zu erstellen.«

Ein kurzes Raunen zwischen Marielle und Frank.

Willa blieb stumm.

»Das klingt wunderbar.« Peter Kraus strahlte, was bei ihm höchst selten vorkam. »Frau Kahlein, Sie machen mich glücklich.«

Wieder wirkte Harros Kollegin leicht irritiert. »In der Düsseldorfer Straße konnten wir nach einer erneuten intensiven Suche einen weiteren Abdruck in der Küche finden, der zu unserem Daumen passt. Und der unsere Mühe zusätzlich noch mit Epithelzellen, das heißt, winzigen Hautschuppen, belohnt hat.«

Das Gesicht von Nina Kahlein verschwamm, kam wieder, was die Dramatik noch erhöhte. »Ein Schnelltest wurde durchgeführt.« Sie machte eine Pause.

Willas Herz klopfte rasend schnell.

Fingerabdrücke und DNA.

Harro und Nina Kahlein hatten höchstwahrscheinlich bereits den Vergleich mit den Abdrücken und der DNA von dem einzigen Verdächtigen gemacht. Einen Abgleich von Anton Schneiders Daumen und seinem genetischen Code.

Dann war er überführt. Dann war es gut so. Dann Schluss.

Nie darüber reden, nie mehr daran denken.

Nina Kahlein am Bildschirm redete weiter.

»Es handelt sich um weibliche DNA.«

»Wie bitte?« Frank und Marielle sprachen zur gleichen Zeit.

»Weiblich?«, fragte auch Peter Kraus nach. Darüber war er bis jetzt ebenfalls nicht informiert worden.

»Genau. Es ist der genetische Fingerabdruck einer Frau.«

Harro übernahm aus dem Hintergrund das letzte Statement.

Die nächsten Minuten hörte Willa nur Rauschen. Es rauschte in ihren Ohren, in ihrem Kopf.

Vor ihren Augen spielte sich ein Stummfilm ab. Lippen öffneten und schlossen sich, Hände hoben sich zu Gesten, Gesichter zeigten Mimik.

Erst als Harro und Nina Kahlein von Kraus' Bildschirm verschwanden, hörte das Rauschen auf.

Peter Kraus hatte in der Zeit seinen Platz hinter seinem Schreibtisch verlassen und stand direkt vor Willa.

»Bei aller Euphorie über diese Neuigkeiten, Leute, muss ich euch und auch mich selbst bremsen. Die Abdrücke und das Profil sind kein direkter Beweis für eine Mörderin. Nur für eine uns noch unbekannte Person, die an beiden Tatorten gewesen ist.«

Damit war auch Peter Kraus mit seiner Ansprache am Ende.

»Wissen wir«, bemerkte Marielle dazu.

»Wie halten wir es mit unserem Verdächtigen, diesem Anton Schneider?« Frank stellte die Frage.

Peter Kraus überlegte kurz. »Der Hauptverdacht gegen ihn ist nicht mehr zu halten. Aber völlig ausschließen möchte ich ihn immer noch nicht. Und er bleibt ein Zeuge.«

»Oder Anton Schneider ist ein ziemlich raffinierter Doppelmörder und ist vielleicht nicht allein unterwegs.« Wieder war es Frank, der diese Möglichkeit aussprach.

Willa konnte zwar wieder hören, aber nichts zu allem sagen.

20

Um elf Uhr war es so weit.

Anton konnte die Forensische Psychiatrie in Porz verlassen. Er musste einige Papiere unterschreiben und ein letztes Gespräch mit dem zuständigen Arzt führen, das aus einigen wenigen Fragen und Antworten bestand. Sein Pflichtverteidiger hatte ihm telefonisch mitgeteilt, dass er Köln vorerst nicht verlassen durfte und für weitere Befragungen zur Verfügung stehen musste, aber damit konnte Anton gut leben. Er durfte wieder seine eigenen Klamotten anziehen, bekam seine Wertsachen ausgehändigt, seine Börse, seine Schlüssel, sein Smartphone. Dr. Mark Schubber kam ihn nicht persönlich abholen, sicher war er mit einem nächsten Fall beschäftigt, hatte für Anton aber ein Taxi bestellt.

Es würde auch sonst niemand kommen. Seit Tante Hedis Tod gab es nur einen engeren Freund, der in Aachen lebte, und die lockeren Frauenbekanntschaften. Keine von denen würde sich dazu eignen, ihn zu umarmen und wieder in der Welt der vorerst Unschuldigen willkommen zu heißen.

Schwer nur konnte Anton den Impuls unterdrücken, zu rennen, als er durch den Haupteingang trat und sich der Straße näherte, wo das Taxi auf ihn wartete.

Das Wichtigste war, wieder draußen zu sein.

Anton schöpfte Luft, atmete gierig ein, obwohl es keinen Unterschied zwischen dem Sauerstoff hinter den Mauern und hier im Taxi gab. Schon seit gestern, als ihm Dr. Schubber mitteilte, dass die Zeit seiner Verwahrung endlich vorbei war, da die Polizei einer neuen Spur nachging, hatte Anton sich gefühlt, als sei er aus tiefem Gewässer aufgetaucht.

Unter Wasser sein war ein guter Vergleich für seinen Zustand. An dem Morgen danach, dem Morgen, an dem sein Leben so gekippt war, konnte er sich nur mehr in Fetzen erinnern. Da war sein nackter Körper gewesen. Dann das Gesicht von Anni, nicht das ganze, nur ihre offenen Augen. Die Ermittler hatten ihm Foto um Foto vom Tatort vorgelegt, auf denen die Frau mit der Stange aufgespießt zu sehen war. Das gesamte Szenario hatte er auf den Bildern gesehen, jedoch nichts in seinem Gedächtnis haften lassen.

Ihre offenen Augen, das war geblieben. Augen, die starrten. Augen, die sich nie mehr von alleine schließen würden, nie mehr blinzeln, nie mehr etwas sehen würden.

Er wusste noch von einem Schrei. Einer hatte ihn gepackt und »Was hast du Drecksau mit Anni gemacht?« geschrien. Auf der Haut an seinen Oberarmen hatte er noch tagelang die Spuren von diesem Zupacken sehen können. Selbst in dieser kurzen Erinnerung war Annis Ex ein grobes Arschloch gewesen und hätte seinerseits ein paar blaue Flecke verdient.

Schnell und heiß kam die Wut in Anton hoch, während das Taxi über den Rhein fuhr.

Seit seiner Kindheit waren die Wutausbrüche seine Art, mit

negativen Emotionen umzugehen. Mein kleiner Vulkan, hatte Tante Hedi ihn manchmal genannt, die Scherben aufgefegt, wenn er etwas an die Wand geworfen hatte, vermittelt, wenn er in der Schule ein anderes Kind verprügelt hatte. Selten, aber es war vorgekommen.

In einem Gespräch mit einem Lehrer wurde er gefragt, ob er nicht in Wahrheit wütend auf seine tote Mutter wäre. Da hatte Anton den Mann gebissen. Fest, in die Hand. Daran konnte er sich noch erinnern. Tante Hedi hatte die Sache geregelt. Wie, das wusste Anton nicht mehr, aber er hatte einige Zeit zu einem Kinderpsychologen gehen müssen, der ihm immer nach der Stunde einen Lolli geschenkt hatte. An die Gespräche dort konnte er sich nicht mehr genau erinnern

Der Taxifahrer nahm eine Kurve zu schnell, draußen hupte ein anderes Auto, Anton wurde kurz aus seinen Gedanken gerissen.

»Waren Sie in Porz als Patient?«, fragte ihn der Fahrer unvermutet.

»Nein, keine Sorge«, war Antons Antwort. Warum sollte er dem Mann die Wahrheit erzählen? Danach verfielen sie beide in Schweigen; in Antons Kopf lief es weiter.

In den ersten Tagen nach seiner Verhaftung und Unterbringung in der Psychiatrie war er unfähig gewesen, zu reden, sich zu äußern, konnte ausschließlich innere Dialoge mit Tante Hedi führen. Tante Hedi, die ihm zuflüsterte, dass alles gut werden würde, die ihn beruhigte, wie früher, wenn er aus einem seiner unendlichen Albträume schreiend erwacht war, und sie an sein Bett gerannt kam. Auch da hatte er sich so gefühlt. Wie unter Wasser. Wie erstickt, unfähig, tief durchzuatmen, unfähig, sich zu artikulieren.

Die Verhöre durch die Polizei. Die Fragen, die Bilder, alles hatte ihn tiefer und tiefer sinken lassen. Der Druck in seinem Inneren hatte zugenommen. In den Nächten hatte er an die Decke gestarrt und erst durch das Blinzeln das Gefühl gehabt, nicht ebenso erstarrt wie die tote Frau zu sein. Während der Fahrten zwischen der Psychiatrie und dem Polizeipräsidium hin und zurück hatte er sogar an Flucht gedacht. Seine innere Tante Hedi hatte darüber jedes Mal nur den Kopf geschüttelt.

Bis Willa kam.

Auch sie hatte er zuerst kaum wahrnehmen wollen, eine mehr in der Menge der Ermittler. Aber der erste Satz schon, den sie aussprach, war wie der Ruf von oben, oberhalb der Wasseroberfläche gewesen, ein Ruf, aufzutauchen. Ihr Singsang, ihre Sprachmelodie, das war es.

Anton konnte sich an seine Mutter nicht mehr richtig erinnern. Auf Fotos kam sie ihm fremd und unwirklich vor, wie ein Mensch, der ihn zufällig im Arm hielt oder mit ihm posierte. Doch die Stimme hielt das Gefühl für sie am Leben. Anders als Tante Hedi, die ganze Dialoge mit ihm führte, war sie für ihn Zärtlichkeit und Liebe.

Willa hatte denselben Klang. Vielleicht lag es an dem österreichischen Dialekt oder der weiblichen Stimmlage, aber sie hatte ihn aus den Untiefen geholt und zurück ans Tageslicht gebracht.

Deshalb hatte er sie wiedersehen müssen. Eine kleine Lüge brachte niemanden um. Anni war ja schon tot und sicher längst begraben.

Und Willa war wiedergekommen.

In der Klinik hatte er sie das erste Mal bewusst auch als Frau, als mögliche Sexualpartnerin gesehen. Hübsch war sie, mit den dunklen krausen Locken, der schmalen Figur und dem strengen Gesichtsausdruck. Hübsch und mehr.

Nicht nur ihr Äußeres sprach ihn an. Da tauchte eine Verbindung zwischen ihnen auf. Kein kleiner billiger Zaubertrick, wie er sie gerne vollführte, um seine Eroberungen zu beeindrucken, sondern echte Magie.

Willa verband etwas Vergangenes mit ihm, ein Ereignis, das sie beide verletzt hatte. Das hatte er spüren können. Auch die schmerzhafte Leere, die Einsamkeit in ihrem Leben war spürbar gewesen.

Er suchte im Netz nach ihr.

Ihr Name genügte und schon tauchten die Einträge auf. Anton las über die Fälle Helene Pintao und Moni Dahms. Er fand die Berichte über die Ergreifung des Mörders. Er informierte sich über den alten Fall in Graz, der die Inspektorin Willa Stark über die Grenzen hinaus populär gemacht hatte. Er vergrößerte eines der Bilder von ihr, lud es herunter. Ein zweites, das ihm gefiel.

Natürlich fand er auf keiner der Seiten etwas über das Band zwischen ihnen. Die Sache ging über die Fälle, über ihren Beruf hinaus. Was es auch war, das ihn anzog und faszinierte, er würde es herausfinden müssen.

Zuerst musste er sein Leben wieder ordnen. Immerhin war sein Name nur mit Anton S. aus Köln in den Medien und im Netz aufgetaucht. Er konnte seinen Internetkunden also seine Abwesenheit mit einer längeren Auszeit erklären, wenn ihn überhaupt einer danach fragte. Wen interessierte schon der Zwischenhändler?

Er musste sein Geschäft wieder aufnehmen, seine Webseite aktualisieren, E-Mails beantworten. Virtuell wieder in Erscheinung treten. Und sich um die eingekauften Sachen kümmern, sicher stapelten sich auf der Poststelle die Lieferungen, die dringend weiterversandt werden mussten.

Dazu Lebensmittel einkaufen, den leeren Kühlschrank auffüllen. Die Wohnung sauber machen. Wenn er sich richtig erinnerte, hatte er seine Bude in einem Junggesellenchaos zurückgelassen, das Tante Hedi sicher einen ihrer Seufzer entlockt hätte.

Anton stieß auf ein weiteres Foto von Willa, das sie mit einem bockigen, wilden Gesichtsausdruck zeigte. Er speicherte es ebenfalls, weil aller guten Dinge drei waren. Dann zoomte er ihre Augen heran, ihren Mund, strich mit seinem Zeigefinger über das Display.

Was konnte er tun, um sie wieder zu sich zu locken? Welchen Köder auswerfen? Sich eine neue Erinnerung ausdenken?

Sind die Frauen nicht immer wie von selbst zu dir gekommen, ming Jung?, fragte Tante Hedi in seinem Kopf. Vielleicht kommt auch diese schneller, als du denkst?

»Wir wären da«, sagte der Taxifahrer.

Ja, Willa, ich bin da.

21

»Mörder, Totschläger und andere Verbrecher, mit denen Sie es tagtäglich zu tun haben, Frau Stark. Da stellt man sich eine kräftigere Person vor. Nicht so etwas Zerbrechliches wie Sie. Wie wehren Sie sich bei einem Angriff?«

Schon bei diesem Satz hätte Willa dem Journalisten gerne eine saftige steirische *Watschn* gegeben. Stattdessen verzog sie ihren Mund zu einem sauren Lächeln.

»Wir trainieren regelmäßig. Ich bin fitter, als es scheint. Und es fallen uns nicht täglich Schwerverbrecher an.«

Sie fragte sich ihrerseits, warum sie in der Wir-Form sprach. Außer ihr und Philipp Stamper vom *Kölner Express* war niemand anwesend.

Das Wetter war an diesem Tag sensationell. An die zwanzig Grad und Sonne seit dem frühen Morgen. Trotzdem wäre Willa lieber im Büro geblieben und hätte Berichte zu den laufenden Ermittlungen geschrieben. Alles besser als das hier. Sie fühlte sich völlig fehl am Platz.

Willa hatte den Termin und das Interview mit dem Journalisten nicht mehr hinausschieben können.

Bei ihr zu Hause hatte Willa das Treffen auf keinen Fall machen wollen. Direkt im Polizeipräsidium wollte der Journalist nicht. Das Stadtgartencafé, vor dem sie sich verabredet hatten, war brechend voll gewesen. Willa und Philipp Stamper waren die paar Schritte weiter in den Stadtgarten gewandert, hatten sich auf der letzten freien Parkbank hingesetzt.

»Was machen Sie für Ihren Ausgleich?«

Willa verstand nicht.

»Na, bei Ihrem stressigen und sicher manchmal gefährlichen Beruf haben Sie doch sicher ein Hobby, das Sie all das Böse vergessen lässt.«

All das Böse. So ein Quatsch konnte nur einem Pressemenschen einfallen. Und nein, Willa hatte kein Hobby, wenn man von ihrem Kater Jimmy absah, aber der führte ein eigenständiges Leben, war mehr wie ein Mitbewohner. Sie würde den Teufel tun, dem Mann Privates zu verraten. Sie überlegte länger.

»Ich lauf' gern.«

»Marathon?«

»Nein, durch die Stadt. Abends, wenn es schon dunkel ist. Manchmal geh' ich los, von zu Hause weg, zum Nachdenken. Da werden es schon mal einige Kilometer.«

»Was sagt Ihr Mann dazu? Ihre Liebsten machen sich sicher oft Sorgen um Sie.«

Ihre Liebsten. Wieder so eine dumme Formulierung. Auch bei dieser Frage musste Willa sich auf dieser Parkbank sitzend eingestehen, dass sie keine Liebsten hatte. Neben der Arbeit war der Kater ihre Bezugsperson. Verheiratet war sie nicht. Auch nicht gewesen, die Verlobung mit Michael war Jahre her. Nicht mal liiert war sie.

Für eine Zehntelsekunde tauchte Anton Schneiders Gesicht in ihrem Kopf auf, war schneller daraus verschwunden, als sie den Gedanken hätte festhalten können.

Seit seiner Entlassung aus der Psychiatrie hatte es keinen Kontakt mehr zwischen ihnen gegeben. Das musste so bleiben.

»Meine Familie lebt in Österreich. In Graz. Das is' weit weg.«

Der Journalist hatte sie mit seinen ersten beiden Fragen aufs Glatteis geführt. Er musste recherchiert haben und wissen, dass sie keinen Ehemann, keine Kinder hatte. Worauf lief es hinaus? Sie schwitzte. Die Lederjacke war eindeutig zu warm für diesen Maitag. Willa zog sie aus, sah runde Schweißflecken auf ihrem T-Shirt. Es wurde peinlich.

»Erzählen Sie von Ihrem Alltag. Wie spannend kann es werden?«

Der heutige Morgen fiel ihr ein. Sie hatten sich im Präsidium getroffen, Marielle, Frank und sie. Bei dem zweiten Mord standen noch viele Befragungen an.

Nach der Euphorie über die DNA und die Abdrücke hatte es einen Dämpfer nach dem anderen gegeben. Kein Treffer in den Datenbanken. Keine neuen Verdächtige, weder männlich noch weiblich. Keine weiteren positiven Ermittlungsergebnisse. Die gute Stimmung von Peter Kraus war längst verpufft.

Marielle und Frank waren unterwegs zum Rhein-Gymnasium, wo das Opfer Katharina Brandt sich ehrenamtlich in einer Gruppe für Flüchtlingskinder engagiert hatte. Vielleicht würden sie weitere Anhaltspunkte zum Privatleben der Frau finden. Auch bei ihr zeigte sich ein gesellschaftlich durchaus umtriebiges Schaffen, aber keine tiefen Bindungen. Bestimmend sollte sie, laut der Kusine, gewesen sein, streng.

»Nun ja, es ist oft so, dass wir alle lange Zeit recht mühselig recherchieren und ermitteln und dann geht's plötzlich schnell.«

»Haben Sie schon einmal einen Menschen getötet?«

Die direkte Frage überraschte Willa, obwohl es bei Polizisten und Kriminalkommissaren nach einigen Dienstjahren zu solch einem einschneidenden Einsatz kommen konnte.

Ich hab' Kriminalkommissar im Kopf gesagt und nicht Inspektor, dachte Willa, den Titel, der in Deutschland gebräuchlich ist. Sie wusste nicht, ob sie sich darüber freuen sollte.

Sie kamen jetzt, wie es schien, zu den schlagzeilenträchtigen Fragen.

»Getötet, nein! Aber angeschossen, ja, schon ein paar Mal.«

»Ich habe gehört, dass Ihr Spitzname Fräulein Ösi ist. Mögen Sie ihn?«

Woher wusste der Mann das? Wer hatte vor dem Interview geplaudert?

Willa hatte nie ernsthaft über den Spitznamen nachgedacht.

Mochte es Peter Kraus, dass er nach dem namensgleichen Sänger Peter Kraus von den Kollegen der alte Rocker genannt wurde? Marielle hatte keinen solchen Spitznamen, fiel Willa auf.

»Na ja. Wir leben halt damit. Mehr gibt es dazu nicht zu sagen.«

Peinlich, ständig dieses »Wir«. Sie biss sich auf die Lippen.

Das Gespräch blieb zäh. Willa versuchte das »Wir« zu meiden, aber es rutschte ihr immer wieder heraus, gleichzeitig antwortete sie auf weitere Fragen privater Natur sehr knapp und zurückhaltend. Das merkte der Journalist und bohrte dementsprechend nach. Willa sehnte sich nach dem Ende dieses Gesprächs, sie sah immer wieder auf ihr Handy; es wollte nicht klingeln.

»Was ist mit der zweiten Frauenleiche, die vor einer Woche gefunden wurde? Gibt es einen Zusammenhang mit diesem brutalen Frauenmord in der Südstadt?«

Willa wurde noch zurückhaltender.

»Wie kommen Sie denn darauf?«

War etwas aus dem Präsidium durchgedrungen? Hatte die Presse schon unter der Hand von den Abdrücken, der weiblichen DNA gehört? Vom möglichen Zusammenhang der beiden Morde? Glatteis, aber diesmal beruflicher Natur. Höchste Vorsicht war geboten.

»Also, zu laufenden Ermittlungen darf ich Ihnen nichts sagen. Überhaupt nichts. Dafür is' die Pressestelle zuständig. Frau Braus.«

Philipp Stamper zwinkerte Willa zu.

»Keine Sorge. Mein Interview sollte die Menschen hinter den Kulissen der Kölner Polizei vorstellen. Bürgernähe. Positives Erscheinungsbild.«

»Ich gehör' gar nicht richtig dazu.«

»Aber Sie sind beim Fall Helene Pintao sehr in den Vordergrund gerückt.«

Immer wieder holte Willa der damalige Presserummel ein. Sie wollte antworten, doch Philipp Stamper redete weiter.

»Um ganz ehrlich zu sein: Ihr Vorgesetzter hat bei meiner allgemeinen Interviewanfrage sofort Ihren Namen genannt. Das hat mich gewundert. Viele Ihrer Kollegen wollen kein Gespräch mit der Presse oder erhalten keine Bewilligung, eines zu geben. Das hängt sehr von der Position und dem jeweiligen Einsatzgebiet ab.«

Das wunderte Willa. Kraus hatte es ihr anders erzählt. Konnte es sein, dass Kraus sie vorschob, weil sie nicht dazugehörte? Sie hätte Nein sagen sollen, zu spät. Statt dem Journalisten zu antworten, zuckte sie mit den Schultern.

»So, jetzt kommen die Fotos, Frau Stark.«

»Fotos?«

»Sie wissen doch, der *Express*. Viele Bilder, wenig Text für unsere Leser. Immer ein Hingucker.«

Philipp Stamper lachte, was ihn sympathisch wirken ließ. Er holte eine kleine digitale Kamera aus seiner Umhängetasche, stand auf und entfernte sich ein paar Schritte von der Bank.

Warum verabrede ich mich nicht mit so einem Mann?

In meinem Alter, mit Humor, und auf den ersten Blick eine stabile Persönlichkeit. Ich könnte ihm hinterher meine Handynummer geben und in diesen Maitagen das eine oder andere Date genießen, vielleicht kommt es zu einem Kuss oder mehr. Nichts für die Ewigkeit, aber was Nettes für diesen Frühling, neben dem harten Alltag und den Ermittlungen.

Wieder huschte Anton Schneider durch ihren Kopf.

Nein. Nicht.

»Es ist kein Fahndungsfoto, liebes Fräulein Ösi! Bitte lächeln.«

Damit brachte er Willa zu einem schiefen Grinsen.

»Ja! Lächeln Sie, Frau Stark. Das macht Sie besonders hübsch.«

Ein kurzer angenehmer Schauer lief ihr den Rücken hinunter. Philipp Stamper kam zu ihr auf die Bank zurück.

»Wenn es in die Zeitung kommt, maile ich den Artikel an die Pressestelle der Polizei. Die kann alles an Sie weiterleiten.«

»Wozu?«

Er stutzte.

»Na, als Erinnerung. Für Sie selbst und Ihre Liebsten.«

Da waren sie wieder, die nicht vorhandenen Liebsten. Das Gespräch hatte sich im Kreis gedreht.

»Danke.« Willa nickte artig wie ein Schulmädchen.

Sie war erleichtert, dass das Interview vorbei zu sein schien, ohne großen Eklat oder Ärger. Aber ihre Handynummer würde sie wohl nicht weitergeben. Wenn Philipp Stamper den Artikel mailte, würde sie ihn ausdrucken und zu ihrer Mutter nach Graz schicken. Die würde sich hundert Prozent darüber freuen und stolz auf sie sein. Anna Stark war ja alles, was Willa Familie nannte.

»Wir freuen uns.«

Der Journalist sah sie konsterniert an.

Wieder dieses dumme »Wir«.

So dumm bist du manchmal, Willa. Dumm und einfach peinlich.

22

Notizen:

Heute Sterne. Keine Blumen. Vielleicht ein Herz.

Die Zeitung in meiner Hand. Der *Express*. Im Café. Bei Maisonne.

Das Bild lächelt mich an. Lächelt. Habe sie noch nicht lächeln gesehen. Das erste Mal.

Wusste sie, dass ich diese Zeitung und dieses Bild sehen würde? Es stellt sich die Frage, warum ich darüber gestolpert bin. Ich sie hier finde. Sie mich anlächelt.

Es stellt sich die Frage nach Zusammenhängen.

Oder erübrigen sich alle Fragen, weil die Antwort klar auf der Hand liegt? Unsichtbare Fäden, die uns zueinander führen und uns voneinander trennen.

Fazit: Alles hat mich zu ihr geführt.

Heute: morgens Übelkeit. Morgens kein Schaffen möglich. Morgens Kälte, Angst, Leere, Einsamkeit, Untröstlichkeit.

Sterben wäre eine Erlösung, doch kein Erlöser zu sehen. In meine Ödnis dringt keiner vor. Weinen. Zerstören, was um mich ist.

Warten.

Der Sonnenschein zieht mich nach draußen. Vor der Tür so viel Leben. Atmen. Strecken.

Banalität eines Kaffees und das Bedürfnis nach anonymen Begegnungen. Bäcker. Blumenladen. Drogerie. Nicken, Freundlichkeit, die der Leere Einhalt gebietet.

Für kurze Zeit, aber dennoch.

Weiter.

Der Platz. Das Café. Die Wärme. Ein Tisch draußen. Eine Zeitung auf dem Tisch, dann in meiner Hand. Blättern, trinken, mich wieder freuen. Eine Seite weiter, das Bild. Mit dem Lächeln. Als wäre ich direkt gemeint. Als hätte sie es gewusst. Strömt alles zusammen zwischen uns? Ist dieses Strömen unser gemeinsamer Weg? Verständnis und Verstehen kommt hoch. Beides. Was noch fehlt, ist ein Entschluss. Diesmal kein Ende. Diesmal ein Miteinander. Diesmal ein Weg, der zum Ziel führen kann. Muss. Die Liebe und der Weg. Umarmen sich. Lächeln sich an. Wie sie lächelt. Sie hat es gewusst.

Bald, meine Schöne, bald.

Sterne zeichne ich um das Bild herum. Immer noch keine Blumen heute.

Ein Herz in die Mitte.

»Entschuldigen Sie!«

»Was?«

»Entschuldigung, ich wollte Sie nicht stören. Sie waren so ins Schreiben vertieft.«

»Und?«

»Ich wollte nur fragen, ob der Platz noch frei ist? Sonst ist hier schon jeder Tisch voll besetzt. Kein Wunder, bei dem Wetter heute.«

»Ja, ist frei.«

»Danke.«

»Ich gehe ohnehin.«

»Nein, ich wollte Sie nicht vertreiben.«

»Zahlen!«

»Nein, wirklich. Bei so einem schönen Wetter sollte man den ganzen Tag draußen sitzen.«

»Ich muss los. Habe zu tun.«

»Es ist richtig selten geworden, dass sich jemand noch handschriftliche Notizen macht. Sonst wird nur mehr gewischt und getippt, und ich gestehe, ich wische und tippe auch. Ha!«

»Ach, ja.«

»Sie wollten zahlen?«

»Ja. Ein Milchkaffee.«

»Das macht drei sechzig.«

»Hier, passt.«

»Danke.«

»Und ich hätte gerne einen.«

»Milchkaffee?«

»Sehr gerne. Und ein Croissant dazu.«

»Geht klar.«

»Ganz schön gesalzen.«

»Was?«

»Die Preise.«

»So ist es eben in der Stadt.«

»Sie lesen den *Express*.«

»Der lag schon da, als ich kam. Wollen Sie ihn?«

»Gern. Wie nett. Eine Zeitungsrunde. Einer lässt ihn liegen und wir alle lesen ihn. Her damit und danke.«

»Ich würde gerne diese Seite mitnehmen.«

»Sie können den ganzen Regionalteil haben.«
»Nein, schon gut. Nur die Seite.«
»Ja, klar. Ein hübsches Foto. Eine Freundin von ihnen?«
»Ja, meine Freundin. Sie arbeitet bei der Kölner Kripo.«
»Sicher ein spannender Beruf.«
»Ja.«
»Man glaubt gar nicht, wie viele schwere Verbrechen in einer so freundlichen Stadt wie Köln passieren. Wenn man selbst nie in so eine schreckliche Situation gekommen ist, redet man sich gerne ein, dass es hier ruhiger zugeht als zum Beispiel in Frankfurt oder Berlin. Natürlich ist das nicht wahr. Hat Ihre Freundin auch mit Mordfällen zu tun?«
»Schon.«
»Ich rede zu viel. Das macht der Maisonnenschein.«
»Bitte sehr. Ein Milchkaffee, ein Croissant.«
»Danke. Ein Wasser nehme ich dazu, bitte.«
»Kommt.«
»Kann ich jetzt die Seite haben?«
»Klar. Bitte sehr.«
»Na dann, Tschüs!«
»Hallo! Vergessen Sie Ihren Notizblock nicht.«
»Danke und Ihnen noch einen schönen Tag!«
»Für Sie auch. Hat mich gefreut. Wie schön, dass Sie gerade verliebt sind.«
»Ja, das ist es.«

23

Wenn jemand stirbt, treten nach den ersten Stunden die Totenflecken am Körper auf, gefolgt von der Totenstarre. Die Prozesse der Verwesung werden in Gang gesetzt.

Wie lange kann dieser Verwesungsprozess dauern?

Das wird im Wesentlichen von der Lage, dem Ort, der Witterung, der Umgebung abhängen.

Der Körper an Land baut sich doppelt so schnell ab wie der, der in einem Gewässer treibt. Sagen wir, einem See. Eine in der Erde begrabene Leiche verwest nur halb so schnell wie eine, die unter freiem Himmel abgelegt worden ist. Ein im Sarg bestatteter Verstorbener braucht mehr Zeit für seine Zersetzung. Er ist ja erstmal von Insekten und anderem Getier geschützt, oft herrscht im Grab Sauerstoffmangel, und er muss an die zwölf Jahre oder länger darauf warten, bis er zerfällt. Nicht bei einem ökologischen Holzsarg, da geht es durch das Material viel schneller. Eine Feuerbestattung ist die beste Methode, um sofort, stante pede zu Asche und Staub zu werden.

Zurück zum Wasser: In einem See oder Teich, einem stehenden Gewässer, aber auch bei Friedhöfen, die in feuchten Gebieten gelegen sind, kann eine sogenannte Wachsleiche entstehen. Durch den Sauerstoffmangel, der vorherrscht, stoppt die Verwesung, und der Leichnam wird von einer fettigen Schicht umgeben. In solchen Fällen kann ein Körper dreißig Jahre oder länger überdauern.

Nun, so lang dauerte es bei Verena Kammerdach nicht.

Ihr Körper war nach ungefähr drei Monaten im Klappsofa in ihrer Wohnung in Longerich, in der Wilhelm-Sollmann-Straße, zu einer grünen teilskelettierten Gammelleiche geworden.

Zwei Faktoren spielten dabei eine Rolle:

Erstens gab es an dem Nachmittag, nachdem Verena getötet worden war, einen Wasserschaden in der oberen Wohnung, und es lief einiges an Wasser die Wände herunter und sammelte sich auf dem Boden, durchnässte den unteren Teil des Klappsofas.

Der Besitzer der Wohnung über Verena und der Hauswart klingelten an Verenas Tür und als sie nicht öffnete, hinterließ ihr der Hausmeister eine Nachricht über die Rohrbeschädigung. Der Klempner konnte oben alles reparieren, ohne in Verenas Wohnung zu müssen. Weil sie sich nicht auf die Nachricht hin meldete, nahm der Hauswart an, das Wasser sei nicht bis zu ihr nach unten gedrungen. Außerdem versorgte er weitere sieben Häuser und diese Sache verschwand aus seinem Gedächtnis, noch bevor er die Straße zu seinem Auto überquert hatte.

Zweitens wurde der Innenraum, der für Bettwäsche oder als Stauraum gedacht war, für Verena zu einer Art geschlossenen Sarg und die Insekten hatten es schwerer, zu ihr zu kommen. Dafür waren die Schimmelpilze umso aktiver.

Ihr Mörder hatte aus einem spontanen Impuls heraus die Couch, auf der er sie vor dem Erwürgen im Arm gehalten hatte, nach der Tat aufgeklappt. Er war auf der Suche nach weiteren Kissen. Er wollte Verena aufrecht hinsetzen, ihr Oberkörper war immer wieder nach vorne gekippt. Doch das Innere des Klappsofas war leer gewesen.

Nachdem Verenas starrer Blick ihn mehr und mehr gestört hatte, hatte er sie dort hineinverfrachtet und fand den Platz origineller als oben auf dem Sofa.

Dass er damit verhinderte, dass Verenas Körper offen verweste, und der Geruch vielleicht viel früher jemanden im Mietshaus aufgefallen wäre, war ihm nicht bewusst. Es hätte ihn auch nicht interessiert.

Verena Kammerdach war also bereits zu der Zeit ermordet und in ihr Klappsofa zur letzten Ruhe gebettet worden, als Willa Stark Köln verließ, ohne ihre Wohnung zu kündigen, als Anja Kittner sich im neuen Fitnessclub am Severinsplatz anmeldete, als Anton Schneider gerade einen Wohnungsflohmarkt plante, der eine Woche später ein voller Erfolg wurde.

Eine dritte, nicht unwichtige Tatsache, die erwähnt werden muss, war, dass Verena Kammerdach zu Lebzeiten eine Einzelgängerin gewesen war.

Vor ihrem Tod hatte sie sich von ihrem Mann getrennt. Die Ehe war kinderlos geblieben. Er war nach der Trennung nach

Neuseeland auf einen Selbstfindungstrip geflohen, Verena hatte sich eine stille Auszeit gönnen wollen und sich in der Matratzenfirma, in der sie die Buchhaltung mit zwei anderen Frauen machte, mehrere Monate unbezahlten Urlaub genommen.

Zuerst hatte sie noch dem einen oder anderen Treffen mit Bekannten zugestimmt, Freunde hatte sie nie gehabt. Doch je länger ihr unbezahlter Urlaub dauerte, desto mehr war sie sich selbst genug geworden und nutzte die Zeit der Einsamkeit, um endlich an ihrem Roman zu arbeiten. Ein Traum, den sie sich schon immer hatte erfüllen wollen. In der Ehe hatte sie nie Zeit dazu gefunden.

Verenas Eltern waren bereits tot und begraben. Sie hatte keine Geschwister, und außer der Frau an der Kasse des Supermarktes um die Ecke vermisste sie in den ersten Wochen tatsächlich keiner. Selbst die Frau an der Kasse vergaß Verena. Ihr Exmann versuchte sie in den Monaten viermal auf dem Handy zu erreichen, wunderte sich allerdings nicht, dass sie seine Anrufe nicht annahm.

Gefunden wurde sie letztlich durch eine weitere seltsame Verkettung von Umständen, die gut in die Boulevardpresse gepasst hätten. Wenn zu dem Zeitpunkt nicht bereits Oberstaatsanwalt Theo Prunk eine Nachrichtensperre verhängt hätte, um zu verhindern, dass das Wort Serientäter die Runde machte.

Vor über einem Jahr waren Prunk und das Team von Peter Kraus in so einen üblen Fall verwickelt gewesen, und die Pressemeute hatte die damalige SOKO Moni/Helene mit ihren permanenten hysterischen Berichterstattungen bei ihrer Ermittlung behindert. Das wollte keiner noch mal erleben.

Natürlich war Theo Prunk klar, dass dieses Schweigen nicht lange halten würde, aber den Schritt zu Presse und Öffentlichkeit wollte er so lange hinauszögern, bis der erste Hauptkommissar Kraus und sein Team entweder den Täter oder zumindest ein paar Spuren präsentieren konnten.

Zurück zum Auffinden der Leiche von Verena Kammerdach. Mit im Spiel war die unerwiderte Leidenschaft einer weiteren Nachbarin im Mietshaus in Longerich.

Die hochbetagte Bettina Kupfer lebte immer noch allein und ohne Pflegedienst in ihrer Wohnung und niemand konnte sie zwingen, in ein Heim zu gehen. Sie litt aber unter dementen Schüben. Bettinas kleine Aussetzer ließen sie Zeitsprünge in die Vergangenheit machen, ließen sie glauben, der Krieg wäre gerade vorbei, und sie jung wie ein frischer Pfirsich. Während einer dieser Schübe verliebte sie sich spontan in einen jungen Mann, der an ihrer Tür geklingelt hatte.

Albert Bern war dienstlich unterwegs und keinesfalls im Liebesrausch. Er war bei einem Stromkonzern angestellt und lief mühsam alle Haushalte im Stadtteil Longerich ab, um jedem ein gutes Angebot für grünen Strom zu offerieren. Albert erschrak über die völlig unerwarteten, aber eindeutigen Avancen der alten Dame. Da sie nicht von ihm abließ, blieb ihm nur, Reißaus zu nehmen.

In völliger Panik suchte Albert nach einem Fluchtweg.

Die Haustür hatte Bettina hinter ihm versperrt und den Schlüssel in ihrer Bluse verschwinden lassen. Also war die Balkontür seine Wahl gewesen. Er war hinaus auf den kleinen Austritt gegangen, kletterte dort über das Geländer, und balancierte ein paar Meter am Sims entlang zum Balkon der Nachbarwohnung.

Dort angekommen, begann er zu zittern und zu überlegen, wie dämlich seine Flucht gewesen war, er hätte sich bei einem Sturz das Genick brechen können. Als er zurückblickte, war keine Spur mehr von der alten Dame zu sehen. In Wahrheit hatte Bettina Albert in dem Moment vergessen, als er nach draußen geflüchtet war und kochte sich gerade seelenruhig einen Tee.

Albert fiel ein, dass er seine Präsentationsmappe samt seinem Smartphone in Bettina Kupfers Wohnung liegen gelassen hatte. Er musste also noch mal dorthin zurück und hätte am liebsten geheult. Doch er musste weitermachen. Zurück über den Sims wagte er nicht mehr zu klettern, also blieb ihm nur eine Alternative.

Er klopfte zuerst an die Fensterscheibe, rief dazu laut und bat, eintreten zu dürfen. Als keine Antwort kam, drückte er gegen die Glastür und sie ging tatsächlich nach innen auf.

Albert betrat das fremde Wohnzimmer und stand direkt vor dem Klappsofa.

In der Zeit seit ihrem Ableben hatte nun Verena Kammerdachs Gammelleiche stetig intensiver aus dem Bettkasten heraus angefangen zu stinken.

Der Geruch hatte sich in der gesamten Wohnung übelst verbreitet. Albert fiel das sofort auf und er zog die richtigen Schlüsse.

Das wiederum hatte damit zu tun, dass Albert vor dem Vertreterjob für den Stromanbieter über vier Jahre im Beerdigungsinstitut seines Großonkels ausgeholfen hatte, in den sogenannten guten Monaten, wenn viel und gerne gestorben wurde.

Er identifizierte diesen Gestank sofort als Geruch einer verwesenen Leiche. Albert begann das Zimmer abzugehen, abzusuchen, hob schließlich die Klappe des Klappsofas hoch und entdeckte Verena Kammerdach. Oder das, was von ihr übrig war.

24

Diesmal hätte der Platz in Peter Kraus' Büro nicht gereicht.

Neben Willa, Marielle und Frank war auch Clemens Wächter, inzwischen als Verstärkung hinzugezogen, anwesend. Zu der Truppe hatte Kraus den Fallanalytiker Dr. Peter Orwinski eingeladen. Harro und Nina Kahlein waren vor einer Minute eingetroffen.

Sie saßen in dem Seminarraum oder Konferenzraum, je nachdem für welche Gelegenheit er benötigt wurde, auf hohen Drehstühlen um einen ovalen Tisch. Hinter ihnen war alles Glas, Fenster, die bis zum Boden reichten und einen großartigen Blick auf die Stadt von der *Schäl Sick*, der rechten Rheinseite, aus zuließen. Besonders am Abend war das Lichtermeer über Köln ein prachtvoller Anblick.

In der Runde war der einzige, der diesen Blick von seiner Position aus hätte genießen können, der erste Hauptkommissar Peter Kraus, der seiner versammelten Gruppe gegenüberstand. Sein Gesichtsausdruck sah allerdings nicht aus, als würde er heute überhaupt etwas genießen.

»Bevor ich das Wort an unseren Rechtsmediziner weitergebe, möchte ich euch hier nicht nur die Dringlichkeit dieses Falles oder dieser Fälle ans Herz legen, sondern auch die höchste Geheimhaltungsstufe ausgeben. Kein Wort darf vorerst an die Medien durchdringen, wofür ich euer Stillschweigen bei euren Freunden und euren Familien einbeziehe. Haltet mir die Schnauze, Leute, das ist ein Pulverfass.«

Marielle hob ihre Hand.

»Wie es aussieht, haben wir einen Serientäter am Werk, und je länger du die Presse im Dunkeln lässt, desto schlimmer werden sie dich und ebenso uns in der Luft zerreißen, wenn sie Wind davon bekommen.«

»Nein, nein und dreimal nein! Überlegt doch, welche Reaktion unsere naheliegenden Vermutungen jetzt auslösen würden. Wir hatten, vor nicht allzu langer Zeit, bereits eine Mordserie in Köln, und sicher erinnert ihr euch alle, wie ätzend diese Wochen waren.«

Sofort fühlte sich Willa angesprochen. Clemens Wächter kam ihr zuvor.

»Das lässt sich nicht vergleichen. Die Fälle Moni Dahms und Helene Pintao sind von Anfang an in den Medien hochgespielt worden. Letztendlich hat es sich nur um ein tatsächliches Opfer gehandelt, die zweite Frau wurde gerettet.«

»Mir sitzen die Medien allein wegen Anja Kittner ordentlich im Nacken. Unser Vorgehen ist mit Theo Prunk abgesprochen, die Nachrichtensperre gilt ja bereits seit der zweiten Leiche.«

»Peter, wir wissen alle, dass du an der vordersten Front stehst, aber wir können nicht mehr als arbeiten, Informationen sammeln und daraus unsere Schlüsse ziehen.«

»Lass es gut sein, Clemens, das weiß ich.« Peter Kraus seufzte hörbar laut.

»Harro, du bist dran.«

Der beleibte Rechtsmediziner blieb auf seinem Sessel sitzen, er hatte seinen Hexenschuss nicht völlig auskuriert. Er hatte Papiere vor sich liegen, die ungeordnet wirkten, hob sie hoch, blätterte sie durch, legte sie wieder ab. Willa fand es sympathisch, dass auch Harro noch Papier bevorzugte, während Marielle und Nina Kahlein auf ihren iPads tippten. Sie selbst hatte einen kleinen Notizblock dabei und kritzelte mit dem Kugelschreiber Strichmännchen darauf.

Harros Stimme hatte eine Lautstärke, die jeden großen Hörsaal bis in die letzte Reihe gefüllt hätte.

»Also, der Punkt ist, dass Nina und ich beim Auswerten der Spuren an der dritten Frauenleiche, die in zeitlicher Abfolge unserer Morde allerdings das erste Opfer darstellt, auf eine weitere Gemeinsamkeit gestoßen sind. Der Tod von Verena Kammerdach liegt mindestens drei Monate zurück, an ihrem Körper waren leider sehr wenige verwertbare Spuren zu rekonstruieren. Durch die Umstände ist er zu einer sogenannten Gammelleiche geworden. Das heißt, wir haben ihn teilskelletiert vorgefunden.« Harro unterbrach, um neu Luft zu holen. »Wie bei meinen Studenten entschuldige ich mich für meine unappetitlichen Ausführungen.«

Ein verhaltenes Lachen ging durch den Konferenzraum und lockerte die Stimmung nach Kraus' gestressten Anfang auf.

Harro warf Willa einen Blick zu, den sie kurz erwiderte.

Seit ihrer ersten Begegnung nach Willas Rückkehr hatte es für sie beide nur dieses eine gemeinsame Kaffeetreffen gegeben. Danach hatte sich Willa rar gemacht. Vielleicht, weil sie Harro nichts von Anton Schneider und ihren verwirrenden Gefühlen beichten wollte. Bei einem weiteren Kaffee oder einem Glas Rotwein hätte sie es ihm sicher erzählt. Es beschäftigte sie weit mehr, als es ihr lieb war. Doch ihr war klar, dass Harro alles psychologisch, mit unterbewussten Verhaltensweisen, zu erklären versucht hätte. Er hätte ihr eine Standpauke über die gefährliche Nähe zwischen einem Verdächtigen und einer Ermittlerin gehalten.

Harro setzte weiter nach.

»Also, was wir feststellen konnten: Verena Kammerdach wurde erwürgt. Am Hals waren keine verwertbaren Fingerabdrücke zu finden, es kann sein, dass der Täter Handschuhe getragen hat oder die Spuren durch den Verfall nicht mehr zu identifizieren sind. Nicht wie bei Katharina Brandt, die mit einer Kordel erdrosselt worden ist. Bei Anja Kittner war es die Gardinenstange. Somit unterscheiden sich die Tötungsarten. Nun zu den Gemeinsamkeiten: Im Umfeld unserer Gammelleiche Verena Kammerdach haben wir Haare entdeckt, die dieselbe DNA aufweisen wie die Epithelzellen in der Wohnung von Katharina Brandt. Das heißt, wir haben in drei Fällen zweimal einen übereinstimmenden Daumenabdruck, zweimal dasselbe DNA-Profil.«

Gemurmel unter den Kollegen entstand, das Harro mit einem Klopfen auf den Tisch unterband.

Frank Zauber meldete sich laut. »Der Täter könnte absichtlich falsche Spuren hinterlassen haben. Um von ihm abzulenken.« Er trank heute Tee und wirkte ausgeruhter als sonst.

Harro nickte in Franks Richtung.

»Ich gebe dir recht. Es gibt die Möglichkeit, dass die Fingerabdrücke und die DNA zu einer Person gehören, die nichts mit den Morden zu tun hat. Dass es jemanden gibt, der unsere drei Frauen kannte und trotzdem nicht der Mörder ist. Köln gilt für viele als Dorf. Möglich ist es also.«

Marielle saß neben Willa, scrollte durch den Bericht auf ihrem iPad.

»Da schließe ich mich Frank und seinem Einwand an. Schließlich sind auf der Gardinenstange und auf den Körpern keine DNA oder Abdrücke gefunden worden. Es kommt mir komisch vor, dass sich der Täter mit Handschuhen schützt und seine Spuren entfernt, um dann seine Haare und seinen Daumenabdruck zu hinterlassen. Dazu kommt, dass die Suche in den genetischen Datenbanken noch keinen Treffer erzielt hat.«

Peter Kraus hatte sich von seinem Sessel wieder halb erhoben.

»Genau das ist einer der Punkte, warum wir damit zum jetzigen Zeitpunkt nicht an die Öffentlichkeit gehen dürfen.«

»Ja, Peter, wir haben es alle verstanden.« Harro übernahm wieder. »Trotzdem sind wir hier, um die Eventualität einer Serie zu besprechen. Denn selbst wenn die DNA und die Fingerabdrücke nicht zum Täter gehören sollten, spricht vieles dafür.«

Peter Kraus kommentierte Harros letzten Satz mit einem schweren Seufzen. Der Rechtsmediziner klopfte erneut auf den Konferenztisch, obwohl keiner der anderen ihn gestört hatte.

»Zurück zur DNA. Sie ist, wie wir schon aus dem Fund bei Katharina Brandt wissen, weiblich.«

Clemens Wächter war der einzige, der aufsah, und seine Augenbrauen hochzog, die anderen waren darüber bereits in Kenntnis gesetzt worden.

»Eine Serienmörderin?«

Jetzt meldete sich Dr. Orwinski zu Wort.

»Serienmörderinnen sind selten. Sehr selten, aber es kommt vor. Ich selbst hatte vor acht Jahren bei einem Fall in Leipzig mit einer Frau zu tun, die Obdachlose in der Stadt vergiftet hat. Am Ende gab es vierzehn Opfer, und sie hätte weitergemacht. Sie hielt sich für eine auserwählte Helferin, die, statt Menschen in Not zu unterstützen, die Ärmsten direkt in den Himmel beförderte.«

Der Fallanalytiker leitete beim LKA Nordrheinwestfalen die Gruppe für die operative Fallanalyse, kurz OFA genannt, und hatte die Polizei in Köln bereits mehrfach beraten. Er war aus Düsseldorf zu dem Treffen angereist.

»Unsere drei Verbrechen sind gewalttätig, keine Giftmorde«, wandte Marielle ein.

»Das stimmt, aber in allen Fällen hätte es auch eine Frau geschafft, die Morde zu begehen. Dafür könnte die Auswahl der Opfer sprechen. Alle in der Mitte ihres Lebens, alle geschieden, alleinstehend, ohne große Sozialkontakte. Nicht zu vergessen, dass es bei keiner der Straftaten zu einer sexuellen Handlung gekommen ist. Es wäre möglich, dass eine Täterin ein zu zerstörendes Gegenüber in den Opfern sieht. Dieses verhasste Bild will sie, aus welchen Gründen auch immer, vernichten.«

Eine Weile sagte keiner der Anwesenden etwas. Jeder hing seinen eigenen Gedanken nach.

Harro unterbrach die Stille und unterstrich bei seinen nächsten Sätzen die Ausführungen von Dr. Orwinski. Bei der Untersuchung der Frauenkörper hatte er weder Spuren eines sexuellen Kontaktes noch einer Gewaltanwendung vor dem eigentlichen Mord gefunden. Keine Abwehr- oder Kampfspuren. Alle drei Frauen mussten den Täter oder die Täterin vorher gekannt haben.

Willa streckte ihren Zeigefinger in die Luft, sie wollte sich endlich einbringen.

»Ich hab' Ihre erste Analyse zu Anja Kittner gelesen, Herr Dr. Orwinski. Da sprechen Sie noch von einem männlichen Täter, um einiges jünger als das Opfer, mit einer möglichen Mutterproblematik, die in der extremen Gewalttat wieder hätte hochkommen können.«

»Dazu hätte dieser Anton Schneider hervorragend gepasst«, rief Frank Zauber dazwischen. »Ich hätte den Kerl nicht aus der Geschlossenen rausgelassen. Aber, wie es so schön heißt: Wat wellste maache?«

Eine scharfe Entgegnung lag auf Willas Zunge, aber sie hielt sich zurück. Das letzte, was sie wollte, war ein Streit mit dem Kollegen. Sie ignorierte Franks Bemerkung und konzentrierte sich weiter auf den Fallanalytiker.

»Es war von einer frühkindlichen Traumatisierung die Rede.«

»Richtig.« Dr. Orwinski stand auf. »Das würde ich auch jetzt nach den beiden weiteren Morden so formulieren. Im tatsächlichen Fall einer Serientäterin bleibe ich bei meiner Einschätzung einer schwierigen Mutterbeziehung. Die Täterin könnte gesellschaftlich integriert sein, im Berufsleben stehen, vielleicht in den Dreißigern, vielleicht etwas älter. Jedoch ohne intime Bindungen, wie die Opfer auch. Aber auf der Suche nach einer verlorenen Mutterfigur. Ein introvertierter Charakter, der sich sehr langsam dem Opfer nähert. Den Moment einer Nähe nicht erträgt und vielleicht durch eine Bemerkung oder einen kleinen Streit gereizt, sofort ausrastet. Keine Toleranzgrenze.«

»Und die unterschiedlichen Todesarten wären demnach ein Ausdruck der vielen Möglichkeiten, das internalisierte Bild zu zerstören, um die Suche neu zu beginnen?«

»Ja, Frau Stark, das haben Sie gut formuliert.«

Zum ersten Mal brachte sich Nina Kahlein ein.

»Zurück zu unserem genetischen Profil. Unsere Auswertung irrt sich nicht bei der weiblichen DNA. Eine Ausnahme wäre der höchst seltene Fall einer erfolgten Knochenmarkspende, wo es zu einer falschen Geschlechtsbestimmung kommen kann. Ganz banal, ein anderes Szenario: Die Haare hätte jemand einer Bürste entnehmen und am Tatort hinterlegen können. In dem Fall würde sich eine weitere Irreführung in der Beweisfolge und bei den Ermittlungen ergeben. Das passt zu den Bedenken einer falschen Spur.«

Harro schloss sich seiner Kollegin an.

»Deshalb ist der Bericht offen im Ergebnis, was die Rückschlüsse angeht. Ich bin mit Peters Vorgehen der Presse gegenüber völlig einverstanden.«

Peter Kraus begann, vor dem ovalen Tisch auf und ab zu gehen. Im seitlichen Profil, das er dabei seinen Kollegen zeigte, war seine Hakennase deutlich zu sehen. Willa dachte, dass sein interner Spitzname auch gut und gerne alter Geier hätte lauten können.

»Kollegen! Drei Frauenmorde in den letzen Monaten, die zusammenhängen könnten, feuern die Phantasie der schreibenden Zunft zu sehr an. Für die Entscheidung zur Nachrichtensperre trage ich zusammen mit Oberstaatsanwalt Theo Prunk die Verantwortung. Intern werden wir alle drei Fälle unter dem Aspekt einer Serie bearbeiten. Abschließend möchte ich ansagen, dass wir deshalb die Kerntruppe um einige Kollegen vergrößern werden. Die Namen der hinzugezognen Beamten gebe ich euch noch bekannt. Der Name der SOKO ist ›Südstadt‹, weil die erste Leiche dort gefunden worden ist. Noch Fragen?«

Niemand machte mehr seinen Mund auf.

»Gut, dann könnt ihr jetzt Feierabend machen, aber gerne weiter in euren Köpfen mögliche Szenarien durchspielen.«

Auf dem Weg nach draußen kam Peter Kraus an die Seite des Rechtsmediziners.

»Danke für deine Unterstützung, Harro. Solange wie irgend möglich, möchte ich offiziell keinen möglichen Zusammenhang zwischen den toten Frauen herstellen. Wenn wir später damit an die Öffentlichkeit gehen, dann mit handfesten Beweisen oder mit einem Verdächtigen. Ich will keinen Aufhänger für die Schlagzeilen von morgen.«

»Von heute Abend, wenn du das Internet miteinbeziehst, Peter.«

»Wenn das ein Scherz war, Harro, dann einer deiner schlechten.«

Die beiden Männer waren am Haupttor angekommen und reichten sich die Hand.

Außerhalb des Präsidiums begann gerade dieser Aufhänger für die Presse das Licht der Welt zu erblicken. Ganz anders allerdings, als es Peter Kraus befürchtete.

Dazu passte ein Kölsches Sprichwort: *Et kütt, wie ett kütt.*

III WÜTERICH

25

Den ersten Schlag sah Kalle Kittner nicht kommen.

Anni Kittners Exmann hatte vor seinem Wagen gestanden und fluchend in seinen Taschen nach dem Autoschlüssel gesucht. Es regnete. Sein teures Sakko sog die Tropfen auf, und Kalle hasste den Gedanken, sich mit feuchten Schultern hinters Steuer setzen zu müssen.

Als er geparkt hatte, war das Wetter gut und die Luft frisch gewesen. Aber der Mai machte dem April dieses Jahr Konkurrenz und nach Sonnenschein, Hitze, Wind und Gewitter gab es jetzt Regen in Bindfäden. Dabei hätte er einen Schirm im Kofferraum. Wo verdammt war sein Schlüssel?

Er hatte ihn in die linke Sakkotasche gesteckt. Das war eine alte Gewohnheit, er war Linkshänder. Normalerweise brauchte es einen schnellen Griff, Schlüssel zwischen den Fingern, ein Druck aufs Knöpfchen, und er hätte in seinem Mercedes Cabriolet im Trockenen mit guter Musik nach Hause fahren können.

Entweder war ihm der Schlüssel aus dem Sakko herausgefallen, als er es über die Stuhllehne gehängt hatte, oder jemand hatte ihn bestohlen. Den letzten Gedanken verwarf er wieder, denn dann würde sein schönes Auto nicht mehr vor ihm stehen, sondern wäre längst auf dem Weg über die Grenze.

Blieb nur die Variante, dass der Schlüssel im Lokal am Boden lag, unter einem der Tische, je nachdem, wie viele Füße ihn weiter befördert hatten. Also noch mal zurück.

Trotz des Regens war es nicht völlig dunkel, der Abend zeigte durch den wolkenverhangenen Himmel ein tiefes Dämmerlicht. Er hatte Regenwetter nie gemocht und die Nässe auf Kopf und Schultern könnte ihm eine Erkältung einbringen; er war empfindlich.

Trotzdem hielt das Wohlgefühl vom Essen weiter an. Auch ein Dinner allein hatte etwas sehr Genussvolles, noch dazu in dem eleganten Restaurant *Schloss Loersfeld*, einem seiner Lieblingslokale, keine zehn Minuten mit dem Auto von seinem Haus entfernt. Nach der Trennung hatte er sich das renovierte Fachwerkhaus gegönnt. Luxus zum Trocknen der Tränen.

Das Essen hatte hervorragend geschmeckt und zum ersten Mal seit Annis Tod hatte er sich wieder rundum wohlgefühlt, nach all der Scheiße, nach der Trauer und den Schwierigkeiten, die Annis Tod für ihn gebracht hatten. Einige seiner Kunden wollten sich nicht mehr von ihm vertreten lassen, solange ermittelt wurde. Obwohl er nur Zeuge war und nicht als Verdächtiger galt. Er hatte Schlafprobleme. Anni, wie sie da auf der Couch mit der Gardinenstange im Bauch gesessen hatte, tauchte immer wieder in seinen Träumen auf. Er trank zu viel, versuchte sich das Elend aus dem Hirn zu saufen. Einmal war er volltrunken bei dem Typen aufgetaucht, den er und der Nachbar in Annis Wohnung entdeckt hatten. Er konnte sich kaum mehr an diese sinnlose Aktion erinnern, war aber froh gewesen, dass der junge Mann keine Anzeige gegen ihn erstattet hatte. Das hätte ihm noch gefehlt.

Das alles lag nun hinter Kalle. Das Leben musste endlich weitergehen. Heute war ein guter Abend für einen Neustart.

Er hatte begonnen, Pläne zu durchdenken, was er mit der Wohnung in der Kurfürstenstraße machen würde, wenn alle Angelegenheiten geregelt waren, und das Appartement in seinen Besitz zurückfallen würde. Auf diese Klausel hatte er bei der Scheidung bestanden. Verkaufen eher nicht, es sollte eine Kapitalanlage bleiben. Kalle riet seinen Kunden immer, sich Immobilien anzuschaffen. Vermieten wollte er nicht, das gab zusätzliche Arbeit und seine Zeit war mehr als knapp. Von Kerpen wieder zurück in sein altes Zuhause ziehen? Nein, zu viele Erinnerungen, zu makaber. Es würde sich eine Lösung finden.

Seine Aufmerksamkeit war völlig auf diese Überlegungen konzentriert.

Der Schlag zwischen seine Schulterblätter fuhr in seinen Körper und seine Gedanken wie ein Blitz in einen Baum. Etwas splitterte auf seinem Rücken, etwas Hartes knallte gegen seine Wirbelsäule.

Zuerst waren da die völlige Überraschung und eine Erstarrung, als wäre die Zeit stehengeblieben. Kalle atmete nicht, blinzelte nicht und bewegte sich keinen Millimeter. Dann musste er reflexartig mit einem tiefen Atemzug Luft aufsaugen und stöhnte, als sie seine Lungen wieder verließ. Tränen schossen Kalle in die Augen. In einem unfassbaren Schmerz entlud sich die Wucht des Schlages im Schultergelenk, machte es zu einem Knotenpunkt aus brennender Hitze.

Als seine Gedanken wieder einsetzten, dachte Kalle zuerst an einen Ast oder ein anderes Teil, das auf ihn gefallen sein musste. Ein Unfall, ein Unglück. Beim nächsten Schlag passte diese Erklärung nicht mehr, bei dem erneut einsetzenden Schmerz passte nichts mehr im Leben des Anlageberaters Karl Kittner.

Denn der zweite Angriff kam von hinten zwischen seine Beine. Jemand trat ihm mit Wucht in seine Hoden.

Der Laut aus Kalles Mund war diesmal kein Stöhnen, sondern ein hohes Quieken, das er kaum seinem Kehlkopf zuordnen wollte. Kalle ging mit diesem tierischen Laut in die Knie, fasste mit einer Hand nach vorne und konnte sich am Kotflügel seines Cabriolets abstützen. Die andere presste er auf seine Hoden, um einen Gegendruck zu erzeugen, um diesem monumentalen neuen Schmerz Herr zu werden.

Er kam mit dem linken Knie am Boden des Parkplatzes auf und der harte Asphalt ließ die Haut über seinem Knie durch den

Hosenstoff hindurch aufreißen. Wieder ein neuer Schmerz, aber kein Vergleich zu dem Höllenfeuer in seinen Hoden.

In all der Qual versuchte Kalle, zu denken, zu überlegen, wer und warum, aber die Wörter in seinem Hirn ließen sich nicht mehr zu ganzen Sätzen formen.

Es ging einfach weiter.

Die nächsten Angriffe waren nicht mehr zu zählen, keine Schläge mehr, sondern immer wieder Tritte. Fußtritte. Sie prasselten wie der stärker werdende Regen auf Kalles Körper ein. Er kippte seitlich weg, seine Hand am Kotflügel rutschte ab, sein Körper kam auf dem harten Asphalt auf.

Hilfe, konnte er noch denken. Hilfe und ein schwaches »Wer?«.

Er wollte sich mit seinen Händen schützen.

Wenn er jedoch versuchte, seinen Kopf abzudecken, traf ihn ein Tritt in die unteren Regionen, wenn er nach unten griff, knallte es auf seine Schädeldecke. Er wollte schreien, schaffte es nicht, den Impuls an seine Kehle zu schicken. Er wollte bitten, aber es fehlte jeder Ausdruck für das, was ihm zustieß.

Die Schmerzen tauchten im Sekundentakt auf und vermehrten sich wie in Raserei. Sie überrannten seine Fähigkeit, sich zur Wehr zu setzen, sie überschwemmten sein System. Sie sammelten sich und verbündeten sich zu einer großen Welle, die Kalle überrollte.

Tiefer in seinem Gehirn schossen letzte Nervenimpulse hin und her, die nicht der Panik, der Angst oder dem Schmerz zum Opfer gefallen waren. Da tauchte weiter das Warum auf. Es kam keine Antwort. Keine einziger Grund fiel ihm ein.

Das Letzte, das Kalle bewusst wahrnahm, war seine linke Hand, die sich wie von selbst nach oben gestreckt hatte und wieder den Kotflügel seines Cabriolets berührte. Eine letzte Empfindung drang über den Tastsinn seiner Finger in sein Hirn, er fühlte die feuchte Kühle des Chroms. In all dem Chaos, das über ihn gekommen war, empfand er die Berührung als tröstlich.

Als Ellen Los und Christian Wegstatt zwanzig Minuten später aus dem Restaurant zum Parkplatz kamen, hatte der Regen nachgelassen. Trotzdem hatte Christian den Schirm aufgespannt und hielt ihn über seine Freundin, die in wenigen Wochen seine Frau sein würde.

Auch ihnen hatte das Essen geschmeckt, sie hatten viel geredet und geplant, und Ellen hatte sich dauernd Notizen gemacht. Sie hatte das Gefühl, dass sie noch tausend Dinge zu regeln hatte bis zur Hochzeit und gleichzeitig tausend Dinge vergessen würde.

Ihr Ford Fiesta parkte neben dem Cabriolet von Kalle Kittner und es hätte in der Dunkelheit nicht viel gefehlt, und sie hätten den schwer verletzten Mann übersehen. Christian begleitete Ellen mit dem Schirm auf die Beifahrerseite. Als seine Zukünftige Platz genommen hatte, machte er drei Schritte nach vorne und schüttelte den Schirm aus, wollte nicht, dass er im Auto stark nachtropfte.

Im ersten Moment dachte Christian Wegstatt an ein Bündel Kleider.

Oder ein Bündel Stoffteile oder auch ein Bündel Stroh mit einem Laken umwickelt. Er hob den Schirm über seinen Kopf und ging zwei Schritte weiter, bis er an das Nachbarauto herankam.

Bevor ihm klar wurde, dass es sich um einen Menschen am Boden handelte, fiel ihm der alte Film mit Judy Garland ein, *Der Zauberer von Oz*, nicht, weil neben dem Auto tatsächlich eine Figur aus Stroh lag, sondern, weil diese Gestalt so in sich verdreht und abgeknickt war, als hätte sie keine Knochen, wäre nur eine Puppe ohne Widerstand.

»Schatz? Was machst du?« Ellen stieg wieder aus, wurde nun doch nass. Der Schirm lag inzwischen auf dem Boden.

Ihr Verlobter drehte sich zu ihr um, es war dunkel, und er ein paar Meter von ihr entfernt, aber sie konnte trotz der Entfernung seine Augen sehen, die so groß wirkten, als trüge er zwei Lupen über den Pupillen.

»Steig ein. Schließ die Tür. Ruf die Polizei!« Seine Stimme war ein heißeres Flüstern.

»Was ist denn? Sag!«

»Steig ein und ruf die Polizei. Und einen Krankenwagen! Hol Hilfe!«

»Sag mir bitte zuerst, was los ist!«

»Hast du nicht gehört? Mach! Sofort!« Christian wurde lauter, sein Tonfall scharf. »Scheiße! Ruf die Polizei! Hörst du? Verdammte Scheiße!«

Ellen Los mochte weder den Ton in der Stimme ihres Verlobten noch die Kraftausdrücke. Beides war nichts, was sie gerne in ihre Ehe mitnehmen wollte. Aber das war im Moment nicht wichtig. Sie setzte sich wieder, zog die Autotür zu und wählte den Notruf.

26

Den Ausklang der Woche, den Freitagabend, hatten sich die Ermittler jeder für sich anders vorgestellt.

Willa war auf dem Rückweg vom Literaturcafé *Goldmund* gewesen, hatte sich dort eine Lesung von einem Lyriker angehört, hatte sich gezwungen, etwas anderes zu unternehmen, als wieder zu Hause zu sitzen, über den Fall oder über Anton Schneider nachzudenken.

Die Gedichte des Lyrikers über Tod und Liebe hatten die gegenteilige Wirkung gehabt. Während des Vortrags waren permanent Gedanken an den Fall und an Anton hochgekommen. Sie war trotzdem geblieben, hatte Rotwein getrunken, hatte sich die anschließende Fragestunde zu Sinn und Bedeutung der Verse angehört. Als sie schließlich die nächtliche Venloer Straße in Richtung ihrer Wohnung gelaufen war, hatte ihr Handy zu vibrieren begonnen.

Marielle hatte schon im Bett gelegen, nach dem sehr befriedigenden Sex an den Rücken ihres Mannes gekuschelt, das kam in den letzten Monaten immer wieder zu kurz.

Und Frank hatte sich selbst zugeprostet, wieder mit dem Versprechen, kein Ausrutscher in den Alkohol mehr, morgen würde er seinen Konsum drastisch reduzieren.

Auch Clemens Wächter kam an den Tatort, er hatte ein spätes Telefonat mit seinem Chef Peter Kraus geführt über die toten Frauen, über seine Einschätzung zu Kraus' Entscheidung, die Presse in der vergangenen Woche nicht über den möglichen Serientäter oder die Serientäterin zu informieren.

Der erste Hauptkommissar war also zu später Stunde in seinem Büro, in diesen Wochen war er immer der Letzte, der ging. Als die Meldung vom Tod Karl Kittners Kraus erreichte, bat er Clemens Wächter, sich ebenfalls auf den Weg zu machen.

Bevor der Freitag in den Samstag kippte, standen sie alle auf dem Parkplatz des Restaurants *Schloss Loersfeld* in Kerpen im Regen. Wie eine Sportmannschaft, die sich vor der entscheidenden Runde heimlich berät, bildeten sie einen Kreis und hatten die Köpfe zusammen gesteckt.

Um sie herum bewegten sich die Kollegen der Spurensicherung und Harro deNärtens, der seine ärztliche Leichenschau durchführte.

Zwei Restaurantmanager standen ein paar Meter entfernt. Nach einem lautstark geführten Dialog zwischen ihnen und Peter Kraus über die Privatsphäre der Gäste und die anstehenden Ermittlungen waren sie verstummt und beobachteten schweigend das Treiben der Polizei.

Am Absperrband sammelten sich die klassischen Schaulustigen, dazwischen Presseleute. Der Regen und die späte Uhrzeit hielten weder die einen noch die anderen ab.

Marielle schützte ihr iPad mit einem Schirm, unter den sich auch Willa geflüchtet hatte. »Ellen Los und Christian Wegstatt. Das Paar, das unser Opfer gefunden hat, wohnt in Kerpen. Einer der

Restaurantmanager von dem Laden hier kannte Kalle Kittner. Er war wohl öfter hier zu Gast, sein Haus ist ebenfalls ganz in der Nähe. Der Manager hat ausgesagt, dass unser Opfer das Lokal gegen halb neun verlassen hat. Gefunden wurde er kurz vor neun, also hat er höchstens zwanzig Minuten neben seinem Wagen gelegen.«

»Hat er da noch gelebt?«

Willa rieb sich die Hände. Sie fühlte sich müde, erschöpft, sehnte sich nach der Ruhe ihrer Wohnung und einem weiteren Glas Wein.

»Das kann uns Harro sicher bald sagen.« Marielle wischte über ihr Display. »Im Netz geht es schon los mit Reaktionen. Von den Schaulustigen um uns herum wurden bereits die ersten Bilder hochgeladen. Darauf sind auch wir zu erkennen. Ich werde jetzt Fotos von den Gaffern machen, das schreckt sie ab. Vielleicht ist ja sogar der Täter in der Menge.«

Marielle verließ samt Schirm den Kreis, ließ Willa im Regen stehen.

»Jetzt hast du deine Schlagzeilen, Peter.«

Frank Zauber sprach aus, was sie alle dachten.

Peter Kraus nickte. Seine Stirn lag in Runzeln, sein Gesichtsausdruck wirkte mürrischer als das schlechte Wetter.

Hatte schon der brutale Mord an Anja Kittner die Presse zu hektischer Berichterstattung getrieben, würde der gewaltsame Tod ihres Exmannes das Feuer der Spekulationen hell auflodern lassen.

»Andererseits können wir froh sein, dass die anderen Morde noch nicht in einer Serie wahrgenommen worden sind.« Clemens Wächter wirkte als einziger in der Gruppe entspannter.

Der Blick des ersten Hauptkommissars streifte über den Tatort.

»Wir müssen so rasch wie irgend möglich feststellen, ob es einen direkten Zusammenhang zwischen den Taten gibt. Die Frauen und der Exmann von Anja Kittner.«

»Vielleicht hat er den Täter gekannt? Etwas herausgefunden?«

Peter Kraus stellte den Kragen seiner Jacke hoch. Clemens und Frank taten es ihm gleich. Der Regen nahm an Intensität zu.

»Was wirst du machen, Peter?«, fragte Frank.

»Ich werde offensiv vorgehen. Wir arbeiten die Nacht durch, hoffentlich mit ersten Ergebnissen in den nächsten Stunden. Morgen um zehn setze ich eine Pressekonferenz an. Jetzt rede ich mit den Journalisten hier vor Ort. Dann haben die ihre Infos. Mit etwas Glück bleiben uns dann die Verschwörungstheorien erspart.«

»Ich sehe es trotzdem vor mir, Peter: Ehepaar aus der Südstadt, innerhalb von wenigen Wochen beide Opfer grausamer Verbrechen. Welches Geheimnis hatten der Anlageberater und seine Exfrau? Was tut die Polizei? Tolle Schlagzeilen.«

»Dein Sarkamus hilft uns nicht weiter. An die Arbeit. Frank, du übernimmst die Restaurantgäste und Willa das Paar, das Karl Kittner gefunden hat.«

Sie bewegten sich auseinander. Frank Zauber Richtung Restaurant, Clemens Wächter schloss zu Harro auf. Peter Kraus ging zu den Journalisten und Willa zum Notarztwagen, in dem Ellen Los und Christian Wegstatt warteten.

Am Morgen nach der Pressekonferenz waren sie wieder versammelt, wieder in Peter Kraus' Büro. Die Müdigkeit der langen Nacht war ihnen anzusehen. Sie tauschten Informationen aus und warteten auf den ersten Hauptkommissar. Willa nutzte die Abwesenheit ihres Chefs und machte sich an der Kaffeemaschine einen doppelten Espresso, endlich ohne Milchschaum.

Immerhin hatte sich in den frühen Morgenstunden der Regen verzogen, noch war der Himmel grau, doch der Wetterbericht hatte für den Tag eine Rückkehr der Sonne angesagt.

Der Medienrummel war wie erwartet groß gewesen. Neben Peter Kraus hatte sich Oberstaatsanwalt Theo Prunk vor der Presse zu Wort gemeldet, beide hatten einen Zusammenhang zwischen der Ermordung Anja Kittners und dem gestrigen Tod von Karl Kittner nicht ausgeschlossen, aber auch nicht bestätigt. Die zugelassenen Fragen am Ende hatten sich ausschließlich um das Ehepaar Kittner gedreht. Wie von Kraus vorausgesehen, hatte keiner der Journalisten eine Verbindung zwischen Anja Kittner und den beiden anderen Frauen hergestellt. Die Nachrichtensperre hielt. Jetzt beredeten Kraus und Prunk unten im Pressesaal das weitere Vorgehen.

Fest stand, dass Karl Kittner zu Tode getreten worden war. Tritte gegen den Unterleib und gegen den Kopf. Er hatte noch gelebt, als das Pärchen ihn am Parkplatz gefunden hatte, war auf dem Weg in die Notaufnahme verstorben.

Marielle schnäuzte sich geräuschvoll; statt Kaffee hatte sie sich eine Thermoskanne mit Tee mitgebracht.

»Weiß man inzwischen, ob auch eine Waffe im Spiel war? Ein Totschläger oder vielleicht ein Baseballschläger?«

Die Spurensicherung hatte Splitter am Tatort gefunden.

»Hast du noch ein Taschentuch für mich?« Auch Clemens wirkte übernächtigt, seine Augen waren gerötet. »Bisher nur, dass ein harter Gegenstand mit im Spiel gewesen sein muss, das zeigt die Verletzung an der Schulter des Toten. Damit könnte der Angreifer Karl Kittner zu Boden gebracht haben. Tödlich allerdings waren, laut Harro, die Fußtritte gegen seinen Schädel.«

»Weitere verwertbare Spuren am Körper?«

»Auf Harros vollständigen Bericht müssen wir warten. Ebenso auf die Auswertungen der Spurensicherung am Parkplatz selbst. Dann erst wissen wir, ob diese Splitter zu einer möglichen Waffe passen. Der Regen hat es unseren Leuten nicht leicht gemacht.«

Das Warten auf Peter Kraus hatte in diesem Moment ein Ende.

Wie immer in den letzten Wochen wirkte der erste Hauptkommissar gehetzt und schlechter Laune.

»Schenkt mir fünf Minuten eure Aufmerksamkeit. Ich möchte eine neue Entscheidung mitteilen.«

Mit einem raschen Seitenblick auf die Kollegen an der Kaffeemaschine umrundete er seinen Schreibtisch, blieb dahinter stehen.

»Wir splitten uns.«

Ein Raunen ging durch das Büro. Damit hatte keiner von ihnen gerechnet. Eine Teilung des Teams hatte es schon öfter gegeben. Das konnte aber auch nach hinten losgehen, wegen verspätetem Informationsaustausch und Kompetenzgerangel.

»Ich weiß, dass ihr das nicht mögt. Aber wir sind der Meinung, dass wir diese Teilung brauchen. Die Kollegen, die zur SOKO Südstadt gehören, sollten sich nicht zeitgleich um den Totschlag von Karl Kittner kümmern. Hundertprozentige Konzentration auf eine Ermittlung.«

»Meinst du jetzt definitiv, dass der Tod von Anja Kittners Ex in keinem Zusammenhang mit den drei Frauen steht? Da stimme ich dir keinesfalls zu.«

Marielle sprach aus, was die anderen dachten.

»Nein, natürlich nicht.« Peter Kraus wiegelte schnell ab. »Aber in diesen ersten Stunden nach dem Mord gibt es keine klaren Beweise für oder gegen einen Zusammenhang. Deshalb möchte ich, dass Clemens eine eigene SOKO bildet, sich Kollegen aussucht und den Fall des Exmannes weiter untersucht. Die anderen, Marielle und Willa, natürlich Frank sowie die neuen abgestellten Kollegen, bleiben an den toten Frauen dran. Übergeordnet sind wir immer noch ein Team, das zwei Stränge verfolgt. Bei mir treffen sich diese Stränge.«

»Ist das auf Theo Prunks Mist gewachsen?«

Peter Kraus setzte sich seufzend.

»Auf meinem und auf seinem, Leute. Wenn ihr darüber nachdenkt, ist diese Vorgehensweise die beste im Augenblick. Wir kommen uns nicht in die Quere, bleiben aber auf Tuchfühlung. Bitte trinkt aus. Ich habe noch ein paar wichtige Telefonate zu führen. Außerdem mache ich mir langsam Sorgen um die Kaffeerechnung am Ende des Jahres.«

Immerhin entlockte Kraus mit seinem Scherz seinen Kollegen ein schwaches Schmunzeln.

Clemens Wächter stellte als erster seine Tasse ab. »Das ist gar keine so schlechte Idee.«

»Das sagst du nur, weil du endlich deine eigene SOKO leiten kannst.«

Marielle hatte diese Bemerkung leise ausgesprochen, nur Willa neben ihr hörte es. Sie trank ihren doppelten Espresso in einem Zug. Er schmeckte bitter.

Würde Willa es jemals so weit bringen, eine eigene SOKO zu leiten? Sicher nicht, wenn sie nach Beendigung der Ermittlungen wieder zurück zur Kripo Graz musste. Dort gab es keine Chancen für einen Aufstieg. Harro hatte ihr geraten, mit Kraus zu reden. Wann ergab sich eine Möglichkeit?

Im Moment war ihr Chef mit anderen Problemen beschäftigt.

27

Willa beschäftigten ebenfalls andere Probleme, mit denen sie nie gerechnet hätte. Hätte es ihr am Beginn des Frühlings jemand prophezeit, hätte sie niemals daran geglaubt.

Das Gefühl war immer noch da.

Immer noch. Wieder. Immer weiter.

Es hatte nicht aufgehört.

Was auch immer sie tat, es ließ sich nicht unterdrücken.

Das Gefühl hatte einen Namen: Anton.

Auch an diesem Sonntag kamen die Gedanken an den Mann früh morgens und machten Willa unruhig. Sie holten sie aus dem Schlaf, setzten sich fest und blieben hartnäckig.

Die Erinnerung an ihn brachte sie manchmal mitten in der Arbeit aus dem Gleichgewicht. Sein Gesicht mit den blauen Augen schob sich bei einem Einkauf oder vor dem Schlafengehen vor all ihre anderen Gedanken.

Es irritierte sie, dass er vier Jahre jünger als sie war. Vollkommen lächerlich, trotzdem grübelte sie darüber.

Sie wusste, sie sollte nicht an ihn denken, denn trotz der neuen

Spuren blieb er ein Verdächtiger in einer Mordermittlung. Nach seiner Entlassung aus der Psychiatrie hatte er sich den Behörden zur Verfügung zu halten. Willa war ein Teil dieser Behörden.

Anton Schneider hatte nichts in ihrem privaten Leben verloren.

Trotz allem passierte es ihr, dass sie sich Phantasien hingab, die ganz untypisch für sie waren. Wie an dem Tag, als das Interview im *Kölner Express* erschienen war.

Sie war früh aufgestanden, hatte sich am Büdchen auf der Venloer Straße die Zeitung gekauft, um den Artikel zu lesen. Schwarz auf weiß gedruckt musste sie wissen, was von dem Gespräch mit dem Journalisten verwendet worden war. Nach all den negativen Erfahrungen mit der Presse in den letzten Jahren, die sie zum Teil selbst provoziert hatte, war sie einfach nervös gewesen. Obwohl das Treffen mit Philipp Stamper von der Pressestelle der Polizei genehmigt und arrangiert worden war und keineswegs ein spontaner Einfall ihrerseits, wie vor neun Monaten bei der Verhaftung des Mörders von Moni Dahms.

Damals durch all das Gefühlschaos, das mit Helene, dem überlebenden Opfer, zusammenhing, hatte sie sich zu einer übereilten Reaktion hinreißen lassen und hatte, unter den Augen der versammelten Presse, den Täter in Handschellen in das Polizeipräsidium geführt. Damals war vorbei, Schnee von gestern.

Das Interview war gut geworden und Willa hatte sich erleichtert gefühlt. Ihre Antworten hatte der Journalist fast wortgenau wiedergegeben und das Foto, das Willa auf der Parkbank im Stadtgarten zeigte, fand sie gelungen. Ihr kleines Lächeln ließ sie sympathisch und streng zugleich erscheinen.

Und dann war die Phantasiegeschichte dazugekommen. Willa hatte sich ausgemalt, dass Anton Schneider den *Express* lesen würde und den Artikel über Inspektorin Stark entdeckte und das Foto sah. Würde es ihm gefallen?

Genau dieser Film tauchte heute Morgen, zehn Tage später, wieder auf. Er überdauerte das Aufstehen, das Zähneputzen, sogar den zweiten Kaffee. Willa ließ ihre Phantasie noch weiter treiben. Sie malte sich aus, dass Anton Schneider sich bei ihr melden, sie anrufen würde, das Interview als Aufhänger benutzte.

Mit Kaffee und Kater saß Willa auf ihrer kleinen Terrasse im Innenhof und schaffte es nicht, nicht an Anton Schneider zu denken.

Es klingelte.

Jimmy sprang von ihrem Schoß, Willa stellte den Kaffee ab. So früh an einem Sonntagmorgen konnte es weder die Müllabfuhr noch der Postbote sein. Einer von den Kollegen hätte vorher angerufen.

Auf dem Weg zur Eingangstür kam ihr eine nächste unfassbare, verbotene Möglichkeit in den Sinn.

Anton Schneider könnte in diesem Moment vor ihrer Wohnungstür stehen. Er würde sie an diesem Sonntagmorgen zu einem Frühstück einladen. Eine Einladung, die sie ablehnen müsste. Über die sie sich trotzdem freuen würde.

Drei tote Frauen samt einem toten Exmann verdrängten das Gedankengebäude. Auch heute würde Willa mit den Ermittlungen beschäftigt sein, und ein Brunch in der Sonne, mit wem auch immer, rückte in weite Ferne. Die Tatortfotos rauschten durch ihren Kopf, Anja Kittner mit der Gardinenstange im Leib, Katharina Brandts hervorquellende Augen, die Gammelleiche von Verena Kammerdach. Dazu der misshandelte Körper von Karl Kittner auf dem Seziertisch im Rechtsmedizinischen Institut.

Konnte es einen Zusammenhang geben?

Es klingelte ein zweites Mal.

Willa merkte, dass sie so in ihren herumwirbelnden Gedanken versunken war, dass sie längst im Hausflur stand und immer noch nicht den Türöffner gedrückt hatte. Eine Gegensprechanlage gab es nicht, aber, da sie im Hochparterre wohnte, reichte es, die Wohnungstür zu öffnen, und sie konnte sehen, wer durch den Hauseingang hereinkam.

Es war Onkel Willi.

Wilhelm August Stark, der Mann aus Willas Kindheit, der ihr so viel Schönes und so viel Schreckliches bereitet hatte.

Willa hatte ihren Onkel all die Jahre weder gesehen noch besucht. Weder in seiner Zeit im Gefängnis, als Willa noch ein Teenager war noch jemals danach. Nie hatte sie das Gefühl gehabt, eine Aussprache zu wollen oder eine Versöhnung, immer war in ihr nur die brennende Wut gewesen auf den Mann und seine Tat.

Anrufe ihrerseits, meistens, wenn sie betrunken war, die hatte es gegeben.

In ihrer Teenagerzeit, als sie rebellisch auf die eine oder andere Sauftour mit Freundinnen gegangen war. Später, wenn ihre berufliche Laufbahn stockte oder sie unglücklich verliebt war oder in einem ihrer Fälle nicht weiterkam und sich deswegen betrinken musste oder wollte.

Willi war der Sündenbock geworden für all das Unangenehme, Ärgerliche, auch Verzweifelte in ihrem Leben. In diesen Stunden schnappte sie sich ein Telefon und rief ihn an, beschimpfte ihn, fragte nach dem Totschlag, seinem Blackout, seiner Tat. Ohne auf eine Antwort zu warten oder eine zu wollen. Es war eine Art Ritual. Nicht mehr, aber auch nicht weniger.

Jetzt war er hier.

In Köln.

Willa stand also in der offenen Wohnungstür im Hausflur und ihr Onkel Willi an der untersten der sieben Treppenstufen, die zu ihrer Wohnung führten.

Von draußen schien, wie vom Wetterbericht für das Wochenende angekündigt, die frühe Sonne herein und ließ die beiden an der Tür und im Flur wie feine Scherenschnitte aussehen, die sich in einer zweidimensionalen Welt getroffen hatten und auf die jeweilige Reaktion des anderen warteten.

Willa fiel die Weihnachtskarte von Onkel Willi ein, die sie bei ihrer Mutter Anna gefunden hatte, und die ihr gezeigt hatte, dass die Geschwister Stark wieder Kontakt haben mussten, auch, wenn es ihre Mutter geleugnet hatte. Sicher hatte Annas Lebengefährte die Versöhnung eingefädelt. Klaus Kunst, den Willa plötzlich so hasste, dass sie ihn spontan hätte töten können.

Töten, wie vielleicht Onkel Willi seine Verlobte einst getötet hatte.

Im Affekt.

War sie ihm ähnlicher als dem Rest ihrer Kleinfamilie? Einfach nur auf der anderen Seite des niedrigen Zaunes, der Gut und Böse trennt?

Eine absurde Situation.

Völlig unpassend tauchte Anton Schneider in diesem Moment wieder in Willas Gedanken auf. Plötzlich wünschte sie sich innig, er würde neben ihr stehen und sie unterstützen.

Willa und Willi.

Keiner der beiden bewegte sich oder sprach. Willa fragte sich, was wohl Onkel Willi alles durch den Kopf schoss, und wie lange es dauern würde, bis einer von ihnen beiden diese Erstarrung unterbrechen konnte.

Kater Jimmy löste die Situation auf.

Er kam aus der Wohnung gerannt, drückte sich an Willas rechter Wade vorbei und war auf der ersten Treppenstufe Richtung Ausgang.

»Jimmy! Der Kater darf nicht raus auf die Straße! Fang' den Jimmy!«

In Willa kam Bewegung, das neue Bild war ein Auto, das den roten Kater überfuhr. Sie bückte sich und griff ins Leere. Jimmy war schon unten und auf dem Weg nach draußen, als Onkel Willi ihn hoch hob und die Eingangstür mit einem Krachen ins Schloss fiel.

Jetzt waren sie beide von den Sonnenstrahlen abgeschnitten, und sie wurden wieder dreidimensional, die Szene real.

»Ich hab' die Katz'«, sagte Willi und presste Jimmy an seine Brust.

Willa war an der untersten Stufe angekommen und sah zu ihrem Onkel hoch.

Alt sah er aus, viel älter, als sie ihn in ihrer Erinnerung hatte. Krank und müde. Er trug eine Anzughose, die schon bessere Tage gesehen hatte und darüber einen Pullover in einem ausgewaschenen Gelb. Auf seinen Schultern konnte sie die Riemen eines Rucksacks sehen. Sein Haar war komplett grau geworden und weit über die Stirn zurückgewichen. Sein Gesicht war schmal, tiefe Gräben von Falten zogen sich um Mund und Augen. In seinen Zügen erkannte Willa ihr eigenes Gesicht, die Nase der Starks und die Form des Kinns. Den Rest samt ihrer dunklen krausen Locken hatte sie von ihrem Erzeuger, dem hübschen Lorenz, geerbt.

Sie griff nach ihrem Kater, wollte nicht, dass er länger als nötig in den Händen des Onkels war, drückte das Tier an ihre Brust, wie einen Schutzschild.

»Kann ich hochkommen, Willa?«

»Ja, wenn du schon mal da bist. Komm rein.«

Sie drehte sich, ging die sieben Treppenstufen zurück nach oben in ihre Wohnung hinein, direkt in die kleine Küche zu ihrem Kaffee, der inzwischen sicher kalt geworden war.

»Magst du auch einen trinken?« Ohne sich umzudrehen, wusste sie, dass er ihr gefolgt war.

»Gern. Danke schön, Willa.«

Jimmy begann sich an Willas Brust zu bewegen, er mochte es nicht, getragen zu werden, und sie setzte ihn auf den Boden. Er huschte hinaus durch die offene Terrassentür in den Innenhof, sprang auf einen der großen Blumentöpfe, begann sich zu putzen.

Willa und Willi sahen dem Kater zu, wie er seine Schnurrhaare beugte und seine Pfoten leckte, und wieder stand die Zeit zwischen ihnen eine Weile still.

Schließlich seufzte Willas Onkel, zweimal hintereinander.

»Ich wusst' net, wie ich mich bei dir melden sollt'.« Willis Stimme klang so alt wie sein Gesicht. Nichts an ihm erinnerte sie mehr an die jüngere Ausgabe des Onkels aus ihrer Kindheit, ihren Ersatzvater, mit dem sie so oft herumgetobt und gespielt hatte. Nichts an ihm hatte die Jahre unbeschadet überstanden.

»Ich mach' jetzt Kaffee.«

Sie schwiegen wieder, während Willa die Maschine startete und sich selbst ihre nächste Tasse eingoss. Sie würde Herzklopfen bekommen, aber es musste sein.

»Du musst ihn schwarz trinken, Willi. Ich hab' nur Katzenmilch im Kühlschrank.«

Jetzt lächelte Willi und da tauchte er für Sekunden auf, der Onkel von früher.

»Ich nehm' ihn gern ohne. Aber mit Zucker, wenn du hast.«

Willa holte die Zuckerdose aus dem Regal. Zucker gab es hier für Harro, der würde niemals ein Getränk ohne Zucker zu sich nehmen. Endlich konnte sie an ein gutes und verlässliches Gesicht denken, und dieser Gedanke gab ihr die Kraft für alles, was weiter auf sie zukommen würde.

»Warum bist du hierher gekommen? Nach Köln? Ich war die letzten Monate in Graz, da hättest du dich melden können.«

Erst jetzt merkte sie, dass ihr Herz bereits schneller schlug und ihre Stimme nicht so fest klang wie sonst. Langsam wurde ihr bewusst, dass er die ganze Zeit über gewusst hatte, wo sie zu finden war. Sie sollte ihm deswegen böse sein, fand aber nicht die Kraft dazu.

»Anrufen hättest du können oder mir schreiben. Nicht einfach auftauchen. Was, wenn ich dich nicht hereingelassen hätte? Wärst du dann wieder auf der Stelle zurückgefahren?«

Sein Kaffee war fertig, und sie gab ihm drei Löffel Zucker hinein, stellte die Tasse auf den Couchtisch. Jimmy kam durch die Balkontür zurück ins Wohnzimmer, setzte sich zu Willas Füßen, sah zu Onkel Willi hin. Er nahm seinen Rucksack von den Schultern, lehnte ihn an den Tisch und setzte sich.

»Ich bin mit dem Zug hier. Sparticket. Der Klaus hat mir das Geld gegeben.«

Also doch. Willa hatte gewusst, warum sie den Freund ihrer Mutter so wenig mochte.

»Die Anna und ich, wir reden seit ein paar Monaten wieder miteinander. Wir haben uns ausgesöhnt. Ich wollt' in Graz immer zu euch kommen, aber als ich mich dann getraut habe, da hat mir die Anna gesagt, dass du beruflich wieder nach Köln hast müssen. Und da hab' ich mich entschlossen, zu dir zu fahren. Deine Mama wollt' es dir eh längst sagen.«

Willa schüttelte ihren Kopf. Es sollte so wirken, als würde es ihr nichts ausmachen.

»Das ist die Sache von der Mama, Willi. Damit hab' ich nix zu tun.«

Sie bückte sich und musste Jimmy wieder hochheben, sie brauchte ihn an ihrer Brust.

»Was willst du?«

Onkel Willi trank einen Schluck.

Seine Hände zitterten, wirkten schwach, seine Haut grau, fleckig. Er sah älter aus als er war, verfallen. Wenn sie hätte raten sollen, hätte sie gesagt, dass er krank sein musste. Schwer krank. Vielleicht war das die Erklärung für seinen Besuch.

Willi stellte die Tasse ab, wischte sich über die Stirn.

»Ich hab' Krebs, Willa. Im letzten Stadium. Da is' nicht mehr viel zu machen.«

Also doch. Ja. Er war krank. Willa nickte.

Ihr Herzschlag beruhigte sich.

»Ich versteh'.«

Wenn es eine Sühne gab, durchlebte Onkel Willi sie gerade.

28

Immer noch war es Sonntag, viele Stunden später, abends.

Der Himmel hatte sich im Laufe des Tages zugezogen, Wolken türmten sich, es wehte ein starker Wind. Die Passanten trugen über den T-Shirts und Blusen wieder Jacken, der eine oder andere sah nach oben, dachte vielleicht an seinen Regenschirm, der zu Hause in der Ecke lehnte.

Auch Willa sah nach oben, aber an einer Reihe von Klingelknöpfen an einer Eingangstür, die nicht die ihre war, in Bickendorf, am Akazienweg. Brahms war da zu lesen, Dharozecki D. & K., Lohnaar Ute und, ganz oben, A. Schneider.

Sie zögerte und kam sich klein vor. Wie ein kleines Kind. Seit heute Morgen in der Zeit zurückgefallen, in eine Kindheit, die sie gern verdrängte und eine Einsamkeit, die mit dieser Kindheit immer eng verbunden schien.

Onkel Willi war wieder weg.

Den Vormittag hatte sie mit ihm verbracht.

Willi und Willa hatten immer weiter Kaffee getrunken. Willa hatte wieder ihr Herz gespürt, wie es stolperte in ihrer Brust, und sich gefragt, ob es am Koffein oder an Onkel Willis Anwesenheit lag. Das Thema seines Verbrechens hatten sie in ihrem Gespräch nicht berührt, über Anna und Klaus Kunst geredet, über die Steiermark im Frühling, über die Murinsel und schließlich über seine Krankheit.

Willa hatte sich den Krebs, der sich im Darm ihres Onkels eingenistet hatte und auch nach einer Chemotherapie nicht verschwunden war, erklären lassen. Hatte die Möglichkeiten einer Operation oder einer zweiten Chemo mit Willi durchgesprochen, über alternative Heilmethoden mit ihm diskutiert, er war seit einem Monat mit einer Heilerin in Kontakt. Sachlich war das Gespräch geblieben, auch, als sie seinen Tod und das Danach beredeten.

In all den Jahren war ihr nie die Möglichkeit in den Sinn gekommen, dass er sterben könnte. Ihre Rache, ihre Wut, ihre verkorkste Kindheit, all das in allen Formen und Auswüchsen, aber nie sein Tod. Er schien ewig für Willa in seinem Fegefeuer auf Erden schmoren zu müssen. Eine kindliche und unreife Vorstellung.

Aus einer Schublade hatte sie Kekse geholt, die Packung hatte Willi allein aufgegessen. Ihr war aufgefallen, dass er nur wenige Fragen nach ihrem Leben stellte, ein Beweis, dass er bereits das meiste über sie wusste. All die Jahre hatte sie gedacht, für ihn unsichtbar zu sein und sich im Verborgenen zu halten. Willa vermutete richtig, dass ihm ihre Mutter die Ereignisse aus dem Leben seiner Nichte berichtet hatte.

Dann hatte Willa etwas für sie doch Erstaunliches getan. Sie zeigte ihm das Zeitungsinterview und freute sich unerwartet, als er sich lobend über ihre Karriere äußerte.

Ich hab' ihn die ganze Zeit vermisst, gestand sie sich ein.

Doch als sie Tränen in ihren Augen spürte, dachte sie sofort an den Tag, als sie von ihrer Mutter geweckt worden war, die totenbleich an ihrem Bett gestanden und ihr erzählt hatte, dass die Polizei den Onkel Willi verhaftet hätte, weil er seine Verlobte, die Heidi, erschlagen hatte.

Als es für Willa Zeit wurde, sich mit Marielle zu treffen, hatte Onkel Willi seinen Rucksack genommen und sich verabschiedet. Er hatte sich bei ihr bedankt, für die Zeit, die sie sich für ihn und seinen unerwarteten Besuch genommen hatte.

»Vielleicht überleb' ich den Krebs und dann könnten wir was Richtiges zusammen unternehmen, Willa-Mädel.«

Willa-Mädel, so hatte er sie früher genannt, oft auch Willa-Mausi-Mädel, aber das hatte er sich heute nicht getraut.

Spontan hatte Willa ihn umarmt, hatte ihn an sich gepresst, als könnte sie die verlorene Zeit aus seinem abgemagerten Körper herauspressen. Da hatte es bei Willi Tränen gegeben, kurz und klar waren ihm zwei dicke über die Wangen geflossen.

So war Onkel Willi wieder weg, aus ihrer Wohnung, ihrem Leben. Willa hatte eine Weile nur dagestanden, in die Stille nach dem Besuch hineingehorcht.

Sie hatte einen Entschluss gefasst: Sie würde hier bleiben, nicht mehr nach Graz zurückkehren. Wenn es bei der Polizei keine Arbeit für sie gab, würde sie sich einen neuen Job suchen, vielleicht taugte sie auch zu etwas anderem als böse Buben zu fangen.

Dann war sie losgezogen in einen anstrengenden Nachmittag.

Die Ermittlerinnen hatten sich mit Katharina Brandts Sohn getroffen, später den Chef der Matratzenfirma befragt, bei der Verena Kammerdach vor ihrer Auszeit tätig gewesen war.

Die Arbeit hatte Willa abgelenkt.

Nachdem sie zurück war und die Dämmerung kam, hatte sich die Leere bemerkbar gemacht. Die Einsamkeit war aufgetaucht, das Gefühl, verloren zu sein, war immer stärker geworden.

Willa hatte ihr Handy genommen und war durch die Kontaktliste gescrollt, hatte beinahe Marielle angerufen, beinahe Harro. Doch sie hätte es nicht in Worte fassen können, was sie nach dem Besuch aus ihrer Vergangenheit bewegte.

Der Hunger hatte sie letztendlich noch mal hinausgetrieben, ihr Kühlschrank war leerer als sie sich fühlte. Sie hatte sich auf den Weg gemacht, eine türkische Pizza auf die Hand gegessen.

Sie war einfach weitergelaufen, weiter stadtauswärts.

Bis zum Akazienweg.

Warum stand sie jetzt hier, im Wind, ohne Jacke, und war nicht zu Hause auf ihrer Couch mit Jimmy auf dem Bauch? Warum verharrte sie vor diesem Haus, dieser Tür, ging die Namen auf den Schildern durch?

Anton Schneider wohnte hier.

Das war die Antwort auf das Warum. So einfach.

Sollte sie klingeln oder nicht? Was wollte sie ihm sagen?

Sie durfte aus rein ermittlungstechnischen Gründen nicht hier stehen, sich nicht mit ihm privat unterhalten, schon gar nicht außerdienstlich seine Wohnung betreten. Sie machte einen Fehler, den sie sich nicht leisten konnte, nicht, wenn sie bleiben wollte, in der Stadt, in ihrem Beruf.

Sie drückte den Klingelknopf.

Sie wartete.

Sie spürte wieder diese Hitze hinter ihrer Stirn, wie an dem Tag, als sie gedacht hatte, Peter Kraus würde dem Team einen Beweis für Anton Schneiders Schuld präsentieren.

Nichts tat sich.

Erleichterung und Enttäuschung wechselten sich in ihrer Brust ab. Somit war ihr die Entscheidung abgenommen worden und sie konnte nach Hause gehen.

Willa bewegte sich nicht.

Vielleicht war er über das Wochenende weggefahren. Aber er durfte die Stadt nicht verlassen. Er konnte auf einem Konzert sein, am Rhein, in einer Bar oder im Theater; es gab hunderte Möglichkeiten. Oder er war vor die Tür, sich ein Bier, etwas zu essen holen. Vielleicht war er bei Freunden. Hatte er welche?

Was wusste sie von ihm? Nicht viel außerhalb seiner Akte. War sie deshalb hier? Um mehr zu erfahren? Um auszuloten, ob sie ihre verworrenen Gefühle zum Teufel schicken konnte? Oder weshalb?

Sollte sie ein zweites Mal klingeln?

Nein, nie im Leben, bereits dieses erste Mal war einmal zu viel gewesen. Sie hatte Glück gehabt, dass er nicht geöffnet hatte. Schnell jetzt, den Weg zurück, die Straße hinunter, nichts wie in ihre Wohnung. Morgen ging die Arbeit weiter, sie suchten schließlich nach einem Mörder.

Die Tür ging auf.

Anton Schneider stand da.

»Sorry, aber mein Summer ist defekt. Deshalb muss ich immer nach unten laufen, wenn jemand klingelt. Das dauert. Ich habe dich aus dem Fenster gesehen. Hallo, Willa. Komm rein.«

Er duzte sie wie selbstverständlich. Als wäre es die natürlichste Sache der Welt, dass sie hier war.

Ich bin *deppert*, dachte Willa, verrückt im Kopf und durchgeknallt im Herzen.

Sie ging Anton Schneider hinterher.

29

»Nicht erschrecken, wenn du weitergehst, da stehen zwei Puppen in meinem Wohnzimmer.«

Sie waren in seiner Wohnung. Der Flur war lang, links und rechts türmten sich kleinere und größere Pakete.

»Ich betreibe einen Internetshop. Es ist wie in einer chaotischen Poststation hier.«

Ich weiß, was du machst, du bist polizeilich erfasst, hätte Willa fast geantwortet, hielt aber ihren Mund und ging weiter. Es roch nach alten Möbeln und angebratenem Essen.

»Noch mal sorry für das Chaos, das du gleich auch im Wohnzimmer vorfindest. Aber ich hatte nicht mit Besuch gerechnet.«

»Schon okay. Ich bleib' nicht lang.«

Willa fragte sich, wieso Anton so ein reines Hochdeutsch sprach, und sie sich immer noch mit ihrem Dialekt herumschlug, obwohl sie regelmäßig mit ihrem sprechtechnischen Übungsbuch für Schauspieler übte. Wahrscheinlich, weil er als Kind hierhergezogen war und sich angepasst hatte.

Im Vorbeigehen sah sie in die Küche. Auf einem Tisch am Fenster standen mehrere Teller und leere Gläser, dazu eine Flasche Wein, ebenfalls leer. Sie war nicht sein erster Besuch heute. Ein winziger Stich in ihrer Brust, kaum wahrnehmbar.

»Das ist von gestern, ein paar Kumpels waren zum Computerspielen in meiner Bude. Ganz Junggeselle lasse ich mir Zeit mit dem Aufräumen.«

Er lachte. Sein Lachen gefiel ihr.

»Immer weiter, hinein in meine Höhle!«

Tatsächlich sah das Wohnzimmer ziemlich chaotisch aus. Kleidung lag über einem Fernsehsessel, auf einem Couchtisch stand ein Laptop, daneben am Boden weitere Geräte, ein Drucker, ein Scanner, eine Xbox. Papiere, Bücher, ein einzelnes Stofftier, im Raum verteilt.

Während sie sich umsah und ihr Blick an dem großen Schrank, einer antiken Monstrosität, hängen blieb, machte Anton ein breites Sofa in der Mitte des Raumes von Zeitschriften, DVDs und weiteren Klamotten frei.

Neben dem Schrank am Fenster standen zwei Schaufensterpuppen.

»Darf ich bekannt machen? Mia und Madeleine. Meine Herzdamen.«

Wieder lachte er, und Willa fiel auf, wie ungezwungen er in seinem Chaos agierte, kein Vergleich zu dem traumatisierten Mann bei der Vernehmung, keine Spur von der Melancholie, die er in der Klinik ausgestrahlt hatte.

Die Puppen trugen beide Hüte und ihre Gesichter waren Richtung Fenster gerichtet. Eine trug ein rotes kurzes Kleid, die andere Shorts und einen BH. Beide hatten keine Schuhe an ihren Füßen.

»Plastikpuppen?«

»Oh nein. Kein schnödes Plastik. Die Damen bestehen aus teurem Fieberglas, das ist eine Klasse höher.«

»Immer noch Puppen.«

»Schöne Puppen, das musst du zugeben.«

Willa zog ihre Schultern hoch. Das Durcheinander machte ihr nichts aus, aber die leblosen menschengroßen Schaufensterpuppen mochte sie überhaupt nicht. Anton merkte Willas skeptischen Blick.

»Ein paar andere Mieter im Haus haben auch welche in ihren Wohnzimmern aufgestellt. Zumindest der Typ unter mir. Es gab jede Menge Wohnungseinbrüche und die beiden Ladys lassen es so aussehen, als wäre jemand zu Hause, wenn ich unterwegs bin. Sie sind meine Wachhunde, nur hübscher. Und pflegeleichter.«

»Würdest du es überhaupt bemerken, wenn bei dir jemand eingebrochen wär'?«

Jetzt musste Willa über ihren eigenen Witz lachen. Ihr ungutes Gefühl den Puppen gegenüber legte sich für den Moment.

»Willst du dich setzen, Willa, ein Glas Wein trinken, oder wollen wir raus, was essen, dann in einen Club?«

Zwei Dinge tauchten in Willa gleichzeitig auf.

Dieser lockere Umgang machte die Lage zwischen ihnen als Inspektorin und Verdächtiger in einem Mordfall erstens noch prekärer. Und zweitens wurde Willa klar, dass sie in all der Zeit in keinem Club gewesen war, das Kölner Nachtleben so gut wie nicht kannte, außer von Ermittlungen her.

Ihr Bauch tat weh, die türkische Pizza war doch keine gute Idee gewesen.

»Können wir einfach ein wenig hier bleiben? Ein Glas Wein trinken? Im Moment bin ich nicht hungrig. Ich hab' auch nicht viel Zeit. Ausgehen lieber ein anderes Mal.«

»Jawohl, Madame, wie es beliebt.«

Anton machte vor ihr eine kleine Verbeugung und, als er sich wieder aufrichtete, hatte er drei Plastikrosen in der Hand, mit denen er vor Willas Nase wedelte. Willa zuckte heftig zurück, als hätte Anton drei Schlangen aus dem Ärmel gezaubert.

»Keine Angst, Willa, das ist nur ein weiterer doofer Trick.«

Anton warf die Plastikrosen auf die eben frei geräumte Couch.

»Ich wollte als Kind immer Zauberer werden, aber du siehst ja, über furchteinflößende Plastikrosen bin ich nicht hinausgekommen.«

»Ich hab' keine Angst.«

Willa kam sich ertappt vor. Anton grinste.

»Klar, du als taffe Ermittlerin. Schön, dass du spontan vorbeigekommen bist. Ich hole den Wein und werde ihn dir in einem sauberen Glas servieren. Das ist die größere Zauberei.«

Anton ging Richtung Küche und Willa trat ans Fenster. Zwischen die beiden Puppen. Sie sah sich die Gesichter an, Mia und Madeleine hatten aufgemalte Züge, eine lächelte, die andere trug spitze Lippen zur Schau. Sie war sich sicher, dass die beiden von der Straße aus, als leblose Objekte zu erkennen waren. Wozu sie dann aufstellen?

Willa nahm sich vor, beim Hinausgehen die Straßenseite zu wechseln und nach oben zu sehen. Sie wollte sich vergewissern, dass ihr Anton nicht irgendeinen Bären aufband. Warum sollte er ihr so eine Geschichte erzählen?

»Rot oder Weiß, Willa?«

»Rot!«

»Gott sei Dank, ich hätte keinen Weißen kühl gehabt. Bin gleich bei dir!«

Willa bewegte sich weiter durch das Wohnzimmer.

An den Wänden hingen jede Menge Bilder, alte Stiche von Städten und Landkarten. Ganz unpassend für einen jungen Mann, der Computerspiele mit Kumpels spielte und gern in Bars zu gehen schien. Ihr fiel das Ehepaar Schneider ein, bei dem er aufgewachsen war, zu ihnen könnten die Bilder und die Möbel passen.

Wie der riesige Schrank. Er nahm die gesamte rechte Zimmerhälfte ein und ließ das Wohnzimmer durch sein braunes Mahagoniholz dunkler erscheinen.

Willa fuhr über die glänzende Oberfläche. Es fühlte sich warm an. Echtes Holz eben, eine gute Tischlerarbeit.

Sie machte eine der mit geschwungenen Mustern verzierten Türen auf.

Frauenkleider.

Für eine Sekunde hielt sie die Luft an.

Der Schrank, zumindest diese eine Hälfte war vollgestopft mit Frauenkleidern. Die Spurensicherung hatte nichts dazu im

Durchsuchungsbericht erwähnt. Allerdings war eine seltsame Sammlung auch nicht strafbar. Trotzdem wirkte es auf Willa mehr als befremdlich.

Die Kleider hingen eng aneinandergereiht auf einer Stange. Sie lagen auf den oberen Ablagen, nachlässig gefaltet, ein Ärmel baumelte von oben herunter. In allen Farben, in verschiedenen Größen. Kleider für den Sommer, leicht, in Mustern, Kleider für kältere Tage aus dicken Stoffen.

Was zum Teufel …

»Mein Gott. Du bist keine zehn Minuten hier und lernst schon alle meine Marotten kennen.«

Willa drehte sich um. Wusste überhaupt nicht, was sie jetzt tun oder sagen sollte. Im Gegensatz zu Anton, der sich nicht daran zu stören schien, dass sie seinen Schrank geöffnet und die Sammlung an Kleidern darin entdeckt hatte.

»Guck nicht so, Willa. Ich kaufe Frauenkleider. Ist ein Spleen von mir. Überall. Im Internet am liebsten, da mir ja keines der Dinger wirklich passen muss. Aber auch in der City. Wenn mir ein Kleid gefällt, kaufe ich es. Hänge es da rein. Ich mag das. Und wie du siehst, gefallen mir viele Kleider. Von Zeit zu Zeit schmeiße ich alle raus, damit wieder Platz ist. Vor einigen Monaten habe ich einen kleinen Wohnungsflohmarkt veranstaltet und du wirst es nicht glauben, schon drei Wochen später war meine Bude wieder voll. In unserer alten Heimat Graz würde man *Hieb* oder *Kleschа* dazu sagen. Ich nenne es Marotte, die keinem weh tut.«

Willa stand unschlüssig vor dem offenen Kleiderschrank. Sie sollte wieder gehen. Raus aus der Tür, weg von den Puppen und den Frauenkleidern, dem *Hieb* und dem *Klescha,* weit weg von Anton.

Hatte ihn der frühe Tod seiner Mutter so schräg werden lassen? War er einfach nur seltsam, dieser Anton Schneider? Oder war er auch gefährlich? Fühlt es sich deshalb so verboten, so aufregend an, hier zu sein? War das Willas gestörter Teil, den er berührte?

Auch Onkel Willi konnte man gut und gerne als *Hieb* oder eben Marotte bezeichnen. Als krebskranke sterbende Marotte, wie sie heute Morgen erfahren hatte. Es kam ihr vor, als läge Willis Besuch schon Jahre zurück. Ihr Bauch meldete sich wieder. Höchste Zeit. Allerhöchste.

Anton hob die Flasche hoch, schenkte ein.

»Hier ist der Wein. Mach die Schranktür zu und komm her, bitte. Du hast Blaubarts Geheimnis entdeckt, jetzt können wir in Ruhe anstoßen.«

»Ich werd' mich in deiner Bude nicht weiter umsehen, sonst finde ich noch eine Leich' zwischen deinen seltsamen Sachen.«

Willa schloss die Schranktür. Sie nahm das Weinglas und setzte sich. Anton kam neben sie, sah sie an. Seine Pupillen wirkten dunkler.

»Ich habe Anja Kittner nicht umgebracht, Frau Inspektorin. Wenn du hier bist, weil du mich ausspionieren möchtest, kannst du gleich wieder gehen. Du weißt ja, wo die Tür ist.«

Bevor sie einen ersten Schluck nahm, stellte sie das Glas wieder ab.

»Das ist Unsinn. Völliger Unsinn, Anton. Wenn ich denken würde, dass du ein Mörder bist, hätt' ich dich sicher nicht privat besucht und würd' mit dir hier sitzen. Ich bin heute Abend nur als Willa hier.«

Blaubarts Geheimnis, hatte er vorhin gesagt. Blaubarts Frauen, dachte Willa. Werde ich die Tür zu einem Geheimnis öffnen, das mich ebenso Kopf und Leben kosten kann?

Dann sah sie Onkel Willis abgemagertes Gesicht vor sich.

Sie prostete Anton zu.

»Jeder Jeck ist anders. Und wie du siehst, kenn' ich das kölsche Grundgesetz. Auf einen schönen Abend.«

Anton lachte wieder. Es erreichte nicht ganz seine Augen.

30

Als Peter Kraus den Motor anließ, fiel Willa auf, dass sie das erste Mal mit ihrem Chef allein unterwegs war.

Marielle war nach Aachen unterwegs, sie wollte zu einer entfernten Verwandten der dritten Toten, Verena Kammerdach, die alle inzwischen »die Gammelleiche« nannten. Die wenigen Familienangehörigen der einzelgängerischen Frau waren schwer zu orten, ihr Exmann in Neuseeland war bis jetzt nicht zu erreichen gewesen. Viel versprachen sich die Ermittler von dieser Befragung nicht, aber Marielle wollte trotzdem dorthin.

Dafür brauchte es keine zwei Kollegen, deshalb würde Willa Peter Kraus zu Nina Kahlein in die Rechtsmedizin begleiten. Die letzten Auswertungen der drei Tatorte standen an. Die Ergebnisse waren mit erstaunlicher Geschwindigkeit eingetroffen. Harro hatte einen Termin bei einem bekannten Physiotherapeuten in Frankfurt, sein Hexenschuss brauchte eine professionelle Hand. Kraus wollte nicht auf seine Rückkehr warten.

Im Auto vom alten Rocker war es schwül.

»Stört es dich, wenn ich mit offenem Fenster fahre?«

»Nein, Peter, das mach' ich auch immer. Oder hab' es gemacht, als ich mein Auto noch hatte.«

»Willst du dir kein neues zulegen?«

Willa fasste all ihren Mut zusammen.

»Peter, darf ich dich etwas Berufliches fragen?«

»Immer. Das brauchst du vorher nicht anzukündigen.«

Über die Deutzerbrücke war tatsächlich am heutigen Montag wenig Verkehr, und Willas Chef gab Gas. Ihre Haare flatterten im Fahrtwind.

»Es geht um mich. Nicht um den Fall.«

»Deinen Gehaltsausfall in Graz bezahlen wir. Ich habe alle Formulare für deine Beratertätigkeit meinerseits inzwischen fertig ausgefüllt, und es läuft. Wenn du Vorschuss brauchst, gebe ich Anweisung dafür. Kein Thema.«

Sie zögerte. Wenn Peter Kraus jetzt nein sagte, konnte sie keinen zweiten Versuch starten.

»Ich würd' gern bleiben.«

Er warf ihr einen seitlichen Blick zu, den Willa nicht interpretieren konnte. Sie schluckte einen Kloß in ihrem Hals hinunter.

»Bleiben?«

»Ich meine, in Köln bleiben. Als festangestellte Ermittlerin bei der Kölner Kriminalpolizei. Inzwischen ist das möglich geworden, auch für uns Ösi-Alpen-Menschen.« Es sollte ein Scherz sein, um die Situation aufzulockern, kam aber so trocken aus ihrem Mund, dass keiner von ihnen auch nur schmunzelte.

Eine Weile sagte Willas Chef nichts. Im Rhein spiegelte sich die Sonne, der Dom ragte von der anderen Rheinseite her auf.

Peter Kraus blinkte, reihte sich rechts ein.

»Seit meinem ersten Arbeitstag, seit ich hergezogen bin, liebe ich es, über eine der Brücken zu fahren und den Dom zu sehen.«

Willa stieß die Luft aus, es hörte sich nach einem Pfeifen an.

»Du stammst nicht aus der Stadt?«

Das hatte sie nicht gewusst. Willa war immer der Meinung gewesen, dass der erste Hauptkommissar Peter Kraus ein Urkölner war. Er engagierte sich zusammen mit seiner Frau in seiner Freizeit bei einem Verein zur Erhaltung der Kölschen Sproch, und er war ein begeisterter Karnevalist mit mehreren Verdienstorden in Silber und Gold.

»Nein. Ich bin geboren und aufgewachsen in Dornum. Im Norden. Da guckste!«

»Was? Wo liegt denn das?«

»In Ostfriesland.«

»Was hat dich dann hierher verschlagen?«

»Der Job. Zuerst das Fachhochschulstudium in Bielefeld. Das war der einzige Studienplatz, den ich bekommen habe. Du kannst dir gar nicht vorstellen, wie viel Heimweh ich im ersten Jahr hatte. Bielefeld und ich, daraus wurde nichts. Aber ich hab mich durchgebissen. Dann kam ein Praktikum in Köln. Ich bin hierher und der Groschen ist gefallen. Ich wollte nicht mehr weg.«

»Einfach so?«

»Keine Ahnung, warum. Ich liebe meine Heimat bis heute, ich bin ein- bis zweimal im Jahr dort, besuche meinen alten Vater und Schulfreunde. Das mach ich von Herzen gerne, aber nach spätestens einer Woche muss ich zurück und über eine der Brücken fahren und den Dom sehen. Ist so.«

Willa dachte an Graz. An ihre positiven Gefühle für ihren Geburtsort. Und trotzdem. Immer kam ihre Sehnsucht hierzubleiben hoch. Warum? War so.

So viel Privates hatte sie von ihrem Chef gar nicht wissen wollen. Zu ihrer beruflichen Frage hatte er ihr keine Antwort gegeben.

Peter Kraus schlängelte sich durch den Innenstadtverkehr. Er machte das Radio an und die Nachrichten liefen. Kein Wort über die Morde. In der Politik und in der Welt gab es genug größere Themen. Dann Musik. Herbert Grönemeyer sang *Ein Stück vom Himmel*, das passte irgendwie.

Erst, als sie auf den Gürtel einbogen, und in wenigen Minuten am Ziel sein würden, holte Willa noch mal Luft und Mut.

»Zurück zu mir, Chef.«

Ein weiterer Seitenblick traf sie. Er machte das Radio aus.

»Dazu kann ich beim besten Willen im Moment nichts sagen.«

Ihr Herz klopfte plötzlich schnell und laut. Es war eine schlechte Idee gewesen.

»Das hab' ich auch nicht erwartet, Peter. Nicht im Moment. Nur drüber nachdenken. Nichts übereilen. Machst du das?«

Sie waren am Rechtsmedizinischen Institut angekommen. Bis Peter Kraus das Auto geparkt hatte und sie ausstiegen, sagte keiner von ihnen mehr etwas.

Dann, schon am Eingang, als er ihr die Tür aufhielt, auch das zum ersten Mal, schenkte Peter Kraus Willa einen dritten, diesmal direkten Blick.

»Man kann immer gute Arbeit leisten. Egal, wo man ist.«

Es war zumindest kein Nein.

31

»Erzähl mir davon.«

Sie lagen beieinander. Anton und Willa. Auf dem Sofa. Noch nicht intim, aber umschlungen. Ihre Lippen tasteten noch.

Der Straßenlärm kam leise hoch. Die beiden Schaufensterpuppen waren Scherenschnitte im dunklen Zimmer. Die Kerze war erloschen, die Musik zu Ende.

Wieder war Willa zu Anton gegangen. Es war das vierte Mal in den letzten sieben Tagen. Er zieht mich an, hatte sie gedacht, als sie die Venloer Straße entlanggegangen war, unter einem fast vollen Mond, wie ein Magnet. Ich kann nichts dagegen tun.

Er sollte nicht so nah wohnen, hatte sie weiter überlegt, oder dieser Frühling müsste kühler sein, nicht so herzens-heiß und brennend-erblüht. Bei diesen Worten hatte sie schmunzeln müssen. Was für Kreationen für sie, die sonst in kurzen Sätzen dachte und gerne kernig formulierte.

Ihr war Marie eingefallen, das dreizehnjährige Mädchen, das im Winter entführt worden war, und das Willa in letzter Sekunde gerettet hatte. Marie hatte immer und überall Sätze notiert, eigene Wortschöpfungen erfunden.

Bei Willas letzten Besuch, als die Kleine wieder zu Hause bei ihrer Mutter war, körperlich genesen, aber in ihrer Psyche für immer gezeichnet, hatte Marie Willa gestanden, dass sie dieses Schreiben-in-Gedanken die schreckliche Zeit hatte überleben lassen. Willa war sehr beeindruckt gewesen und, als ihr das Mädchen einen für sie bestimmten Text geschenkt hatte, da waren Willa die Tränen gekommen.

Für Willa: Wenn die Dinge aus dem Dunklen dich quälen, finde den Plan, der dir bestimmt ist und zeichne ihn mit bloßen Fingern nach, gehe ihn mit nackten Füßen ab und mach dir dein eigenes Feuerwerk aus kunterbunten Lachfunken. Marie, dreizehn, zehndrei!

Was für ein Glück, dass dieses Mädchen überlebt hatte.

»Nein!«, sagte Anton und umfasste Willa enger. Sein Atem lief schneller. »Ich möchte nicht darüber reden. Nicht jetzt.«

Willa kniff die Augen zusammen, so fest, dass bunte Funken hinter ihren Lidern entstanden.

»Dann red' einfach so. Erzähl mir was. Zauber mir was aus deinem Zauberkasten.«

Sie konnte sein Schmunzeln spüren.

»Den Zauberkasten, den ich immer noch habe, hat mir der damalige Freund meiner Mama geschenkt, da war ich ein Kleinkind. Und außer meinen kleinen Tricks, mit denen ich versuche, Mädels wie dich zu beeindrucken, kann ich nicht viel mehr.«

»Noch was.«

»Früher, als kleiner Junge, nach Mamas Tod, habe ich schon einmal eine Puppe gehabt, aber eine kleine, eine aus Porzellan. Tante Hedi hat mir eine aus ihrer eigenen Sammlung überlassen. Sie hat mir erzählt, in dem hohlen Inneren der Figur könnte ich meine Wut aufbewahren. Als ich später als Teenager *Chucky* gesehen habe, habe ich die Puppe zerschlagen und die Scherben entsorgt. Hatte Albträume von ihr.«

»Das is' doch gelogen.«

Anton streichelte ihren Hals. »Halb und halb, Willa. Die Wahrheit liegt immer zwischen den Dingen.«

Sie atmeten gemeinsam in der Dunkelheit. Berührten sich.

Willa konnte seine Erregung spüren, sein Penis drückte hart gegen ihre Hüfte. Fick mich, dachte sie und erschrak zugleich vor diesem Wort. Ihre letzte Affäre lag länger zurück, sie wollte nichts überstürzen.

Willa konnte nicht ganz loslassen, sich nicht völlig hingeben. Sie durfte nicht mit einem Mann schlafen, der Teil ihres Jobs war. Das konnte sie Kopf und Kragen kosten, auf jeden Fall aber ihre Aussicht auf eine Festanstellung.

Sie musste aufstehen und gehen. Jetzt.

»Kannst du dich an den Mord an deiner Mutter erinnern?«, fragte sie stattdessen und bewegte sich keinen Millimeter.

Er richtete sich auf, seine Arme rutschen von ihrem Körper ab.

»Ich war ein kleines Kind, an was soll ich mich erinnern können?«

Leichter Unmut schlich sich in seinen Ton und zum ersten Mal konnte Willa einen leichten österreichischen Akzent wahrnehmen, so als wäre er durch ihr Nachbohren ein wenig der Bub aus Graz geworden.

Anton stand auf und ging ans Fenster. Zwischen den beiden Puppen sah auch er wie eine erstarrte Figur aus. Willa hatte das Bedürfnis, ihn zurückzurufen.

Fick mich nicht. Nein, mach' Liebe mit mir. Ich bin bereit, alles, was mit meinem Job zu tun hat, zu vergessen und stelle keine Fragen mehr, keine einzige.

Es war ihr erster freier Abend nach übervollen Tagen und Willa sehnte sich nach einer einfachen Zweisamkeit im Dunkeln. Doch die Polizistin in ihr wollte nicht schweigen.

»Manchmal tut es gut, wenn man darüber redet. Vielleicht könnt' ich sogar, wenn ich wieder zurück in Graz bin, die alten Akten raussuchen und noch mal durchgehen. Vielleicht kann man den Mann doch noch ausfindig machen und den Fall lösen. Mord verjährt nie.«

Sein Wutausbruch traf sie völlig unvorbereitet.

»Halt deinen Mund! Halt deinen dummen Mund! Meine Mutter ist tot! Tot und begraben! Und keiner kann, keiner wird sie mir zurückgeben. Auch du nicht! Tot ist tot. Kaputt! Hin! Ist doch egal, was aus dem wird. In der Hölle soll er schmoren.« Anton brüllte in einer Heftigkeit los, die Willa ihm nicht zugetraut hätte.

Er packte eine der Puppen, Mia oder Madeleine, hob sie hoch über den Kopf und donnerte sie in die Ecke neben dem großen Schrank. Wie ein Schattenspiel konnte Willa seine Bewegungen sehen, dazu sein Brüllen und das Krachen, als der Puppenkörper aufschlug.

Willa sprang mit klopfenden Herzen hoch, stieß schmerzhaft mit dem Schienbein gegen den Couchtisch, stolperte im Dunkeln weiter bis zur Tür und dem Lichtschalter. Das grelle Licht stach ihr in die Augen und machte sie für Sekunden blind. Sie blinzelte heftig.

Dann endlich sah sie Anton, der sich so schnell wieder beruhigt hatte, wie sein Ausbruch gekommen war. Er saß auf dem Boden und hatte seinen Kopf zwischen seinen Händen vergraben. Mia oder Madeleine lag in der Ecke, eines ihrer Beine hatte sich durch den Aufprall gelöst und war unter das Sofa gerollt.

Willa kam zu Anton, kauerte sich neben ihn und streichelte über seine blonden Haare. Sie fühlte sich aufgewühlt, konnte wieder die Stimme ihrer Vernunft hören, die wollte, dass sie die Beine in die Hand nahm und verschwand. Auf der Stelle. Zugleich tat es ihr leid, dass sie Anton mit ihrem Nachbohren so aus der Fassung gebracht hatte. Wie tief mussten der Schmerz und das Trauma um die Ermordung seiner Mutter in ihm festsitzen. Wie groß war sein verdrängter Hass auf den Täter.

»Is' schon gut. Ich wollt' dich nicht bedrängen. Ich hätt' es mir denken müssen, dass es immer noch so schwer für dich ist.«

Er hob den Kopf und lächelte sie an.

Wieder war Willa überrascht. Sie hatte mit den Resten seiner Wut oder mit Tränen gerechnet, aber dieses Lächeln war offen und echt. Der schnelle Stimmungswechsel machte ihr ein klein wenig Angst.

Beängstigend war auch die Geschwindigkeit, mit der sie in ihrem Kopf sofort begann, ein Szenario zu entwerfen, Verknüpfungen herzustellen versuchte.

Dieser Kontrollverlust in Antons Verhalten könnte durchaus dazu geführt haben, dass er auch in der Nacht mit Anja Kittner die

Kontrolle verloren hatte. Als Gegenargument meldete sich Marielles Stimme in ihrem Kopf, dass Anton am Tatort geblieben war. Er hätte alle seine Spuren verwischen können, nicht nur die an der Gardinenstange und abhauen, lange bevor der Exmann die Frau gefunden hatte. Er war geblieben, geschockt, verwirrt. Dazu passte der nächste Schluss, der Anton freisprach. Die Spuren, die zu einer Serientäterin passen konnten.

»Du überlegst, ob ich nicht doch schuldig sein könnte?«

»Nein. Ja. Ich meine, entschuldige. Es geht immer mit mir durch.«

Antons Lächeln wurde breiter. Er hob seine Hand und strich seinerseits Willa über den Kopf, fasste in ihre dunklen Locken.

»Wir sind beide verkorkst, oder, meine süße Willa?«

Er beugte sich vor und küsste sie.

Inniger und länger.

Willa öffnete ihre Lippen und sog seinen Geschmack auf ihrer Zunge ein.

Alle ihre Vorsätze und Bedenken zerplatzten wie Seifenblasen.

Sie waren verkorkst, sie beide.

Sie schifften in ihren einsamen Gewässern.

Aber heute nicht. Nicht heute.

Deswegen musste es sein.

»Hast du ein Kondom?«

Immerhin daran dachte sie, trotz allem, was jetzt ohne anzuhalten passieren würde.

Anton hob seine rechte Hand hinter Willas Ohr und hatte eines zwischen seinen Fingern.

»Simsalabim, sagt der Magier.«

Sie liebten sich das erste Mal auf dem Boden, im hellen Licht.

Hinterher tranken sie Rotwein. Saßen auf der Couch.

Willa hatte ihre Unterhose und ihre Bluse wieder angezogen, während Anton nackt versuchte, seine Puppe zu reparieren.

»Arme Mia«, meinte Willa und nahm einen Schluck.

»Es ist Madeleine.«

Sie lachten darüber.

Sein Ausbruch schien weit entfernt.

»Was ist dir passiert, Willa? Magst du es dir von der Seele reden?«

Bevor Willa abwehren konnte, öffnete sich eine Schleuse in ihr. Heute war alles möglich. Sie begann zu reden und zu erzählen und am Ende der Geschichte war die Rotweinflasche leer und Madeleines Bein wieder dran, und Willa fühlte sich leichter und freier, als sie es für möglich gehalten hätte.

»Tolle Story. Die solltest du aufschreiben.«

An so was hatte sie noch nie gedacht. Es erheiterte sie.

Gerne hätte Willa auch Anton noch einmal nach seiner Geschichte gefragt, aber sie hielt sich zurück. Es war genug für diesen Abend.

Sie musste gähnen.

»Willa, du musst nach Hause und ins Bett. In dein Bett.«

Er stand auf, sie hielt seine Hand fest, hätte ihn gerne zu sich gezogen und sich in einem nächsten Liebesakt verloren. Aber in den folgenden Arbeitstagen war kein Platz für Müdigkeit und Erschöpfung, sie brauchte unbedingt ein paar Stunden Schlaf. Da hatte er völlig Recht.

Anton machte sich los, ging an den Schrank und öffnete ihn.

»Ich möchte, dass du dir eines der Kleider aussuchst.«

Plötzlich war Willa hellwach.

»Spinnst du?«

Anton grinste.

»Nein, ich spinne nicht. Im Ernst. Die hängen da drinnen nutzlos und unberührt herum. Ich möchte, dass du dir eines nimmst und es anziehst. Ich möchte dich in einem Kleid sehen.«

»Nie im Leben!«

Willa schnappte sich ihre Jeans, schlüpfte in ihre Turnschuhe. Am Ende brauchte sie nur noch ihre Lederjacke, um raus auf die

Straße und nach Hause gehen zu können. Anton hielt eines der Kleider in seiner Hand, hatte es aus dem Schrank genommen, während Willa sich angezogen hatte.

Sie schüttelte vehement den Kopf.

»Das is' nichts für mich. Ich kann mich nicht daran erinnern, dass ich überhaupt in meinem Leben so was getragen hätte.«

»Mach mir die Freude und nimm es zumindest mit. Ich will es dir schenken. Auch, wenn du es nie anziehst, ist es okay.«

Das Kleid war dunkelrot, gerade geschnitten und an den kurzen Ärmeln hatte es weiße Ränder. Sommerlich. Es hätte Willa passen können.

Sie holte das Handy aus ihrer Jacke und rief sich ein Taxi. Sie war zu müde, den Heimweg zu laufen.

Zu Hause angekommen, nahm Willa das dunkelrote Kleid aus der Tüte und drehte es hin und her. Sie stellte sich vor den Spiegel und hielt es sich an den Körper. Ja, es würde gut an ihr aussehen. Schließlich fand es seinen Platz in ihrem schmalen Kleiderschrank.

Es wirkte dort wie ein Besucher aus einem weit entfernten Land.

32

Heute.
Herzen malen.
Herz. Herz. Herz.
Sie war wieder da. Wieder. Und wieder.
Muss eine Bedeutung haben.
Muss.
Es zieht sie her zu mir. Vor meine Tür. In meine Nähe.
Der Magnetismus zwischen uns ist plus und minus.
Das, was sich anzieht.
Ich bin plus.

Unbedingt.

Ich kann sie hören, ihre Stimme trägt.

Ihre Stimme ist mein Gold.

Ich hatte einmal ein Märchenbuch mit der Gold- und der Pechmarie. Ich habe die Pechmarie geliebt, weil sie es liebte, einfach herumzuliegen und nichts zu tun. Weil sie den Menschen in ihrem Umfeld, allen voran der behämmerten Frau Holle, schonungslos die Meinung sagte. Weil sie null Bock auf Bravsein hatte.

Warum ist sie dafür mit Pech überschüttet worden? Weil sie unangepasst war? Sich nicht an Regeln hielt?

Ich glaube, am Ende ist das Pech besser als das Gold.

Pech ist vielseitig in seiner Verwendung, es ist ein guter Stoff. Also hat die Pechmarie das bessere Los gezogen.

Sei meine Pechmarie, könnte ich zu ihr sagen. Ich könnte zu ihr hingehen und sie in den Arm nehmen. Sie ist voller Kraft und voller Leben.

Ich liebe sie.

Das Wort.

Liebe.

Liebe sie.

Meine Schöne. Meine Schöne. Meine Allerschönste.

Jetzt:

Ich kann sie hören, alle. Sie murmeln, ich kann sie durch die Mauern hören. Was reden sie? Geben sie mir ein Gewicht gegen die Ströme der Welt? Ich spreche diesen Satz laut aus.

»Ein Gewicht gegen die Ströme der Welt.«

Ja, das wird es sein.

Sie sind alle wiedergekommen, um mir Gewicht zu sein.

Wenn ich mich mit einer der ihren vereine, wäre ich ein Teil der Gruppe. Ein Teil ihrer Farben, ein Teil ihres Atems.

Ja, das könnte mir gefallen.

Sie sind wiedergekommen, weil sie es wollen.

Mich.
Dieses Atmen, dieses Vereinen, dieses Gegengewicht.
Ströme.
Meiner Welt.
Es klopft.
Warum klopfen sie? Sind es Zeichen, die mein Verstand nicht versteht?
Bitte, gebt mir den Code zu eurem Klopfen.
Stille.
Ich warte.
Stille.
Ich weine.
Stille.
Ich bin.

Eine Notiz dazu:
Wenn ich für jedes Mal, wenn ich eine Voraussage mache, einen Cent bekommen würde, hätte ich – jetzt muss ich lachen – vier Cent.
Sie ist meine vierte Voraussage und sie ist wahr geworden.
Meine neue Liebe.
Natürlich.
Ich wusste es.
Meine Pechmarie.
Tötet Frau Holle und lasst es nie wieder schneien.

Zukunft:
Willa – Willa – Willa – Willa – Willa – Willa.
Herzen malen.

Auf Willas Display zeigte sich Harros Nummer.

»Fräulein Ösi, ich sage Servus. Habe die Ehre.«

»Harro. Du wirst diesen Dialekt nie richtig können, gib auf. Is' dein Hexenschuss endlich wieder gut?«

»Der ist längst Geschichte. Wo bist du, Willa?«

»Auf dem Weg nach Hause. Ich steh' an der Haltestelle. Und du?«

»Im Institut, wo sonst? *Rechtsmediziner Harro deNärtens ist mit seiner Arbeit verschweißt.* Stand mal in der Apothekenzeitschrift. Ein Artikel über mich. Natürlich kann ich nicht mit dem *Express* mithalten.«

»Du *Orscherl.*«

»*Orscherl*?«

»Auf Hochdeutsch: kleines Arschloch! Aber *Orscherl* klingt viel netter.«

»Ja, da hast du Recht. Ihr Österreicher könntet jeden und alles beleidigen und es würde immer noch charmant klingen. Wollen wir uns treffen? Wenn du jetzt in die Straßenbahn steigst und ich hier spontan aufhöre, mich um die Toten zu kümmern, und den Melatengürtel hochfahre, könnten wir uns an der Ecke Venloer Straße begegnen. Wäre mal etwas anderes. Was meinst du?«

Jetzt oder nie, dachte Willa.

»Harro, ich hab' Peter Kraus nach einer Festanstellung gefragt und ich hab' ein Verhältnis mit einem Verdächtigen angefangen.«

Die Bahn kam und hielt. Willa war ans vordere Ende der Haltestelle gegangen. Überlegte kurz, einzusteigen, blieb aber mit dem Handy in der Hand stehen. Sie hatte es endlich ausgesprochen. Es jemandem erzählt.

Beides.

»Harro, hallo? Harro? Bist du noch dran?«

»Ja, mir fehlen nur die Worte.«

»Ich dachte, die Verbindung wäre weg.«
»Können alle mithören?«
»Also, so blöd bin ich nicht. Ich steh' in einer Ecke. Und ich halte meine Hand vor Mund und Handy. Hast du gehört, was ich gesagt hab'?«
»Gute Idee, das mit Peter.«
»Ja, ich hab' spontan davon angefangen. Bin mir nicht sicher, ob er mir überhaupt zugehört hat.«
»Das hat er. Wenn er unter Druck steht, dann legt er solche Sachen immer in seinem Hirn ab. Holt alles später wieder hoch. Er vergisst es nicht.«
»Hoffentlich. Und das andere? Das Verhältnis, das ich dir gestanden hab'?«
Vielleicht war das noch wichtiger. In Willas Magen klumpte sich etwas. Die nächste Bahn wurde angesagt. Sie war nicht in der Lage, einen Schritt vorwärts zu machen.
»Harro? Hast du es …?«
»Willa, ich hab es gehört.«
»Und?«
»Was und? Was erwartest du?«
»Ich weiß nicht. Ich wollt' nur mit jemandem darüber sprechen. Es ausspucken, loswerden. Es belastet mich.«
»Wer ist es denn?«
»Muss ich dir das sagen?«
»Du hast damit angefangen. Jetzt musst du auch weitermachen.«
»Du klingst so rau, Harro.«
»Rau?«
»Deine Stimme. So rau und trocken. Ich hätt' es nicht erzählen sollen. Scheiße!«
»Zu spät. Wer ist es?«
»Anton Schneider.«
Eine Gruppe junger Leute kam vorbei. Sie johlten. Willa hätte am liebsten ihren Ausweis gezückt und die Gruppe zum Schweigen

gebracht. Ein wenig Neid kam in ihr hoch, sie hätte sich gerne so unbeschwert gefühlt.

»Harro, ich weiß nie, ob du nichts sagst oder die Verbindung abgebrochen ist. Red' mit mir.«

»Warum denn Anton Schneider?«

»Das is' deine erste Frage? Warum er? Keine Ahnung. Is' halt so. Hat sich ergeben. Fühlt sich aber richtig beschissen an.«

»Das kannst du laut sagen.«

»Das brauchst nicht zu wiederholen.«

»Was willst du hören? Du hast es mir erzählt, du hast gefragt. Am besten, du gibst mir die Antworten vor, damit ich für dich das Richtige darauf erwidern kann.«

»Deine Stimme klingt jetzt schneidend.«

»Hör mal, Willa. Ich kenne dich schon länger. Du bist etwas schräg, etwas stur, manchmal zu ehrgeizig und öfter mal zu impulsiv in deinen Aktionen. Aber du bist immer eine gute Ermittlerin gewesen. Immer mit vollem Einsatz dabei.«

»Das bin ich auch jetzt!«

»Lass mich ausreden. Du bist wieder in Köln, du ermittelst in einem großen Mordfall oder großen Mordfällen, du bist Teil des Teams, du willst erreichen, dass dich Kraus fest einstellt. Und dann machst du so was?«

»Ich weiß, es war dumm von mir.«

»Bescheuert und hirnverbrannt. Unverantwortlich und einfach nur dämlich. Oder hast du es so gebraucht, dass du nicht auf einen anderen warten konntest?«

»Das ist gemein, Harro. So hab' ich mir unser Gespräch nicht vorgestellt.«

»Und ich habe mir nicht vorgestellt, dass du so eine Dummheit machst, Willa.«

»Du klingst mehr eifersüchtig als wütend. Bist du eifersüchtig?«

Diesmal störte kein Lärm, keine Bahn, keine johlende Gruppe das Gespräch. Es gab einfach eine Pause. Harro schwieg.

»Ich weiß, dass du noch dran bist, Harro. Ich kann dich schnaufen hören.«

»Nein, Willa, ich bin nicht eifersüchtig. Warum sollte ich?«

»Entschuldige, war eine blöde Frage. Warum solltest du auch? Was soll ich jetzt machen?«

»Lass es. Sofort.«

»Ja?«

»Da fragst du noch? Abgesehen davon, dass du einen besseren Kerl verdient hast, ist es nur dämlich. Der Typ ist außerdem gefährlich.«

»Du kennst Anton Schneider gar nicht.«

»Er wurde an einem Tatort bei einer Leiche verhaftet, er hat in der Forensischen Psychiatrie gesessen und ist immer noch auf der Liste der Verdächtigen in drei Mordfällen. Mehr brauche ich von ihm nicht zu kennen.«

»Es gibt andere Verdachtsmomente. Vergiss bitte nicht den Daumenabdruck, das genetische Profil. Im Umfeld des dritten Opfers haben wir noch lange nicht alle Befragungen durch.«

»Willst du jetzt Korinthen kacken? Das ist sonst mein Revier. Also, abgesehen vom besseren Kerl, den du locker kriegen könntest, kann es dich deinen Job kosten. Ich möchte nicht so weit gehen und annehmen, dass der Mann schuldig ist, und du dich mit einem Frauenmörder ins Bett legst.«

»Er ist nicht …«

»Stopp. Vielleicht ist er es nicht, möglich. Wahrscheinlich. Ich hoffe es für dich. Aber ich bleibe dabei, dass dir ein Disziplinarverfahren droht, wenn es rauskommt. Adieu, Frau Inspektorin, und auf Nimmerwiedersehen, Köln.«

Diesmal schwieg Willa.

»Keine Gegenrede von dir, Fräulein Ösi?«

Ein Obdachloser hielt Willa einen Plastikbecher vor die Nase, sie kramte nach ein paar Cent in ihrer Tasche.

»Du hast Recht.«

»Es geht nicht darum, dass ich Recht habe. Es geht ums Ganze. Um deine Existenz.«

»Es is' eh schon zu spät.«

»Sicher nicht, Willa. Einmal eine Dummheit machen, das kann uns allen passieren. Aber ich bitte dich, ich flehe dich an, lass es sofort sein. Triff dich kein einziges Mal mehr mit ihm, telefoniere nie mehr privat, und, um Gottes willen, erzähl keinem davon.«

»Wenn er aber unschuldig is' und der Fall vorbei, dann könnte ich doch …«

»Darüber will ich jetzt nicht reden, Willa. Noch sind wir weit davon entfernt.«

»Ja. Du hast wieder Recht. Ich bin froh, dass wir darüber geredet haben. Die nächste Bahn kommt, die muss ich nehmen. Danke dir, Harro.«

»Willa, ich möchte, dass du es mir versprichst. Hoch und heilig.«

»Jetzt wirst du melodramatisch. Ich hab' dich verstanden und ich geb' dir Recht. Und ja, ich werde es lassen. Es ist ohnehin völliger Irrsinn.«

»Versprich mir, dass du es lässt. Versprich es mir, Willa.«

Willa öffnete ihren Mund, zögerte.

»Hallo? Willa?«

»Ich versprech's.«

Die Türen öffneten sich. Diesmal stieg Willa ein.

»Ich bin jetzt in der 4. Wollen wir uns treffen?«

In dem Moment fuhr die Bahn in den Tunnel und der Kontakt zu Harro brach ab. Willas Daumen schwebte über seiner Nummer. Sie beschloss darauf zu warten, dass er sich meldete.

Stunden später hatte Harro immer noch nicht zurückgerufen.

34

Kurz nach neun und Willa fühlte sich so müde, als wäre es weit nach Mitternacht.

Sie hatte an der Haltestelle Kalk Post über zwanzig Minuten warten müssen, weil die Linie eine Störung hatte, schließlich war sie zu Fuß gelaufen.

Den ganzen langen Weg über hatte sie versucht, sich von den Gedanken an Anton abzulenken, sie war im Kopf Kalkulationen durchgegangen, wie sie es anstellen konnte, sich doch wieder einen fahrbaren Untersatz zuzulegen. Als sie über die Brücke ging, den Blick auf den Dom gerichtet, hatte sie an Peter Kraus denken müssen. An das Gespräch. Sie hatte mit dem Kopfrechnen aufgehört.

Am Neumarkt konnte sie nicht mehr, ihre Fußsohlen in den Turnschuhen brannten, sie war hundemüde und beschloss, zur Station nach unten zu gehen, in der Hoffnung, dass die Störung wieder behoben war.

Das Telefonat mit Harro hatte sie mitgenommen.

Er hatte Recht, ja, aber hatte er ihr derart zusetzen müssen? Natürlich würde sie die Sache mit Anton beenden, keine Frage.

Nicht heute Abend.

Morgen konnte sie dieses Problem neben dem Fall und allem anderen wieder hervorholen und die richtigen Entscheidungen treffen. Sie hätte es Harro nicht erzählen dürfen. Zu spät.

In Wahrheit war sie mit Anton heute Abend verabredet, auf ein Kölsch bei ihm nach Feierabend, unausgesprochen auch mehr. Sie hatten sich im Laufe des Tages immer wieder gesimst. Das hatte sie Harro verschwiegen. Auch, dass sie mehrfach bei Anton zu Hause gewesen war, in der Wohnung eines Verdächtigen.

Die Störung war behoben, die Bahn kam. Ein Lichtblick.

Willa saß im hinteren Teil mit hängendem Kopf und gerunzelter Stirn. Die Verabredung musste sie absagen. Heute Abend ging nichts mehr. Sie begann eine Nachricht einzutippen, schaffte drei

Wörter, löschte sie wieder. Später von ihrer Wohnung aus würde sie Anton anrufen. Wenigstens seine Stimme zu hören würde ihr gut tun. Nach einer Dusche. Nach ein wenig Ruhe.

Sie würde es nicht schaffen, es zu beenden. Was auch immer zwischen ihr und Anton lief.

Sie fühlte sich zerrissen, schlecht und einfach beschissen.

In Ehrenfeld angekommen, wollte sie sich beim Türken eine warme Suppe gönnen, doch das Lokal war wegen Renovierung geschlossen, also ging sie zur Frittenbude an der Ecke, aß die fettigen Kartoffelscheiben auf dem Weg in die Marienstraße. Die letzten paar Meter zu ihrer Wohnung kamen ihr wie ein Weg durch eine Wüste aus Müdigkeit, Erschöpfung und Leere vor. Sie kramte in ihrer Lederjacke nach den Schlüsseln und wünschte sich direkt ins Bett, so wie sie war, in ihrer Straßenkleidung, ohne Waschen oder Zähneputzen.

Jimmy fiel ihr ein, der Kater musste unbedingt versorgt werden, mit Futter und Streicheleinheiten. Sie vernachlässigte das Tier ohnehin in all dem Stress und hatte ein permanent schlechtes Gewissen deshalb. Wenigstens konnte er bei dem guten Wetter nach draußen in den Innenhof und sich dort auf die Jagd nach Spinnen, Schmetterlingen oder unerreichbaren Vögeln machen.

Wenn Willa sich nicht so müde und ausgelaugt gefühlt hätte, wäre es ihr gleich aufgefallen, dass Jimmy sie nicht wie sonst an der Haustür empfing und wild miauend um ihre Beine strich. Spätestens als Willa im Flur ihre Turnschuhe auszog und die Lederjacke an die Garderobe hing, hätte das Tier da sein sollen. Wenn Willa lange unterwegs war, erwartete Jimmy sein Frauchen sehnsüchtig und war ein Partner, der nicht mit Zärtlichkeiten geizte, was ihn für Willa zu einem wertvollen Mitbewohner machte.

Keine Spur von ihm.

»Jimmy? Jimmilein?«

Während sie ihre Dienstwaffe mit dem Halfter abnahm und wie immer in der Schublade unter ihrer Garderobe verstaute, abschloss und den Schlüssel zu den anderen ans Bord hängte, überlegte Willa, wo Jimmy sein konnte.

Ob sie am Morgen, als sie aufgebrochen war, vergessen hatte, die Balkontür einen Spalt offen zu lassen und das Tier den ganzen Tag im Freien hatte verbringen müssen? Aber, wie sie sich kannte, vernachlässigte sie zwar oft ihre eigenen Belange, ihre Gesundheit und ihre Erholung, aber nie Dinge, die ihren Kater betrafen.

Willa ging in Socken ins Wohnzimmer, machte die Stehlampe an und sah sich um. Nichts Ungewöhnliches. Alles an seinem Platz. Auf dem Couchtisch eine ungespülte Tasse mit dem letzten Schluck ihres Morgenkaffees. Die Balkontür war einen Spaltbreit offen, wie immer. Ein leichter Luftzug wehte von dort her in das Zimmer, die Luft roch würzig. Sie legte das Handy auf dem Tisch ab, öffnete die Glastür ganz und ging auf die kleine Terrasse, die in den Innenhof führte.

»Katerle, Süßer, mein Jimmy! Ja, wo is' er denn?«

Ihre Stimme hatte einen zärtlichen Klang, den sie sich manchmal in ihren Beziehungen zu menschlichen Partnern gewünscht hätte. Doch selbst mit ihrem Verlobten damals war sie schroffer und strenger umgegangen.

Kein Miauen kam zurück.

Nur die Nachbarsjungen einen Stock höher riefen sich gerade etwas von Zimmer zu Zimmer zu, das etwas mit einem Computerspiel zu tun haben musste.

Willa schluckte.

War der Kater ausgebüxt?

Unmöglich.

Sie erinnerte sich an den Besuch von Onkel Willi, als Jimmy in den Hausflur gelaufen war. Dazu hätte jemand die Eingangstür aufmachen müssen. Wäre die Tür allerdings offen gewesen, hätte Willa es bemerkt. Auch, wenn sich jemand daran zu schaffen gemacht hätte. Oder war sie zu müde gewesen, um darauf zu achten? Hatte sie eben aufgesperrt, den Schlüssel umgedreht oder sich gegen die

Tür gestemmt, die aufgesprungen war? Manchmal beim Weggehen zog sie hinter sich einfach zu. Das Schloss war einfach, ohne Verstärkung oder Sicherheitsriegel, aber bisher war das nie ein Problem gewesen. Ein Fremder hätte es bei einem zufälligen Versuch genauso machen und von innen die Tür wieder schließen können. Nachlässig von ihr, aber sie hatte nie über einen Einbruch nachgedacht.

War jemand während ihrer Abwesenheit in ihre Wohnung eingedrungen? Etwa Onkel Willi, der zurückgekehrt war? Blödsinn. Überhaupt hätte er weder die Kraft noch das Können, Schlösser zu knacken.

Alles Unsinn. Sinnlose Überlegungen.

Der rote Kater tauchte nicht auf.

Ihr fiel ein, dass sich Jimmy einmal im Winter in einer Schublade ihrer Kommode verkrochen hatte, die sie herausgezogen und nicht wieder zurückgeschoben hatte. Auch an diesem Tag hatte sie ihn ewig gesucht und schließlich eingerollt unter einem ihrer Pullover entdeckt.

Willa bewegte sich von der Terrasse nach drinnen und direkt in ihr Schlafzimmer. Sie drückte den Lichtschalter, aber es blieb dunkel. Auch das noch. Entweder war die Sicherung herausgesprungen oder die Birne war durchgebrannt. Verdammt. Wo sie ohnehin am Ende war, mussten der Reihe nach Dinge schiefgehen, die sie nicht zur Ruhe kommen ließen.

Das Licht aus dem Wohnzimmer reichte bis ins erste Drittel des Raumes. Willa konnte einen Teil ihres Bettes und dahinter die grauen Konturen der Kommode sehen.

»Jimmy, Jimmmmiilein!«

Ein besorgtes hohes Tremolo hatte sich in ihre Stimme geschlichen. Was, wenn der Kater krank war? Sich deshalb verkrochen hatte? Alle ihre Sinne verengten sich und waren ausschließlich auf das Auffinden ihres geliebten Haustiers gerichtet.

Sonst hätte sie den kauernden Schatten zwischen Bett und Kommode im Dunkeln bemerkt. Hätte sein Aufrichten aus den

Augenwinkeln gesehen, als sie die nächsten zwei Schritte hinein in ihr Schlafzimmer machte, weiter Jimmys Namen rufend.

Der erste Kontakt mit dem Schatten war ein Tritt in ihr linkes Knie.

Der Schmerz kam so überraschend, dass ihn Willa nicht einordnen konnte. Sie knickte auf die linke Seite weg, schaffte es, sich an der seitlichen Bettkante abzustützen und nicht direkt zu Boden zu gehen.

Ein Stöhnen rollte über ihre Lippen. Ihr Atem stockte. In ihrem Kopf war für Sekunden Leere, weil sie dieses unerwartete Ereignis weder mit ihrem Verstand noch mit ihrem Gefühl einordnen konnte.

Der zweite Angriff folgte direkt.

Ein Schlag mit der Hand gegen ihren Hals.

Aus ihrer Kehle kam ein einzelner Schrei.

Dann war der Schatten über ihr.

In diesem Moment wurde Willa endlich bewusst, dass ein Angreifer, ein Fremder in ihre vier Wände eingedrungen war. Endlich funktionierten die Verbindungen in ihrem Hirn.

Ihr nächster Gedanke galt jedoch wieder Jimmy.

Was hatte der Eindringling ihm angetan? Sie konnte es vor sich sehen, ihren Kater mit gebrochenem Genick, achtlos in eine Ecke geworfen. Dieses schreckliche Bild hinderte sie daran, in der nächsten Zehntelsekunde rechtzeitig zu reagieren.

Den nächsten Hieb sah sie als schwarze Dichte auf sich zukommen, in Richtung ihres Kopfes, den sie automatisch zur Seite riss. Willa konnte nicht schnell genug ausweichen, ihr linkes Ohr wurde getroffen. Ein Dröhnen innen, ein Krachen außen, ein greller Stich, dem ein hoher sirrender Ton folgte, der sich vom Ohr über die Schädeldecke ausbreitete.

Die Schläge waren zu hart, um allein von bloßer Hand ausgeführt zu werden. Ein Totschläger oder eine andere Waffe musste mit im Spiel sein.

Wenn sie sich nicht sofort wehrte, würde sie in ihrem Schlafzimmer k.o. gehen.

Endlich schalteten Willas Sinne in den trainierten Polizeimodus, und jeder andere Impuls, jede andere Funktion, außer Gefahr im Verzug, wurde ausgeblendet. Sie hob beide Hände zur Abwehr, unterdrückte einen weiteren Schrei, drückte sich zur selben Zeit von Boden und der Bettkante ab und versuchte nach oben zu kommen, sich wieder aufzurichten. Gleichzeitig neigte sie sich nach rechts, weg von der Bettkante, um Raum für einen Gegenschlag zu bekommen.

Wenn Willa es schaffte, ihrerseits einen Treffer zu landen, konnte sie aus dem Schlafzimmer stürzen, zurück in den Vorraum und zu ihrer Waffe gelangen. Dann würde das Kräfteverhältnis anders aussehen. Über den Angreifer selbst, sein Eindringen, sein Motiv konnte sie sich später den Kopf zerbrechen.

Sie fühlte einen scharfen Luftzug vorbeiziehen, ein weiterer Hieb, der sie diesmal nicht getroffen hatte.

Weiter so.

Weiter nach rechts und zugleich aufrichten.

Schon ballten sich ihre Finger zu Fäusten, ihre Muskeln in den Oberarmen spannten sich an.

Ihr Körper schaffte es auf halbe Höhe, dann landete der Angreifer einen Treffer direkt auf ihrem Schädel.

Es krachte wieder.

Mitten zwischen ihren dunklen Locken wurde Willa getroffen und das Dröhnen war dieses Mal tiefer und dunkler in seiner Resonanz, das Dröhnen kam dem Klang einer großen Glocke gleich.

Willa konnte fühlen, wie der Schlag ihre Muskeln, ihre Fähigkeit, sich weiter zu wehren, ihren Widerstand vollkommen außer Kraft setzte.

Pudding, dachte sie, als ihre Knie nachgaben und sie wieder nach unten gezogen wurde, von einer Schwerkraft, die keinen Kompromiss zuließ. Zugleich wurde das Grau um sie herum dichter.

Was für ein *Schas*, dachte sie.

Der Weg nach unten schien in Zeitlupe abzulaufen.

Sie hörte sich selbst mit einem stöhnenden Schmatzen zusammenbrechen. Die Luft entwich aus ihren Lungen wie aus einem lecken Gummiboot, und als ihr Körper in seiner ganzen Länge auf dem Boden ihres Schlafzimmers, direkt neben ihrem Bett, aufkam, war Willa, als würde sie in Wasser eintauchen.

Untertauchen.

Ganz am Ende ihres Falles oder ganz am Anfang ihrer Bewusstlosigkeit, meinte Willa ein zartes Miauen zu hören, das unter dem Bett hervorkam.

Gott sei Dank, die Katz' lebt noch.

Ein tröstender Gedanke vor der Dunkelheit.

35

Der Tag begann mit Regen.

Morgens vermisste Marielle ihre Kollegin Willa. Sie waren im Präsidium verabredet gewesen, hatten ein Treffen mit Albert Bern vereinbart, dem jungen Mann, der die dritte Leiche entdeckt hatte.

Bevor Marielle einen Anruf bei der Kollegin startete, erhielt sie eine SMS auf ihr iPhone.

Bin erkältet, kuriere mich aus. Melde mich für heute ab. Willa.

Für Sekunden war Marielle erstaunt über die Nachricht. Gestern war es Willa noch gut gegangen, sie war immer *pumperlg'sund*. Willa sah es dazu nicht ähnlich, einfach eine Nachricht zu schreiben und zu Hause zu bleiben, sie hätte sich selbst mit Fieber hierher gequält, erschien so gut wie immer zum Dienst. Zumindest hätte sie sich persönlich gemeldet.

Marielle schrieb eine SMS zurück, fragte nach.

Keine Antwort.

Sie entschloss sich, direkt anzurufen. In dem Moment brachte ein Kollege vom Empfang Albert Bern ins Büro und Marielle war abgelenkt. Sie rief auf ihrem iPad die Liste der Fragen auf, konzentrierte sich auf die folgende Zeugenaussage.

Später meldete sich Harro, fragte im Gespräch nach Willa.

»Sie hat sich krank gemeldet.«

»Unsere Willa? Krank?«

»Hat mir eine SMS geschrieben.«

»Unfassbar.«

»Ich werde versuchen, sie zu erreichen. Sofort, wenn ich mit dem Bericht fertig bin. Ich gebe dir Bescheid.«

Zwei weitere Stunden vergingen.

Frank Zauber kam vorbei, erkundigte sich nach Willa, brauchte einen Datenabgleich. Marielle, die zwei weitere Fallakten zu bearbeiten hatte, gab ihm die Info und erwähnte Willas Erkältung, und da wirkte das Ganze wieder recht plausibel, viele Menschen schlugen sich im Moment mit Fieber und Schnupfen herum.

Morgen würde Willa wieder auf der Matte stehen.

Marielle wollte sich in der Mittagspause endlich um den Anruf kümmern, aber diese Pause fiel flach, weil Oberstaatsanwalt Theo Prunk aufgebracht im Präsidium erschien und sie alle in Kraus' Büro bestellte. Er knallte einen Artikel aus der *Kölnischen Rundschau* auf den Tisch, in dem nicht nur eine Verbindung zwischen den Morden an Anja Kittner und ihrem Exmann gezogen wurde, sondern auch die drei getöteten Frauen in einem möglichen Zusammenhang gesehen wurden.

»Dieser Journalist ist der erste, weitere werden folgen«, prophezeite Clemens Wächter, dann erkundigte er sich ebenfalls nach Willa, diesmal erklärte Frank Zauber ihre Abwesenheit, noch vor Marielle, und Clemens dachte nicht weiter darüber nach.

Peter Kraus, der seine Strategie verteidigte, und immer tiefer in seine Dauerbesorgnis versank, merkte nicht einmal, dass eine aus dem Team fehlte. Ebenso Theo Prunk.

Nachmittags hatte jeder Kollege alle Hände voll zu tun und nicht ein einziger die Zeit, an Willa zu denken.

Der Bogen schloss sich am frühen Abend, als sich Harro erneut bei Marielle meldete.

Ein Tag ohne Willa ging seinem Ende entgegen. Mit Regen.

36

Zuerst klebriger Schmerz.

Kein Gefühl für einen Namen, einen Ort oder eine Zeit.

Nur das Wissen um den Schmerz, der sie nicht nach oben lassen wollte, oder auch unten, links oder rechts, alle ihre Sinne hatten die Orientierung verloren.

Eine Sekunde lang oder eine Ewigkeit hin war ihr der Name, der verdammte Name ihrer eigenen Person entfallen. Wie zum Teufel hieß sie, wer war sie und warum tat ihr Kopf so weh?

Nein, es war ihr Knie.

Nein, es waren ihr Hals, ihre Schultern, ihr Rücken.

Wenn sie sich an ihren vermaledeiten Namen erinnern könnte, würde der Schmerz erträglicher sein, sich unterdrücken lassen, Raum für weitere Gedanken freigeben. Sie musste denken, sie musste sich erinnern und sie musste die Augen aufmachen.

Das Letzte gelang ihr zuerst.

Ihre Lider folgten dem Befehl, wenn auch mit einer Schwere und Langsamkeit, die sie an Blei und Steine denken ließ. Licht tauchte auf, bewegte sich. Oder bewegte sie sich um einen hellen Punkt herum? Wurde sie im Kreis geschleudert?

Was sie sah, war seltsam verdreht. Eine Schräge unter ihr, eine Kante, die sich bog, eine Ecke, die das Licht abschnitt. Dahinter Schwärze.

»Reiß dich zusammen, du *Gogger*, du!«

Worte, die aus ihrem Mund kamen, fielen, stürzten. Worte ohne

Laut, auf Lippen geformt, die trocken waren. Gab es hier Wasser? Bitte, nur ein Schluck, ein Tropfen.

Immerhin taten die Worte gut, innen und außen, gaben ihrem Sein ersten Inhalt zurück.

Gogger war ein Schimpfwort.

Gogger bezeichnete ein Rindvieh.

Gogger kam aus dem steirischen Dialekt, von dem Ort, wo sie auch hergekommen war, vor langer, langer Zeit.

Willa.

Endlich. Ein Name.

Ihr Name.

Mit dem Namen stolperten die Erinnerungen ans Licht, wenn auch der Schmerz dadurch nicht weniger wurde, sondern sich hinter ihrer Stirn verstärkte.

Inspektorin Willa Stark.

Sie war die Polizei und sie war auf der anderen Seite des Zaunes. Drüben die Bösen, hier sie.

Ermitteln. Jagen. Verhaften.

Im Augenblick ermittelte sie ihre Lage. Jagte ihren Erinnerungen hinterher. Verhaftete niemanden, weil sie selbst verhaftet worden war. Nein, zu Boden gegangen war.

Der Schlag auf den Kopf.

Wer?

Ein Schatten, ein dunkler Klumpen.

Jimmy?

Wieder verdrängte die Sorge um das Tier alles, aber die Sorge allein konnte den Kater nicht finden, nicht retten, nicht befreien. Mit Willenskraft schob Willa die Sorge weit fort, ließ die Gedanken bewusst zur Ruhe kommen, konzentrierte sich auf ihren Körper.

Check-up.

Was war gebrochen? Was verletzt? Wie schwer?

Mit vorsichtigen Bewegungen begann sie zuerst ihre Beine zu

testen. Hob das rechte etwas an, drehte es. Das ging. Dann links. Gellender Schmerz im Knie.

Sie unterdrückte einen Schrei.

Es tat weh, verdammt weh.

Atmen, den Schmerz wegatmen.

Arme und Hände.

Rechts in Ordnung. Links diesmal auch. Gott sei Dank.

Bis auf …

Bis auf die Beweglichkeit.

Sie konnte ihre rechte Hand zwar drehen, aber nur ein kleines Stück nach oben heben. Kein Schmerz, aber ein Geräusch. Ein leises Klirren, wenn sie die Hand hob. Ein Schaben, auf und ab.

Klirren? Schaben? Was?

Willa drehte den Kopf.

Gleißender Schmerz im Hals. Seitlich. Die ganze Schulter hinunter.

Für Sekunden Sterne hinter ihren Augen.

Eine Schwärze kam auf sie zu, drohte, sie zu verschlingen, aufzusaugen, einzuverleiben. Würde sie in die Schwärze fallen, wäre der Schmerz überstanden, aber sie wäre wieder ihrer Existenz beraubt.

Also, den Schmerz ertragen, den Schmerz aushalten, den Schmerz überleben, und weiter den Kopf drehen.

Augen offen halten. Hinsehen.

Es gab Licht. Licht kam von außerhalb des Raumes.

Das Licht erhellte einen Teil des Ortes, an dem sie sich befand.

Ein Ort, den sie kannte.

Der Boden, auf dem sie lag, war ihr Boden. Ihr Parkett, das schon längst mal wieder gebohnert werden sollte. Das Gefühl einer Schräge kam von ihrer Haltung her, sie lag seitlich eingedreht. Die Kante, die sie sah, war die Kante ihres Bettes, das sie heute Morgen vor dem Weggehen gemacht hatte.

Dahinter kamen ihr Kleiderschrank, die Kommode und ein

Schaukelstuhl, den sie auf einem der vielen Flohmärkte für schlappe zehn Euro ergattert hatte.

Sie war zu Hause.

Willa war immer noch in ihrer Wohnung.

Warum konnte sie ihre rechte Hand nicht weiter hochheben?

Sie zog heftiger, ignorierte den wieder aufflammenden Schmerz im Hals und im Knie, bewegte die Hand vor und zurück.

Klirren, Schaben, Klacken.

Ihr Handgelenk, hart umschlossen.

Handschellen.

Ihre Handschellen.

Sie zog wieder. Ja, es stimmte.

Jetzt, wo sie die Erkenntnis hatte, konnte sie es in ihrem Verstand zulassen.

Willa lag seitlich gekrümmt am Boden und war mit der rechten Hand mit ihren eigenen Handschellen an den vorderen Pfosten ihres Bettes gekettet.

Ihr Herz drehte sich einmal in ihrer Brust, stolperte gegen ihren Brustkorb. Ihr wurde kalt.

Luft. Das brauchte sie jetzt. Luft nach dieser Erkenntnis.

Und Wasser. Bitte und bitte und dreimal bitte, dringend einen Schluck Wasser.

Freiheit. Das. Vor allem.

Sie musste sich befreien.

Wenn sie den Pfosten des Bettes anheben konnte, ein kleines Stück, dann könnte sie den anderen Teil der Handschellen darunter herausziehen und versuchen, hochzukommen.

Sie griff nach dem Pfosten. Versuchte, sich aus ihrer gekrümmten Haltung auszudrehen.

Diesmal biss sie sich auf die Zunge, um nicht laut zu schreien.

Die Schmerzen waren eine Welle, türmten sich höher als ihr Bett oder ihr Schlafzimmer oder das ganze Haus.

Ihr Knie, ihr Hals, ihr Kopf schrien.

Einmal und wieder schwemmte die Schmerzwelle über ihren ganzen Körper hinweg. Zog sich nur langsam, unendlich langsam zurück.

Sie schaffte es nicht, den Bettpfosten zu bewegen. Keinen Millimeter.

Der Versuch gescheitert.

Doch Willa wäre nicht Willa, wenn sie leicht aufgeben würde.

Nur eine kurze Pause brauchte sie vor dem nächsten Anlauf.

Sie lag eine Weile da und atmete.

Da hörte sie es.

Hätte es schon früher gehört, wenn sie nicht all ihre Kraft und Konzentration für ihr Erwachen gebraucht hätte.

Sie war nicht allein in ihrer Wohnung.

Er, der sie zu Boden gebracht hatte, war immer noch hier.

Ein Zimmer weiter.

Er redete.

Sie atmete jetzt ganz flach.

Ja, es war eine Männerstimme. Eindeutig.

Er redete, er schwieg und redete wieder.

Er telefonierte.

Wer war er?

Anton?

Einen Moment lang wünschte sich Willa, sie wäre tot.

37

Als Harro deNärtens das Rechtsmedizinische Institut verließ und seinen Schirm aufspannte, kam ein junger Mann mit raschen Schritten direkt auf ihn zu.

In der Dämmerung konnte Harro ihn nicht richtig sehen und der Regen tat sein Übriges dazu. Seit heute Morgen regnete es in Strömen, seit Willa nicht zur Arbeit erschienen war.

Noch wollte sich Harro keine Sorgen machen, schließlich hatte es diese eine SMS an Marielle gegeben. Trotzdem.

Er hatte sich den Tag über unruhig gefühlt, zwischen den Terminen und der Arbeit an Willa gedacht und erfolglos ein paar Mal versucht, sie zu erreichen. Immer die Mailbox.

Willa war, seit er sie kannte, nie ernsthaft krank gewesen und einmal im Dienst verletzt worden, bei der Rettung eines dreizehnjährigen Mädchens. Dein Bauch hat eine Vorahnung, hätte das Fräulein Ösi zu ihm gesagt, wenn sie da gewesen wäre. Das Beste wäre, er würde jetzt bei ihr vorbeifahren, unangemeldet einfach klingeln. Ihre Wohnung lag nicht weit vom Institut entfernt.

Zuerst dachte Harro, der junge Mann würde im letzten Moment ausweichen, ihn umrunden, stattdessen blieb er abrupt vor Harro stehen. Er kam einen Schritt näher, unter Harros Schirm.

»Ich habe auf Sie gewartet.«

»Auf mich?«

Immer noch machte es nicht klick in Harros Kopf. Zwar kam ihm der junge Mann bekannt vor, aber er konnte ihn nicht einordnen. Sein dunkelblondes Haar war völlig durchnässt vom Regen. Harro fragte sich, wie lange der Kerl vor dem Institut gestanden hatte und aus welchem Grund er gerade auf ihn gewartet hatte.

Der Anruf vor einer Stunde kam ihm in den Sinn. Seine Mitarbeiterin Tine Latisch hatte ihn zu Harro durchgestellt.

»Da will dich einer sprechen, den hat man zu mir weitergeleitet. Er nennt mir aber seinen Namen nicht, der Held.« Dabei hatte ihre Stimme empört geklungen.

Harro hatte den Anruf angenommen, doch sofort, nachdem er »hier ist Harro deNärtens« gesagt hatte, hatte der Anrufer aufgelegt. Später, bei einem kurzen Zusammentreffen mit Tine, hatte er sie gefragt, ob sie denn eine Nummer auf ihrem Display hatte erkennen können, aber Tine hatte nur den Kopf geschüttelt.

Der junge Mann könnte dieser Anrufer gewesen sein.

»Kennen wir uns?«

Harro merkte dieses Kratzen in seinem Gehirn, das nach einer Antwort suchte, er war ganz nah dran an einem Namen, einem Wiedererkennen.

Sie standen sich Aug' in Aug' gegenüber. Harro wurde ungeduldig.

»Worum geht es denn?«

»Sie sind mit Willa befreundet. Willa Stark.«

Harros Herz stolperte.

»Willa hat mir das erzählt. Dass Sie der wären, mit dem sie am besten kann. Den sie am liebsten hat. Es gibt da noch die Kollegin, aber ich wollte nicht zum Polizeipräsidium fahren und dort warten. Wie Sie vielleicht verstehen können.«

Der Versuch eines gequälten Lächelns tauchte auf dem jungen Gesicht auf.

Bei Harro fiel der Groschen.

Vor ihm stand Anton Schneider.

Er hatte von dem Verdächtigen im Mordfall Anja Kittner im Bericht gelesen. Er hatte das Foto nach seiner Verhaftung gesehen, die Einlieferung in die Forensische Psychiatrie mitverfolgt. Er hatte mit dem Team über den Fall und den jungen Mann diskutiert. Nach dem Auftauchen der anderen Leichen und der weiblichen DNA war Anton Schneider etwas aus dem Fokus gerückt, aber nicht völlig aus dem Spiel.

Willa hatte Harro von ihm erzählt.

Von ihrer Zuneigung. Ihrem Verhältnis. Als Harro einige böse Worte zu ihr gesagt hatte. Es kam ihm wie eine Ewigkeit vor.

Gestern war das gewesen.

Er war sauer geworden. Mehr als das. Er war Willa gegenüber gemein geworden.

Aus Eifersucht. Aus Liebe. Aus beiden Gründen.

So siehst du also leibhaftig aus, Anton, dachte Harro. Schlanker bist du und jünger als ich. Sonst bin ich der bessere Mann.

Was für Gedanken trieben ihn? Harro schüttelte seinen Kopf.

»Was wollen Sie, Herr Schneider?«, fragte er. »Ich möchte mich nämlich nicht mit Ihnen unterhalten. Ich darf es auch nicht.«

Willa hätte es auch nicht gedurft.

Der junge Mann fuhr sich durch das nasse Haar. Er war einem verlorengegangenen Hund ähnlich, zitternd trat er von einem Bein auf das andere.

»Ich muss mit jemanden über Willa reden.«

»Haben Sie sie heute gesehen?«

Zwei Szenarien rannten in Harros Kopf um die Wette.

Szenario Eins. Willa war so verrückt nach diesem Bürschchen, dass sie selbst ihre heißgeliebte Arbeit vernachlässigte. Als sie mit gepacktem Koffer und Kater unterm Arm bei Anton Schneider hatte einziehen wollen, war es dem jungen Mann zu viel geworden und er suchte nach einem Ausweg, die liebeskranke Inspektorin wieder loszuwerden.

Szenario Zwei. Willa war das nächste Opfer des Mörders, der Anton Schneider hieß und es geschafft hatte, eine falsche weibliche DNA an den Tatorten zu hinterlassen. Jetzt war er hier, um zu gestehen, während Willa mit einer Gardinenstange im Bauch in ihrer Wohnung lag.

So schnell wie beide absurden Stränge aufgetaucht waren, so schnell wischte Harro sie wieder aus seinen Gedanken fort.

Der junge Mann redete weiter.

»Nein. Ich hab sie nicht gesehen. Und das ist der Grund, warum ich hier bin.«

Anton Schneider sah sich um, als würde er verfolgt werden.

»Willa ist nicht zu mir gekommen. Wir waren verabredet.«

Er sagte es so endgültig, als ob sich damit alles erklären würde.

»Deshalb kommen Sie hierher zu mir?«

In Harro keimte eine Ahnung, dass es zwischen den beiden bereits um viel mehr ging als Sex. Ihm wurde klar, dass dem jungen Mann seine große Besorgnis peinlich war. Trotzdem stand er hier und war bereit, sich lächerlich zu machen. Er musste Willa mögen. Vielleicht lieben?

Aber niemals mehr als Harro. Das konnte es nicht geben.

Anton Schneider schluckte.

»Es ist blöde, ich weiß. Es ist nicht nur, weil sie nicht zu mir gekommen ist, gestern Abend. Sie hat auch nicht abgesagt. Und sie hat nicht auf meine Versuche reagiert, sie zu erreichen. Ich hab gewartet, bin dann los, bei ihr an der Wohnung vorbei. Keiner hat geöffnet. Heute dasselbe Spiel. Sie hat sich nicht zurückgemeldet.«

Harro überlegte kurz, ob Willa nicht seinem Ratschlag gefolgt war und mit dem jungen Mann Schluss gemacht hatte. Aber im nächsten Moment stufte er den Gedanke als dumm ein. Erstens würde Willa Anton ein Ende der Affäre anders beibringen, zweitens war Harro bewusst, dass Willa nicht bereit war, ihr Versprechen vom Vortag einzulösen. Sie hatte keine Absicht, sich zu trennen. Wollte es nicht.

Anton Schneider redete längst weiter.

»Dann bin ich weiter hierher. Spontan. Ich kenne Willa sicher nicht so lange wie Sie, aber es sieht ihr nicht ähnlich, sich einfach auszuklinken und vom Erdboden zu verschwinden.«

Nein, Anton Schneider kannte Willa nicht gut genug, aber er hatte Recht. Willas Art war oft stur, störrisch, unnahbar, aber sie war verlässlich. Sie hielt ihre Termine, ihre Verabredungen ein, da hatte der junge Mann völlig Recht.

»Wie haben Sie mich denn erkannt?«, fragte Harro. Sicher hatte Willa von ihm als älteren und dicken Kollegen gesprochen. So musste sie ihn sehen. Das war der Grund, warum er gestern Abend nicht selbst mit ihr verabredet gewesen war.

»Ich habe Sie gegoogelt.«

Harro biss sich auf die Zunge. Etwas stimmte mit Willa nicht und er gab sich seinen Eitelkeiten und Eifersüchteleien hin.

Es war ganz und gar nicht ihre Art, sich auszuklinken, wie Anton Schneider es formuliert hatte. Wenn Harro ernsthaft darüber nachdachte, hätte sie niemals einfach eine SMS an Marielle geschrieben, wenn sie einen Tag nicht zur Arbeit gekommen wäre. Niemals.

Warum war ihm das nicht aufgefallen? Warum keinem der anderen?

Die drei toten Frauen. Der ermordete Exmann. Die Presse. Die Ermittlungen. Der Druck. Die Fahndung. Der gestresste Peter Kraus.

Das Fräulein Ösi war vom Erdboden verschwunden und keiner hatte davon Notiz genommen. Harro war sich sicher, dass spätestens morgen die Kollegen Alarm gegeben hätten, aber das würden noch mal zwölf Stunden mehr sein.

Er zog sein Handy aus der Hosentasche.

»Ich versuche es.«

Es klingelte achtmal, bis wieder die Mailbox ansprang.

Ein Stich in Harros Brust ließ ihn seinen Oberkörper nach vorne beugen, sodass er mit Anton Schneider leicht zusammenstieß. Der Regen prasselte auf den Schirm wie Gewehrfeuer.

»Sie haben Recht, Herr Schneider, Willa geht immer noch nicht ran.«

»Könnte etwas mit ihrer Familie oder ihrem Onkel in Graz sein? Könnte sie dorthin gefahren sein?«

Also auch darüber wusste der junge Mann schon Bescheid. Auch dieses Geheimnis zwischen Willa und Harro war nicht mehr exklusiv. Harro drängte dieses kindische Messen zwischen ihm und Anton Schneider vehement nach hinten. Stattdessen drehte er sich um und ging die paar Schritte zurück zum Institut, unter das Vordach. Hier konnte man im Trockenen stehen. Der junge Mann trabte hinter ihm her, wieder erinnerte er Harro an einen herrenlosen Hund.

Harro drückte die Kurzwahltaste von Marielles Nummer.

Nach zweimaligem Klingeln nahm die Kollegin ab.

»Hey Harro! Bin eben zu Hause angekommen. Was gibt es?«

»Willa hat sich nicht mehr bei dir gemeldet, oder?«

»Nein, Harro, den ganzen Tag nicht.«

»Komisch. Findest du nicht?«

»Ja, jetzt, wo du mich extra deswegen anrufst.«

»Was stand in der SMS?«

»Dass sie sich heute abmeldet und im Bett bleibt. Erkältung. Mehr nicht. Ich habe ihr noch gute Besserung zurückgesimst, musste dann arbeiten. Ich weiß nicht einmal, ob sie zum Arzt ist.«

»*Abgemeldet* klingt nicht nach ihr.«

Eine Pause am anderen Ende. Harro hörte Marielle einatmen.

»Wie oft hast du versucht, sie zu erreichen, Harro?«

»Über den Tag öfter. Jetzt eben wieder. Und ein Freund steht hier bei mir, mit dem sie verabredet war. Bei ihm ist sie ebenfalls nicht erschienen.«

Spontan hatte sich Harro entschlossen, nicht vor Marielle Anton Schneiders Namen zu nennen.

»Was machen wir, Marielle?«

»Ich fahre sofort wieder los. Treffen wir uns direkt bei Willa?«

»In einer Viertelstunde.«

Der junge Mann war ganz nah zu Harro unter das Vordach aufgerückt. Harro fingerte nach seinen Autoschlüsseln.

»Meine Kollegin und ich, wir treffen uns bei Willas Wohnung. Wenn es nicht anders geht und sie nicht reagiert, gehen wir hinein, sehen nach dem Rechten. Ich werde Sie allerdings nicht mitnehmen. Verstehen Sie?«

Anton Schneider öffnete seinen Mund, schloss ihn wieder, biss sich auf die Lippen. Ein innerer Kampf spiegelte sich auf seinen Gesichtszügen wider, verärgert zuerst, schließlich nur mehr besorgt. Er seufzte auf. Wasser tropfte von seinen Haaren herunter.

»Ich verstehe. Wenn Sie sie finden, bitte, dann geben Sie mir Bescheid. Oder sie soll sich selbst melden, wenn alles okay ist. Bitte.«

Harro nickte. Er überlegte schnell, ob er dazu Peter Kraus verständigen sollte, ließ es aber, er würde mit Marielle die Lage sondieren. Er spannte den Schirm wieder auf, verließ die trockene Stelle unter dem Vordach. Die ersten Meter lief Anton Schneider dicht neben ihm her.

»Sie mögen mich nicht. Nicht wahr?«

Diese Ansage in der Situation überraschte Harro. Er hatte keine Antwort parat.

»Ich wäre nicht gekommen, wenn ich mir nicht Sorgen gemacht hätte. Echte Sorgen.«

Harro blieb stehen, sah Anton Schneider an. Wie er ihm gegenüberstand und ebenso fühlte wie Harro selbst.

Wir sind beide wie Hunde, dachte Harro. Hunde, die ihr Frauchen verloren haben und die Spur aufnehmen müssen.

38

Sie musste geschlafen haben.

Oder sie war ohnmächtig geworden und dann in eine traumlose, bewusstlose Auszeit gefallen. Wie lange, wusste sie nicht. Es hätten Stunden oder Tage sein können.

Es war wieder hell. Durch die Vorhänge kam mattes Licht herein. Sie musste auf jeden Fall die ganze Nacht weggetreten gewesen sein. Wie spät war es? Ihr Magen signalisierte ihr Hunger, ihre Kehle Durst. Sie schob diese Bedürfnisse nach hinten, es gab Wichtigeres.

Ihre Augenlider waren an den Rändern verklebt, sie versuchte das Klebrige wegzublinzeln, es gelang ihr nicht. Ihr Mund war so trocken, dass es schmerzte, als sie ihre Lippen ein kleines Stück öffnete.

Sie erinnerte sich an die Schmerzen im Knie, am Hals und vor allem am Kopf. Noch wagte sie es nicht, sich zu bewegen oder nach oben zu greifen. Ihr Nacken war steif und ihre Gliedmaßen fühlten sich wie pralle Ballons an.

Die Männerstimme aus dem Wohnzimmer.

Sie erinnerte sich an ihr angestrengtes Lauschen, dem sie keine ganzen Sätze hatte entnehmen können, sondern nur Wortfragmente. Eine tiefe Stimme, die ihr bekannt vorgekommen war, ohne, dass sie ihr ein Bild zuordnen hatte können.

Und sie erinnerte sich, dass sie sich für Augenblicke sicher gewesen war, dass es nur Anton sein konnte, der sie an das Bett gefesselt hatte. Sie angekettet hatte mit ihren eigenen Handschellen.

Er durfte … er konnte es nicht sein.

Jetzt kam ihr diese Idee völlig absurd vor. Hätte ihr Anton etwas antun wollen, hätte es in der letzten Zeit genug Gelegenheiten gegeben. Sie waren sich nahe, sie schliefen miteinander, warum sollte er sie überfallen?

Andere Spekulationen mussten her, es gab genug Leute, die etwas gegen sie hatten. Selbst in ihrer recht kurzen Zeit bei der Kölner Kriminalpolizei waren ein Dutzend Verhaftungen zusammengekommen und wesentlich mehr Konfrontationen mit Verdächtigen. Sicherlich gab es genug psychopathisch veranlagte Kerle, die hier eingedrungen sein konnten.

Apropos.

Wo war ihr Angreifer? Ihr Geiselnehmer? Noch in der Wohnung? Hatte er die ganze Nacht hier verbracht? Neben ihr? Sie beobachtet oder sogar angefasst?

Ekel erfasste sie. Panik kam mit dem nächsten Atemzug hoch.

Sie schluckte beides bewusst hinunter.

Willa lauschte wieder.

Um sie herum war es still.

Kein fremder Atem, keine fremden Schritte.

Wo verdammt war er?

Es war wichtig, sich zu bewegen, sie sollte nicht länger ausharren. Es war notwendig, eine erneute Zustandsmeldung ihres Körpers zu erstellen und nach Lösungen zu suchen. Sie wollte sich nicht noch einmal überrumpeln lassen. Ihre völlige Hilflosigkeit war vorbei. Willa fühlte sich schwach, aber wieder handlungsfähig.

Sie zog vorsichtig an ihrer rechten Hand. Ein minimaler Spielraum, dann das bekannte leise Klirren, als die Handschellen am Bettpfosten anstießen.

Willa drehte langsam ihren Kopf. Immer noch Schmerzen, aber kein Vergleich mehr zu dem, was sie nach ihrem ersten Erwachen durchgemacht hatte. Sie konnte sehen, dass sie weiterhin eingerollt an der Bettkante lag. Sie trug ihre Kleidung vom Vortag, also war eine Vergewaltigung auszuschließen. Sie atmete aus. Nur um schnell wieder einzuatmen, als sie merkte, dass ihre Jeans im Schritt nass war, sie musste unter sich gelassen haben.

Ihr wurde bewusst, wie unerwartet und schockierend dieser Überfall in ihrem eigenen Zuhause für sie war und wie sehr sie sich wie ein völlig verängstigtes Opfer verhalten hatte. Jetzt hieß es, den Schock abzuschütteln und weiterzumachen.

Die Nacht war definitiv vorbei, und ihr Arbeitstag würde bald beginnen oder hatte schon längst begonnen. Die Kollegen würden sie vermissen. Marielle würde sie vermissen. Ein Zeuge vom dritten Tatort in Longerich war ins Präsidium bestellt, weitere Berichte standen an. Es war also nur eine Frage der Zeit, bis ihr Handy glühen würde, wenn sie nicht auftauchte.

Das Handy.

Wo war das Handy? Immer noch in ihrer Jeans?

Willa versuchte eine Drehung ihrer Hüfte und streckte die Beine langsam aus, um mit der freien linken Hand in ihre rechte Hosentasche zu gelangen. Sofort meldete sich das verletzte Knie. Dazu kam, dass ihr Rücken völlig steif war durch die Stunden in der zusammengekrümmten Haltung. Sie biss die Zähne zusammen, schaffte es, mit den Fingern an ihre Hüfte zu kommen.

Nichts. In ihrer Jeans war es nicht.

Sie stöhnte auf.

Hatte es ihr Angreifer? Er hatte schließlich auch ihre Handschellen gefunden, die waren in ihrer Lederjacke gewesen. War das Handy dort? Oder hatte sie es woanders abgelegt? Im Wohnzimmer oder draußen auf der Terrasse? Verdammt, warum funktionierte ihr Hirn so träge?

Sie musste sich erinnern.

Sie konzentrierte sich. Sie sah sich das Handy am Couchtisch ablegen. Dort musste es sein. Lichtjahre entfernt. Keine Chance, es zu erreichen.

Das Handy fiel also weg.

Sollte sie versuchen, zu schreien?

Keine gute Idee. Sie musste davon ausgehen, dass sich ihr Angreifer in der Wohnung aufhielt oder jederzeit zurückkommen konnte. Außerdem hatte sie kaum die Kraft, so laut zu brüllen, dass sie die Nachbarn hören würden.

Wie konnte sie sich verteidigen?

Willas nächster Gedanke galt ihrer Dienstwaffe. Ihr wurde flau im Magen.

Allzu oft ließ sie das Halfter samt Pistole einfach im Flur an der Garderobe hängen. In ihrem Zuhause gab es niemanden, vor dem sie die Waffe in Sicherheit bringen musste.

Wieder überlegte sie angestrengt, versuchte, die Zeit vor ihrem K.o. zu rekonstruieren. Sie sah sich die Schublade öffnen, die Waffe darin verstauen. Wenigstens das. Aber hatte sie auch abgesperrt und den Schlüssel ans Bord gehängt? Ja, hatte sie. Unter all den anderen Schlüsseln für den Keller, den Briefkasten, den Waschraum war er einer von vielen. Der Angreifer hätte von der Schublade wissen müssen, um überhaupt auf die Idee zu kommen, dort zu suchen.

Schon lange hatte sie sich einen kleinen Safe dafür kaufen wollen, aber vor wem oder was hätte sie alles wegschließen brauchen? Für einen wie den, der sie bewusstlos geprügelt hatte.

Scheiße.

Nie im Leben hätte sie mit so einem Überfall in ihren eigenen vier Wänden gerechnet. Niemals.

Stopp. Jammern half nichts.

Jetzt musste sie den nächsten Versuch unternehmen, sich vom Bett zu befreien. Willa drehte sich wieder seitwärts ein, diesmal flammte auch der Schmerz in ihrem Schädel auf. Sie wagte es, sich vorsichtig an den Kopf zu greifen. Ihre Finger berührten einen klebrigen Klumpen und zuckten zurück. Sie musste stark geblutet haben. Eine Platzwunde. Oder mehr? Eine Gehirnerschütterung? Ein Bruch? Schlimmeres?

Die Panik kam.

Ein Kloß im Hals, eine Enge in der Brust, ein zu schnelles Atmen.

Ruhig, Fräulein Ösi, ganz ruhig.

Tief Luft holen. Langsam ausatmen.

Noch mal.

Das half.

Sie hatte keine Sehstörung, sie fühlte sich zumindest in ihrer liegenden Position nicht schwindlig. Wenn sie sich nicht von ihren Gefühlen überwältigen ließ, konnte sie klar denken. Es konnte nicht ganz so schlimm sein. Willa setzte ihre Ganzkörperdrehung fort. Sterne tauchten vor ihren Augen auf und wieder stöhnte sie.

In qualvoller Langsamkeit schaffte sie es, sich wieder einzurollen. Sie schob beide Knie höher, der Schmerz im linken jaulte so heftig auf, dass ihr kurz schwarz vor Augen wurde und sie eine kleine Pause einlegen musste. Nach zwei weiteren tiefen Atemzügen begann sie ihre rechte Schulter unter die Bettkante zu schieben. Die wenigen Zentimeter Platz zwischen Kante und Parkett mussten reichen. War sie darunter, konnte sie versuchen, diese Seite des Bettes hochzustemmen. Mit genügend Kraft musste es möglich sein, den Pfosten anzuheben und die Handschelle darunter hervorzuziehen.

Diesen Plan hatte sie bereits im Kopf gehabt, bevor sie weggetreten war.

Also los!
»Bitte, Willa, nicht.«

Eine leise Stimme hinter ihr.
Willa war so auf ihre Befreiung fixiert gewesen, dass sie sich keine Gedanken mehr um ihren Angreifer gemacht hatte.
Wie naiv und dumm von ihr. Keiner Ermittlerin würdig.
»Wenn du dich befreist, müsste ich dich sofort wieder schlagen und dich verschnüren wie ein Paket. Das will ich wirklich nicht, nein, wirklich nicht. Das ist nicht meine Art, mit schönen Frauen umzugehen.«
Diese Stimme.
Sie kam Willa bekannt vor.
Bekannt ja, männlich auch, aber sicher nicht die von Anton.
Trotz ihrer schrecklichen Lage konnte sie eine winzige Erleichterung in ihrem Herzen fühlen, einen Stein, der rollte und irgendwo zum Liegen kam.
Nicht Anton.
Niemals Anton.
Zwei Schritte.
Der Angreifer näherte sich.
»Willa. Hab keine Angst. Ich will mich anfreunden. Ich bin einer von den Sanften.«
Ihre Kehle fühlte sich immer noch staubtrocken an. Sie versuchte, ihre Stimmbänder zu aktivieren, sammelte Speichel in ihrem Mund. Wenn sie ihn mit ein paar Sätzen ablenken konnte, würde es möglich sein, das Bett mit der Schulter hochzustemmen und ihn zu überraschen.
Ablenkung musste her.
Speichel war da.
»Wenn du wirklich ein Netter wärst, würd' ich nicht hier am Boden liegen, mit Blut auf meinem Schädel, und an meinem Bett angekettet sein.«

Kratzig war ihr Ton, rau, aber klarer und deutlicher, als sie es erwartet hatte. Willa hörte ihn seufzen.

Wieder zwei Schritte. Gleich würde er direkt hinter ihr stehen.

»Willa, Willa. Angekettet, was für ein Wort. Ich musste doch. Du hättest sonst nie mit mir geredet. Ich hätte mich nie mit dir anfreunden können. Du hättest mich nie in deine hübsche Wohnung gelassen. Ich musste einen Weg finden, damit du mich näher kennenlernen kannst.«

Dieser bekannte Klang.

Willa war kurz davor zu erkennen, wer sich hinter ihrem Rücken dem Bett näherte.

Die Gewissheit, dass nicht irgendein Einbrecher oder sonstiger Kleinkrimineller in ihre Wohnung eingedrungen war, sondern mit höchster Wahrscheinlichkeit der Mann, der drei Frauen das Leben genommen hatte, war bereits da. Mindestens drei Frauen. Es konnte gut sein, dass sie weitere noch nicht gefunden hatten.

Was auch immer es mit der weiblichen DNA auf sich hatte, der Täter war definitiv männlich.

Das Team war bei den Ermittlungen in die falsche Richtung gelaufen. Hatte er sie absichtlich getäuscht? Eine falsche Fährte gelegt? Oder handelte er nicht allein?

Der Täter.

Der Serientäter.

In ihrer Wohnung.

Ekel, Angst, erneut Panik.

Nein, keines dieser Gefühle durfte hoch. Keines, sonst war sie verloren.

Weiter mit der Ablenkung.

»Aber geh'! Du hättest bloß vorher bei mir anrufen brauchen. Dann hätt' ich dich reingelassen.«

Eine Weile sagte er nichts. Dann wieder ein Seufzen.

»So sarkastisch zu sein, passt nicht zu dir. Das mag ich nicht. Das mag ich überhaupt nicht.«

Wenn er sich zu ärgern begann, würde er unaufmerksam werden. Gut so. Weiter.

»Wenn du mir mein Handy zurückgibst, kann ich mir deine Nummer notieren. Du kommst auf meine Liste.«

Das nächste Seufzen, diesmal genervter.

»Verkauf mich nicht für dumm, Willa. Das bin ich nicht. Ich mag dich. Ich mag dich sehr. Ich möchte dich kennenlernen. Wir werden Zeit miteinander verbringen. Ich habe es möglich gemacht. Habe dir, habe uns kostbare Zeit verschafft. Wir werden uns einen Film ansehen und plaudern. Was Freunde eben so tun. Was Liebende so tun. Dann sehen wir weiter.«

Ihr Gedächtnis suchte nach einem Gesicht. Es lag direkt vor ihr. Es war nicht lange her. Sie hatte im Laufe der Ermittlung mit dieser Stimme gesprochen. Es gab keinen Zweifel mehr.

Weiter.

»Ich hab' eine Idee. Mach' mich los. Komm. Dann schenk' ich dir eine Umarmung. Oder du gehst auf Facebook und schickst mir eine Freundschaftsanfrage.«

»Du verstellst dich. Du bist gar nicht sarkastisch. Ich kenne dich.«

»Du kennst mich überhaupt nicht, Arschloch.«

Sie hörte ihn murmeln, als würde er mit sich selbst Zwiesprache halten.

Ein weiterer Schritt, dann war er bei ihr. Ging in die Hocke. Sein Flüstern war an ihrem linken Ohr.

»Das glaube ich nicht, Willa. Ich habe mich hier umgeschaut. Alles wirkt so sympathisch. Und du hast eine Katze. Wie schön.«

Es war wie das Eintauchen in ein eisiges Wasser.

Jimmy.

Jegliche Taktik verschwand.

»Wenn du meinem Kater etwas antust, bring' ich dich um.«

Es war alles egal.

Sie brauchte seine Stimme nicht zu erkennen, ihn zu identifizieren, bevor sie sein Gesicht sah. Sie brauchte ihn nicht abzulenken oder zu provozieren. Sie musste nur aus ihrer misslichen Lage kommen.

Ihm dann mit ihrem heilen Knie in die Eier treten.

Jawohl.

Jimmy!

Jetzt.

Willas Schulter berührte die Kante. Sie stieß einen lauten Schrei der Wut und der Verzweiflung aus. Sie stemmte ihren Oberkörper mit all ihrer Kraft hoch. Kopf, Hals, Schulter. Alles schrie mit ihr. Die Wunde auf ihrem Schädel schien aufzuspringen, ihre Hirnplatte zu sprengen. Aber um all das konnte sie sich später kümmern. Später.

Jetzt nur …

Der Bettpfosten hob sich.

Einen.

Zwei Millimeter.

Willa riss an den Handschellen.

Sie rutschten nach unten.

Drei Millimeter. Vier Millimeter.

Die Handschellen waren am Pfosten.

Klemmten sich darunter.

Willa schloss ihre Augen. Willa drückte. Willa zog.

Ja! Ja! Ja!

»Nicht. Willa. Nicht.«

Ein Tritt in ihren Rücken.

Schwer. Fest. Brutal.

»Nicht, meine Willa, nicht.«

Der Bettpfosten knallte zurück auf das Parkett. Die Handschellen waren immer noch dran.

Verloren. Sie hatte verloren.

Die Kraft verließ Willa so schnell, wie sie gekommen war.

Zu viel Schmerz.

Angst und Panik brachen durch. Sie konnte sich nicht mehr dagegen wehren.

Ihr Angreifer wieder an ihrem Ohr.

»Wenn wir erst Freunde sind, kann ich wiederkommen. Immer wieder. Dich besuchen. Es gibt viele schöne Dinge, die wir tun können.«

Hände schlossen sich um ihren Hals.

Willa spürte Gummi.

Er trägt Gummihandschuhe. Jetzt wissen wir das mit Sicherheit.

Hände drückten zu.

Zogen sie in die Dunkelheit.

»Willa, Willa.«

Die Stimme so sanft.

Die Gummihände so warm.

Der Druck so erbarmungslos.

»Meine Schöne.«

39

Kein helles Licht.

Nur schwarz.

Kein Tunnel.

Entfernt klingelt ein Handy. Auf- und abschwellende Töne.

Wie ein Wegweiser durch die Dunkelheit.

Die Dunkelheit, die Willa umklammert hält und nicht freigeben will.

Sie hat kein Gefühl zu ihrem Körper. Überhaupt keines. Weder Schmerzen noch ein simples Vorhandensein ihrer Existenz. Es ist, als würde sie in der Schwärze wie in einer Blase schweben.

Beweg' dich.

Atme.

Nichts geschieht. Die Verbindung zu ihren Nervenbahnen ist abgeschnitten, sie ist ein Geist ohne Materie.

Wenn das der Himmel wär', dann komm' ich lieber in die Hölle.

Oder ist sie schon dort?

Blödsinn. *A Schas*, mal wieder.

Willa denkt. Denkt Blödsinn. Blödsinn denken ist nicht Sache von Verstorbenen. Das hier ist nicht das Zwischenreich nach dem Tod.

Also lebt sie noch.

Ist noch nicht tot.

Noch.

In rascher Folge tauchen die Erinnerungen aus der Dunkelheit auf.

Wie Scherenschnitte.

Die Handschellen. Ihr Versuch, den Bettpfosten hochzustemmen. Die Stimme hinter ihr. Die Hände um ihren Hals.

Jetzt weiß Willa es.

Kennt den Täter.

Das Wissen holt sie zurück. Das Wissen aktiviert den analytischen Teil ihres Verstands.

Das Bild des Mannes, der sie in ihrer Wohnung überfallen und der mit höchster Wahrscheinlichkeit drei Frauen getötet hat, taucht klar vor ihr auf.

Jahrbein.

Markus Maximilian Jahrbein.

Der Nachbar von Anja Kittner.

Ende vierzig, schlank, braunes halblanges Haar, hohe Stirn, braune Augen, über eins achtzig groß.

Der Architekt, der sich eine Auszeit genommen hat.

Um zu malen. Um Frauen zu erwürgen.

Nein, nur zwei erwürgt, eine mit einer Kordel, eine mit den Händen, und eine aufgespießt mit einer Gardinenstange. Gibt es noch mehr? Noch ein paar Gammelleichen, die in irgendeiner Wohnung in Köln und Umgebung auf ihre Entdeckung warten?

Was hatte der Fallanalytiker Orwinski gesagt?

Egal, ob Täter oder Täterin, es könnte sich um eine krankhafte Mutterproblematik handeln.

Hat Markus Maximilian Jahrbein diese Frauen wirklich als seine Mütter angesehen? In den Befragungen mit ihm war nie die Rede von einer Mutter gewesen. Und doch gibt es einen Muttterersatz.

Theresa Jahrbein, die ältere Schwester. Das könnte passen. Gehbehindert, krank.

Die Opfer waren gesunde Frauen. Welches Teilstück seiner Schwester hat er in ihnen gesehen? Was hat es für einen Auslöser gegeben? Welches Trauma hat den Mann auf seinen tödlichen Weg gebracht?

Passt Willa in all das hinein?

Ich bin dreißig. Ich bin jung. Ich bin dynamisch. Ich habe, weiß Gott, nichts Mütterliches an mir.

Und doch.

Sie ist einsam. Keiner kennt sie wirklich, keinem hat sie sich geöffnet. Mitten im Leben und doch draußen vor einer Tür, die sie nicht öffnen kann.

Sie passt also. Ihre Persönlichkeit, ihre Lebensart, ihre Ausstrahlung. Das hat ihn angezogen, darin hat er sein Muster gespürt.

Markus Maximilian Jahrbein.

Was hätte das Team zu ihm führen sollen?

Was würde das Team hierher führen?

Ich bin verloren.

Die Analyse endet ohne Lösung.

Die Scherenschnitte werden wieder vom Schwarz verschluckt.

Sekunden oder Jahre.

Ich denk' über den Mörder nach, also bin ich.

Wie lange noch?

Beweg' dich.

Immer noch nichts.

Weit entfernt beginnt ihr Handy wieder zu klingeln.

Willa ist nicht tot.

Noch nicht.

Das Handyklingeln verstummt.

Dieses Schweben im Schwarzen geht weiter.
Zeitloses Existieren.
Tiefer sinken.
Nachlassen. Loslassen.
Miau!
Was? Was? Was?

40

Das Miauen war der Auslöser.

Das Miauen, das neben Willa auftauchte, und Willas Herz schneller schlagen ließ, nicht aus Angst oder Schrecken, sondern aus purer Freude.

Jimmy.

Er lebte und war nah bei ihr, unter dem Bett. Er war hungrig. Er war verängstigt.

Wieder war es ihr Kater. Willa bäumte sich auf.

Gegen das Schwarz, gegen die Unfähigkeit, sich zu bewegen, gegen die Gefühllosigkeit. Es war wie das Freikämpfen aus einem Spinnennetz. Fäden schienen sie zu umklammern, ein Gift sie zu lähmen.

Es ging um Jimmy.

Sollte sie doch dem Frauenprofil gleichen, das sich der Irre in seinem kranken Hirn als Zielobjekt ausgesucht hatte, so war sie bei einer Sache allen seinen Opfern im Vorteil. Sie hatte jemanden, für den es sich zu kämpfen lohnte. Sie war einsam, aber nicht allein.

Dann ging es rasend schnell.

Alle ihre Nervenimpulse verbanden sich. Die Rückkehr in ihren Körper glich einer Achterbahnfahrt Richtung einer Zielgeraden. Willa schoss in ihren Körper zurück, und alle Sinne, alle Muskeln und Nerven sprangen mit ihr ins Licht.

Ein Licht, das zuerst nur aus Schmerzen bestand.

Und Hände um ihren Hals, die zudrückten.

Das schreiende linke Knie, der explodierende Schädel mit der schweren Platzwunde, die stechende Schulter, ein Krampf im Oberschenkel, ein Stich im Rücken, alle zurück und wieder spürbar.

Alles ein Nichts im Vergleich zu ihrer Kehle.

Dort, wo Willa Luft holen sollte, holen musste, war ein eisernes Band geschlungen, das keinen Millimeter nachzugeben schien. Wenn sie nicht sofort Sauerstoff bekommen würde, wäre all ihr Kämpfen umsonst, wären all die Schmerzen sinnlos, würde Jimmy nie mehr sein Futter bekommen.

Noch einmal.

Luft. Luft. Um Gottes willen. Ich brauch' Luft!

Sie musste diese Hände loswerden.

Ihr linkes Knie mochte ein schmerzender Brei sein, aber ihr rechtes war intakt. Willa schickte einen Befehl dahin. Fast war ihr, als könnte sie sehen, wie träge langsam der Gedanke über die Nervenbahn von ihrem Kopf nach unten unterwegs war. Aber er bewegte sich, kam seinem Ziel näher. Ihr rechtes Knie zog sich hoch und stemmte sich gegen den Männerkörper, der neben ihr war.

Die Wirkung war minimal. Die Kraft dahinter nicht bedrohlich für den Würger. Aber sie störte ihn mit ihrer Gegenwehr. Seine Hände in den Gummihandschuhen um ihren Hals ließen für eine Sekunde locker.

Ein Schnapper.

Ein Luftschnappen war möglich.

Brennend wie heißes Feuer kam Sauerstoff durch Willas Mund, strömte wie Lava ihren gequetschten Kehlkopf hinunter, erreichte ihre Lungen, schenkte ihr einen Atemzug.

Mehr brauchte sie nicht.

Bevor die Gummihände ihren Stahlgriff wieder schlossen, schaffte Willa es, ihr Knie von dem Männerkörper weg und zurückzudrehen. Durch diese Drehung rutsche ihr Oberkörper auf dem Boden wieder einen Zentimeter unter die Bettkante, und eine nächste Möglichkeit für ihre Schulter war da.

Diesmal musste es reichen.

Es war Willas letzte Chance.

Hochstemmen. Kräfte mobilisieren.

Bitte, Gott, bitte!

Willa drückte sich ab, stemmte sich hoch, presste sich gegen die Bettkante. Ein Millimeter, zwei, vielleicht ein dritter.

Diesmal machte sie den Schwung mit ihrer Hand sanfter, weicher. So sanft und weich wie die Stimme des Würgers. Statt anzureißen, schob sie ihr Handgelenk seitlich am Bettpfosten vorbei, und mit ihm glitten die Handschellen unten durch.

Sie war frei.

Keine Zeit für ein Hurra.

Die Gummihände.

Gnadenlos. Endgültig.

Nicht aufgeben, Willa, nicht.

Willas Hand war nicht mehr an den Bettpfosten gekettet. Die Handschellen baumelten an ihrem Handgelenk.

Sie konnte die Hand anheben, sie konnte sie quer über ihren Oberkörper schieben, sie konnte die Finger zur Faust ballen, und die Faust zuschlagen lassen.

Ungefähr dort, wo sie das Gesicht des Würgers vermutete.

Als ihre Faust aufprallte, hörte sie ein kleines erstauntes Oh.

Nicht viel, und viel zu wenig, um den Gegner k.o. zu bekommen, aber genug, um die Gummihände um ihren Hals so weit zum Nachgeben und Lockern zu bringen, dass ein voller Atemzug für ihre Lungen möglich war.

Es kam noch besser.

Eine der Gummihände glitt von ihrem Hals herunter.

Noch ein Atemzug.

Luft, Luft, endlich wieder Luft.

Willa konnte sich zum ersten Mal seit dem Angriff auf die freie rechte Seite rollen. Sie rollte mit ihrem Körper direkt in den Körper des Würgers hinein, der hinter ihr am Boden kniete.

Er verlor sein Gleichgewicht, kippte nach hinten und auch die zweite Gummihand löste sich von Willas Hals. Statt sofort auf Gegenwehr zu gehen, ging sie mit dem Rollen mit, bewegte sich über ihn hinweg und landete auf der Seite.

In der Bewegung, im Weiteratmen, sammelten sich ihre Kräfte, ihr Denken setzte ein, ihre Ausbildung übernahm.

Willa drückte sich nach der Landung mit dem rechten Fuß ab, kam in eine halb kniende Position. Ihr Blick war verschwommen, ihr schwindelte, der Boden war wie eine abfallende Schräge, aber es ging trotzdem aufwärts.

Sie kam hoch, während der Würger immer noch am Boden vor ihr war.

Sein Kopf, sein Oberkörper richteten sich bereits wieder auf, in wenigen Augenblicken würde er ihr gegenüberstehen.

Statt sich mit ihm zu beschäftigen, machte Willa kehrt, humpelte aus dem Schlafzimmer hinaus, durch das Wohnzimmer, weiter in den Flur.

An ihrem Handgelenk baumelten weiter die Handschellen.

Im Vorbeigehen erhaschte sie einen kurzen Blick im Spiegel an der Garderobe. Sie hätte einem Horrorfilm entsprungen sein können, bleich, blutig ihr Gesicht.

Weiter.

Noch ein paar Schritte zum Schlüsselbord hin.

Willa kann ihn hören, den Würger.

Er ist ihr auf den Fersen, auch hier kann das Geschehen mit einem Film mithalten. Der Würger hat die Verfolgung aufgenommen, ist aufgerückt, ist inzwischen viel näher, als sie es gedacht hat.

Das Schlüsselbord.

Ihre Hand greift zu.

Willa beginnt zu beten.

Jetzt bitte, bitte, Gott, du da oben, an den ich nicht glaub', lass' mich den richtigen Schlüssel schnappen.

Jetzt umdrehen. Auf die Knie. Schreien vor Schmerz.

Schlüssel in die Schublade.

Er passt! Er passt!

Es gibt den lieben Gott also doch.

Schlüssel drehen, Schublade aufreißen. Da, das Halfter, die Waffe.

Die Dienstwaffe.

Herausziehen.

Geh' raus, geh' bitte raus!

Endlich.

Ein Griff. Entsichern. Umdrehen.

Gott, lieber, lieber Gott, schenk' mir diese letzte Drehung.

Markus Maximilian Jahrbein.

Hinter ihr.

Einen Meter entfernt. Nur einen winzigen Meter.

Sie richtet die Waffe auf ihn.

»Bleib stehen, Arschloch! Oder ich schieß'!«

41

Markus Maximilian Jahrbein hielt mitten in der Bewegung inne.

Schwankte, weil das Tempo ihn vorwärts trieb. Kippte fast um. Stand dann aber. Sah auf die immer noch kniende Willa herunter. Sah die Waffe. Hob seine Hände.

Willa keuchte, ihr Herz schien kurz vor einer Explosion, in ihrem Kopf kreischten die Schmerzen. Aber sie hielt die Waffe weiter direkt auf den Täter gerichtet, schaffte es, in die Höhe zu kommen.

»Keine Bewegung. Hände oben lassen. Sie sind verhaftet.«

An der Tür zwischen Wohnzimmer und Flur tauchte Kater Jimmy auf. Trippelte durch das Szenario, als wäre nichts gewesen.

Miaute einmal laut. Kam auf Willa zu, strich zärtlich und weiter miauend um ihre Beine.

Willa spürte Tränen in ihren Augenwinkeln.

Hielt sie zurück. Hielt die Waffe weiter im Anschlag.

In dem Moment klingelte es an ihrer Tür.

Sturm.

Die Kollegen waren da.

42

Theresa Jahrbein hatte die Ermittler erwartet.

Sie hatte für diesen Besuch extra eines ihrer hübschen Kleider aus ihren Jugendjahren angezogen, sich das Haar aufgesteckt.

Vor dem Besuch stand sie vor dem Spiegel, sah ihr Gesicht, die Furchen, die Falten, die dunklen Ringe unter ihren Augen, das weiße Haar, all das wollte nicht mehr zu dem Kleidungsstück aus der Vergangenheit passen.

Wie hatte das Leben so schmerzlich werden können?

Wie sie das Schicksal so treffen?

Von ihrer Familie war ihr nur der jüngere Bruder geblieben. Markus Maximilian. Früher war er von allen Maxi genannt worden, außer von ihr. Sie hatte ihn immer schon mit seinem Doppelnamen angesprochen, für sie war er immer der Kleine gewesen, den sie formen konnte und wollte. Sie konnte sich erinnern, wie ihre Mutter mit dem Baby vom Krankenhaus nach Hause gekommen war, Theresa damals bereits über neun Jahre alt, wie winzig und rosig er da ausgesehen hatte.

Hatte sie ihn bedingungslos geliebt? Oder schon begonnen, statt ihrer Puppen das neue Familienmitglied zu erziehen?

Ihre erste bewusste Erinnerung begann mit ihrer Hand auf seinem Mund und seiner Nase. Ihre Mutter war völlig erschöpft gewesen, der Haushalt und die beiden Kinder, die durchwachten

Nächte. Markus Maximilian schrie besonders gern ab drei Uhr früh bis zum Morgen durch. In ihrer Familie waren die Rollen klassisch verteilt. Haushalt und Kinder blieben an der Frau hängen; der Vater arbeitete, verdiente die Brötchen, damit war sein Soll erfüllt.

Das Baby Markus Maximilian schrie sich früh morgens den Hals wund, Vater schlief im Arbeitszimmer bei geschlossener Tür und Mutter stöhnte, schaffte es nicht, sich aufzurichten und das Bett zu verlassen. Theresa aber hatte die Nase voll. Sie hechtete aus ihrem Bett, aus ihrem Zimmer, in das Zimmer des Bruders, sah das schreiende Stück Mensch und drückte spontan ihre Hand auf seine Lippen und seine Nase.

Das Schreien hörte auf.

Theresa stand stolz lächelnd im Kinderzimmer, sie hatte eine erste Erziehungsmaßnahme erfolgreich eingeführt. Dreimal löste sie ihre Hand und dreimal fing das Baby wieder an zu schreien. Beim vierten Mal hielt sie das kleine Gesicht viel länger umklammert, was zur Folge hatte, dass der Atem des Bruders für Sekunden aussetzte. Ihr Schrecken galt damals mehr den Folgen ihres Handelns als einem möglichen Tod von Markus Maximilian. Als er mit einem Pfeifen seine Lungen wieder füllte, wusste sie, dass er überleben würde. Theresa lernte, dass sie maximal bis fünf zählen durfte, dann musste ihre Hand seinen Mund und seine Nase freigeben.

Eine Woche später schrie Markus Maximilian nachts nicht mehr und für alle Beteiligten wurde es besser.

Theresa lernte schnell, welche kleinen Grausamkeiten sie ohne Konsequenzen dem Bruder antun konnte.

Wenn er nicht aufaß und ihr Vater darüber verärgert war, bestrafte sie den Kleinen mit einem Kneifen in den Oberschenkel unter dem Tisch. Wenn Markus Maximilian sich weigerte, ins eingelassene Bad zu steigen, gab es von ihr einen kurzen Handkantenschlag in die Kerbe zwischen Schulter und Genick. Anfangs brüllte

Markus Maximilian immer, aber im Laufe der Zeit fügte er sich bereits vorher, zog Folgsamkeit den Schmerzen vor.

Bis er richtig sprechen konnte, und das dauerte bei ihm, er war in allem ein Spätzünder, war längst klar, dass Theresa die Führungsrolle in seinem Leben übernommen hatte. Kein einziges Mal in ihrer gemeinsamen Kindheit verpetzte er die große Schwester. Im Gegenteil, er sah mit seinen großen Kinderaugen bewundernd und ängstlich zu ihr auf.

Seine Liebe zu ihr wuchs mit ihrer Strenge.

Später, als zuerst der Vater an Krebs, dann auch noch die Mutter an einem Hirnschlag starb, waren die Geschwister bereits unzertrennlich verbunden und füreinander da.

Nur bei seinem Berufswunsch hätte sich Markus Maximilian fast durchgesetzt. Er wollte Maler werden, ein Künstler. Von klein auf liebte er den Umgang mit Farbe und war vernarrt in Gemälde und Bilder, verehrte später die Großen dieser Kunst, eiferte ihnen nach.

Doch Theresa hatte einen realistischen Blick für die Welt und ihr war klar, dass Markus Maximilian mit seiner Malerei immer durchschnittlich bleiben würde. Sie drängte ihn in ein Studium und er unterwarf sich schließlich ihrem Willen, wurde Architekt. Wenigstens Pläne konnte er dann zeichnen. So kam er mit ihrer Hilfe in der Erwachsenenwelt an.

Theresa blieb an seiner Seite, Schwester, Lehrerin, Führungsmensch. Obwohl er dank seines Berufs ein finanziell eigenständiges Leben führte und in einer eigenen Wohnung in der Südstadt lebte, während Theresa im elterlichen Haus wohnen blieb, waren die Bande eng, kein Spielraum für ein unabhängiges Dasein. Keiner der beiden beschwerte sich, die Jahre gingen vorbei, und aus Theresas Sicht waren es gute Jahre. Auch, wenn ihre Erkrankung, Multiple Sklerose, in dieser Zeit diagnostiziert worden war.

Letztendlich band ihr Leiden Markus Maximilian noch mehr an sie.

Keiner von beiden fand andere Partner.

Theresa war mit ihrer Krankheit beschäftigt und ohnehin nicht an einer engen Bindung interessiert, all ihre Gefühle saugte der Bruder auf. Markus Maximilian schwärmte für wechselnde Frauen, meistens älter als er und strenge Erscheinungen, aber seine Bekanntschaften verliefen sich schnell. Ob er darunter litt, konnte Theresa nicht sagen, auch nicht, wie weit diese Geschichten gegangen waren. Das wagte sie nicht zu fragen.

Eine Anzeige von einer dieser Frauen vor ein paar Jahren gegen ihren Bruder wegen eines tätlichen Übergriffs hatte sie lange schwer beschäftigt.

Markus Maximilian hatte damals beschwichtigt.

Ein Missverständnis, er hätte die Frau nicht würgen wollen, die Frau würde übertreiben. Ein Treffen, eine Entschuldigung, die Anzeige wurde fallengelassen. Sehr lange Zeit danach gab es keine Frauen in seinem Leben, nicht einmal Schwärmereien.

Dann, vor drei Monaten, war er ihr fast entglitten.

Eine neue Bekanntschaft, eine neue Frau. Älter als er, im Alter von Theresa, eine sportliche Erscheinung, streng wie die Schwester und ebenso besitzergreifend.

Theresa hatte sie, auf Wunsch ihres Bruders, auf einen Tee in ihrer Wohnung in Longerich besucht; das war der einzige Kontakt zwischen ihnen gewesen. In unterkühlter Atmosphäre hatten sich die beiden Frauen über Nichtigkeiten unterhalten. Theresa war einmal auf die Toilette gegangen und hatte erbrechen müssen.

Theresa gab diesen Kampf als verloren, eine unfassbar leere Zukunft zeigte sich ihr, aber das Schicksal kam ihr zu Hilfe und strafte sie zugleich.

Der nächste Schub der Krankheit traf sie mit aller Härte.

Für Wochen verlor sie ihre Fähigkeit zu gehen; die Diagnose, den Rest ihres Lebens im Rollstuhl verbringen zu müssen, stand im Raum. Da war der Bruder bereit, alles zu tun, so weit beherrschte die Liebe zur Schwester ihn noch. Theresa verlangte nur eines von ihm: die andere Frau sein zu lassen. Ein Ende zu machen.

Markus Maximilian verließ die Frau, Theresa vermutete, dass es ohnehin nicht mehr gut zwischen ihnen gelaufen war. Er blieb weiter getrennt von Theresa wohnen, obwohl sie mehrfach darauf gedrängt hatte, dass er sein Appartement aufgeben, zurück ins elterliche Haus ziehen und sie pflegen sollte. Das lehnte Markus Maximilian strikt ab. Schließlich begnügte sich Theresa mit der Wiederherstellung des Status quo. Der Krankheitsschub milderte sich ab, sie konnte wieder laufen, wenn auch nur an einem Stock.

Wann hatte sie geahnt, dass er deshalb nicht zu ihr zurück ins Haus zog, weil er ein Geheimnis hatte? Dinge auslebte, die sie nicht verstand, nicht verstehen wollte?

Die Monate nach der Trennung von der Frau in Longerich waren wieder eine gute, ruhige Zeit zwischen ihnen gewesen.

Die unvermeidliche nächste Wendung. Eine Dame in Mühlheim, die Markus Maximilian ihr vorstellen musste. Theresa wollte die Neue nicht kennenlernen, da setzte er sich einmal durch. Da war er rücksichtslos ihr gegenüber; es hatte ihn nicht gekümmert, dass die Frau im obersten Stock wohnte, und Theresa die Treppen mühsam hochhumpeln musste. Bei diesem Treffen war er anwesend geblieben, er hatte ein lächerliches Prosagedicht vorgelesen, das er für sie geschrieben hatte. Theresa war innerlich fast zerplatzt vor Eifersucht und Wut.

Es hatte zwischen den Geschwistern einen heftigen Streit gegeben, in dessen Verlauf Theresa ihren Bruder mit ihrem Stock schlug, und er sie an der Kehle packte, um dann in Tränen auszubrechen und sie um Verzeihung zu bitten. Sie versöhnten sich, aber Theresa wollte nicht mehr über diese Frau sprechen oder, dass ihr Bruder sie jemals wiedersehen würde. Markus Maximilian versprach es ihr hoch und heilig.

Als der Morgen kam, an dem Anja Kittner starb, hatte Theresa bei Markus Maximilian tatsächlich übernachtet.

Hatte sie gewusst, dass er auch die Nachbarin verehrte, bewunderte, sich Hoffnungen machte? Ja, er hatte öfter von ihr erzählt. Theresa ließ ihn schwärmen, sie hatte einmal den Blick dieser Frau gesehen, mit dem sie Markus Maximilian streifte, als sie sich zufällig in der Galerie im Erdgeschoss getroffen hatten. Es bestand keine Gefahr, dass der Bruder je erhört werden würde.

Aber wie peinlich er sich vor dem Schlafengehen gebärdet hatte, nachdem sie beide bei einem gemütlichen Fernsehabend einen ihrer Lieblingsfilme, *Die Brücken am Fluss,* geguckt hatten, war eine Schande gewesen. Er hatte die Nachbarin nach Hause kommen gehört, war an den Türspion gegangen, hatte gesehen, dass sie einen Kerl im Schlepptau gehabt hatte.

Wenn Theresa Markus Maximilian nicht zurückgehalten hätte, wäre er hinausgestürzt und hätte den fremden Mann mit der lächerlichen Gardinenstange bedroht, die sie ihm mitsamt einem blumigen Store mitgebracht hatte, als Geschenk für sein Küchenfenster. Streng hatte sie wieder werden müssen und hatte nach ihrem Stock gegriffen.

Hatte sie später schlafen können, in der Nacht und an dem darauffolgenden Morgen?

Hatte sie nichts geweckt? Wirklich?

Hatte sie nichts gehört?

Nicht gehört, dass ihr Bruder in den frühen Morgenstunden die Wohnung verlassen hatte, um trotz alledem die Zeitung bei Anja Kittner vor die Tür zu legen, wie er es seit Monaten jeden Tag tat, als Geste der stillen Zuneigung? Auch an diesem Morgen, obwohl die Frau mit einem Kerl die Nacht verbracht und Markus Maximilian damit klar und deutlich ihr Desinteresse demonstriert hatte?

Nicht gehört, dass Anja Kittner unerwartet an diesem Morgen die Tür geöffnet, mit Markus Maximilian nichtsahnend ein paar freundschaftliche Worte gewechselt hatte, und er kurz in der Nachbarswohnung verschwunden war?

Hatte Theresa ihn nicht wiederkommen gehört, schwer atmend, schluchzend am Küchentisch sitzend, und später, als er sich in seinem Schlafzimmer eingeschlossen hatte, bis der Exmann der Nachbarin bei ihnen klingelte?

Auf diese Fragen wollte sie keine Antwort geben. Was zur Folge hatte, dass sich noch mehr Fragen in ihr auftürmten.

Was war mit ihr selbst?

War sie zwischen Markus Maximilians Rückkehr und dem Klingeln aufgestanden, nach draußen gegangen, hatte die offene Tür gesehen, war in die fremde Wohnung gegangen, hatte die Nachbarin da sitzen sehen, mit der Gardinenstange im Leib, aufgespießt wie eine Vogelscheuche? Hatte sie geistesgegenwärtig mit ihrem Nachthemd die Stange abgewischt, ganz bis an den Eintrittspunkt, sich schnell im Zimmer umgesehen, um dann die Eingangstür hinter sich zuzuziehen und zurück in die Wohnung ihres Bruders und ins Gästezimmer zu gehen?

Hatte sie das alles gehört, gesehen, getan?

Nein, sagte ihr Spiegelbild.

Nein.

Ein wunderbares Wort, das sie von aller Verantwortung freisprach und ihre kranke Beziehung zu ihrem jüngeren Bruder nicht in Frage stellte oder verurteilte.

Wenn sie lange genug in den Spiegel starrte, konnte der ihr zeigen, was sie sehen wollte. Sich selbst, jung und gesund, und ihren Bruder, folgsam und klein und ihr völlig unterworfen.

Das von der Krankheit gezeichnete Abbild konnte nur ein Traum sein.

Alles war ein Traum gewesen.

Der weiterging.

In dem Traum klingelt es und zwei Beamte der Mordkommission stehen vor der Tür.

Theresa lässt die beiden herein, einen mürrischen Mann und eine gutaussehende Frau, und kocht ihnen Tee, während sie ihr Fragen über Fragen zu Markus Maximilian stellen.

Die meisten beantwortet Theresa mit diesem wunderbaren »Nein«, hält sich dabei an ihrem Stock fest, der für sie das erste Mal nicht Zeichen ihres körperlich fortschreitenden Zerfalls, sondern eine Stütze ist. Sie behauptet ihr Nein mit erhobenen Kopf.

Nach den Fragen erzählen ihr die beiden Ermittler eine Geschichte.

Von drei toten Frauen und einer entführten Polizistin.

Sie reden von einem Geständnis ihres Bruders und von einer Anklage gegen ihn. Eine lange Haftstrafe steht Markus Maximilian bevor.

Theresa nickt dabei, als würde sie verstehen.

Den Traum verstehen, den sie träumt.

Während die Frau und der Mann abwechselnd reden, die Geschichte weiterspinnen und den Tee trinken, dringt eine Erkenntnis in Theresas Traum ein, kommt zu ihr durch, setzt sich in ihrem Kopf fest.

Eine Erkenntnis in Form völlig neuer Fragen.

Wenn Markus Maximilian im Gefängnis ist, würden dann die nächsten Jahre nicht Theresas Jahre werden? Markus Maximilian würde sie immer sehnsüchtig zu den Besuchszeiten erwarten, als seinen einzigen Kontakt zur Außenwelt. Sie, die sich aufopfernde große Schwester, von ihrer Krankheit gezeichnet, aber immer für ihren Bruder da? Würden es nicht wieder gute Jahre werden, wenn sie ihn an einem Ort wüsste, von dem er nie mehr entkommen könnte, so wie er ihrer Erziehung nie hat entkommen können?

Diesmal: ja.

Ja.

Auch ein wunderbares Wort.

Damit beantworten sich die Fragen wie von selbst.
»Frau Jahrbein, es wird nicht das letzte Mal sein, dass Sie mit uns reden müssen. Wir werden wiederkommen«, sagt der Mann.
»Sie müssen auch einen DNA-Test machen. Für einen Vergleich«, sagt die Frau.
»Ja«, sagt Theresa.
Vor beidem hat sie keine Angst. Sie kocht gerne Tee für Besucher. Sie hat nie ein Verbrechen begangen. Und sie kann es kaum erwarten, Markus Maximilian in der Untersuchungshaft zu besuchen.

Dann waren die Ermittler weg.
Theresa wusch die drei Tassen ab, zog das hübsche Kleid aus ihrer Jugendzeit aus.
Nackt wie das Schicksal, die Jahre und die Krankheit sie geformt hatten, stellte sie sich wieder vor den Spiegel, machte ihre Augen dabei zu.

43

»Alfred!«
Das Gesicht des inzwischen pensionierten Inspektors Alfred Höllerer aus Graz tauchte auf Hauptkommissar Peter Kraus' Bildschirm auf. Er begann im Kopf nachzurechnen, wie lange es her sein musste, dass er das letzte Mal mit dem Mann geredet hatte. Zwanzig Jahre? Unmöglich.
»Zwanzig Jahre, Peter, man glaubt's kaum. Und trotzdem hast du mich wiedererkannt.«
Höllerer war gealtert. Ergraut und ziemlich dick war der Grazer geworden. Extrem übergewichtig. Zu viele *Topfentascherl.* Mit einem Mal graute Peter Kraus vor der eigenen Pensionierung. Ein paar Jahre, dann stand er selbst vor diesem Tor.
Damals nach dem Mord an Anton Schneiders Mutter, erinnerte

Peter Kraus sich, da hatten sie noch öfter Kontakt gehabt. Die Fahndung nach dem Täter hatte seinen österreichischen Kollegen ziemlich beschäftigt und er hatte sich lange geweigert, den Mord bei den ungelösten Fällen einzuordnen.

Zu seinem Bedauern hatte Peter Kraus ihm nicht helfen können, keine Spur in Nordrheinwestfalen hatte zu dem Hauptverdächtigen geführt. Nach und nach war der freundschaftliche Kontakt zu Alfred Höllerer eingeschlafen. Peter Kraus hatte in all den Jahren nie mehr die Hauptstadt der Steiermark besucht.

Deshalb überraschte ihn der Anruf über Skype besonders.

»Du bist sicher völlig überrascht, dass ich mich meld'.«

Höllerer hatte Peter Kraus' Gedanken gelesen.

»Ich komm' gleich in medias res. Ich hätt' ja Zeit als Rentner, aber du bist voll im Einsatz, Peter.«

»Na ja, es ist halb so wild.«

Das war eine glatte Notlüge, denn nach der Verhaftung von Jahrbein stand der nächste neue Fall an. Es hatte am vorherigen Abend eine Schießerei in Poll gegeben. Dazu kam, dass der Mord an Karl Kittner noch nicht aufgeklärt war. Zugleich gab es den Abschlussbericht zu verfassen, eine Razzia zu koordinieren, die er von einem erkrankten Kollegen übernommen hatte. Eigentlich hätte er das Gespräch so schnell wie möglich beenden müssen.

»Also.« Höllerer holte Luft. Seine Gesichtszüge bewegten sich ruckartig. Die Verbindung schwankte. »Ich hab' den Fall eures Frauenmörders verfolgt. Intern. Hab' mir erlaubt, mich zu erkundigen, soweit ich das als Rentner kann und darf. Euer erster Verdächtiger war Anton Mürz, ich mein', Anton Schneider?«

»Ja, das stimmt.«

»Mein Gott. Was ist nur aus dem Buben von damals geworden?«

»Also, aus dem Buben ist ein erwachsener Mann geworden und, ich kann dich beruhigen, kein Frauenmörder. Markus Maximilian Jahrbein ist einwandfrei überführt. Sein Geständnis haben wir, sein Alibi wurde von seiner Schwester widerrufen, die Anklage läuft.«

»Alle drei Frauen?«

»Alle drei. Zwei davon erwürgt und eine mit einer Gardinenstange aufgespießt. Zu dieser Tat hat er ausgesagt, dass er morgens zu der Frau in die Wohnung ist, um ihr die Zeitung zu bringen, dann hätte sie ihn so in Rage gebracht, dass er mit dem erstbesten Gegenstand, den er greifen konnte, auf sie losgegangen ist. Wollte sich auf Affekt ausreden. Sein Pech nur, dass wir ihm nachweisen konnten, dass er bereits mit der Gardinenstange zu Anja Kittner gekommen ist. Also, Mord mit Vorsatz. Und das nur bei dieser einen Tat, von den beiden anderen ganz zu schweigen. Der Typ kommt nie mehr heraus. Meldest du dich deswegen? Da kann ich dich beruhigen.«

»Nein. Ich meld' mich wegen einer anderen Sache. Eigentlich wollt' ich dir davon längst erzählt haben. Es geht um den Gerhard Lahm.«

»Du meinst den mutmaßlichen Mörder von Antonia Mürz?«

»Gutes Gedächtnis, Peter. Genau. Ich hab' nach meiner Pensionierung immer mal weitergesucht. Und ich bin vor einem Jahr eher zufällig auf etwas gestoßen. Ein Verkehrsunfall in Slowenien. Da sind bei einem Frontalzusammenstoß zwei Männer ums Leben gekommen. Kleinkriminelle, die auf Diebestour waren. Einer davon hatte einen gefälschten Ausweis bei sich. Das Foto darauf, das hätt' der gesuchte Täter von damals sein können, der Lahm. Ich hätte es gerne zur Gesichtserkennung gegeben, da gibt es ja heute die tollsten Computerprogramme. Dazu wollt' ich eine Überführung der Leiche erwirken. Aber bis ich aus meiner pensionierten Stellung heraus die richtigen Fäden ziehen konnt', war der Körper bereits eingeäschert. Es hätte keinen Sinn mehr gemacht. Die slowenischen Behörden hat es sowieso nicht interessiert und meinen Kollegen, die noch im Dienst sind, denen fehlt einfach die Zeit.«

»Wie sicher bist du dir?«

»Zu 80, vielleicht sogar 90 Prozent.«

»Ohne Leiche gibt es keinen DNA-Vergleich.«

»Tja, so is' es.«

»Somit können wir Anton Schneider nicht mitteilen, dass der Mörder seiner Mutter inzwischen verstorben sein könnte.«

»Das würd' ich sowieso nicht tun. Ich wollt's nur loswerden. Wollt's dir erzählen. Wo jetzt feststeht, dass der Bub nicht selber zum Mörder geworden ist.«

»Ich verstehe.«

Zwischen den Männern entstand eine Pause.

Peter Kraus dachte an das erste Zusammentreffen mit Anton Schneider, wie er völlig stumm auf keine der Fragen geantwortet hatte. Bis Kraus Willa dazu geholt hatte.

»Ach, Alfred, bevor ich weitermachen muss, noch etwas, was dich freuen könnte.«

»Was denn?«

»Ich werde mein Team hier in Köln mit einer Grazerin aufstocken.«

»Aber geh'!«

»Inspektorin Willa Stark. Der Name könnte dir etwas sagen, auch, wenn du schon in Rente warst, als die junge Frau bei euch angefangen hat.«

»Ja, die kenn' ich, die hat hier ganz viel Staub aufgewirbelt.«

»Wenn alles gut läuft, könnte in ein oder zwei Wochen mein Ersuchen durch sein. Dann werde ich es unserem Fräulein Ösi mitteilen.«

»Lustig, der Spitzname. Hast du auch einen, Peter?«

»Nein. Ich doch nicht.«

Höllerer grinste breit, er durchschaute die zweite Notlüge von Peter Kraus sofort. Mitten in dem Grinsen fror das Bild ein.

Als Peter Kraus zwei Monate nach diesem Gespräch vom plötzlichen Herztod des Inspektors a. D. Alfred Höllerer hörte, war es dieses breite Grinsen, das er als Erinnerung an den Kollegen in seinem Gedächtnis behielt.

Der vermeintliche Unfalltod des Gerhard Lahm wurde nie aufgeklärt.

Eine Woche nach der Verhaftung lauerte Harro deNärtens Willa auf.

Er hatte sich den ganzen Vormittag und Mittag im Polizeipräsidium herumgetrieben, hatte Peter Kraus aufgesucht, war dann zu anderen Kollegen, hatte zwei Anrufe von seiner Mitarbeiterin aus der Rechtsmedizin auf die Mailbox gehen lassen.

Er musste endlich allein mit ihr reden.

Nach ihrer Rettung, der Verhaftung des Frauenmörders und der medizinischen Versorgung ihrer Verletzungen waren immer andere Menschen um sie herum gewesen. Es war die nächsten zwei Tage turbulent in ihrem Krankenzimmer zugegangen.

Willa machte ihre Aussage, bekam von den Kollegen Besuch. Harro war einer unter ihnen. Anton Schneider sah er dort nicht, war sich aber sicher, dass der junge Mann mit Willa im Kontakt stand. Als Willa nach Hause entlassen wurde, gab es ein paar Telefonate eher belangloser Natur unter Kollegen.

Das Gespräch über Anton schien auch jetzt wie ein Raumteiler zwischen ihnen zu stehen und ihnen die Sicht zueinander zu nehmen.

Dazu kam, dass Harro sich Sorgen machte.

Je länger er nicht unter vier Augen mit Willa reden konnte, desto größer wurden sie. Eine völlig andere Art von Sorgen als an dem Abend, als der junge Mann zu ihm gekommen war, und er dann mit Marielle zu Willas Wohnung gefahren war. Da war er in heller Aufregung gewesen. Jetzt nagte es in ihm, in seinem dicken Bauch, seinem *Wamperl*, wie Willa es bezeichnen würde.

Anton Schneider war nicht der Täter und war ein freier Mann, aber auch das brachte Harros innere Stimme nicht zum Verstummen.

Etwas stimmte nicht. Mehr konnte er dazu nicht sagen.

Er hatte sich bemüht jegliche Eifersucht fahren zu lassen. Es hatte ohnehin einmal in all der Zeit kommen müssen, dass Willa einen anderen Mann traf. Aber hatte es ausgerechnet dieser Typ sein müssen? Würde es etwas ändern, wenn Harro Willa endlich seine Liebe gestand?

Endlich sah er sie, wie sie durch den Hauptgang auf ihn zu kam, immer noch leicht humpelnd, immer noch ein Tuch um ihren Hals geschlungen.

Und immer wenn Harro später an diese Begegnung dachte, sah er darin einen schicksalhaften Wink, obwohl er sonst überhaupt nicht an solche Sachen glaubte.

Er hätte sie in dem Moment festhalten sollen, sie nicht mehr loslassen, wenn möglich, sich mit seinem Gewicht auf sie werfen, und ihr nicht sein dämliches Zitat vor die Nase halten.

Später lief die Szene in seinem Kopf wieder und wieder ab, sie passte mit jeder neuen Wiederholung mehr in einen Film.

Aufblende.

Willa Stark (30), schlank, fast zu dünn, aber gut trainiert, mit dunklen Locken und einem grimmigen Blick. Wenn sie redet, ist ihr Dialekt zu hören.

Sie sieht auf ihr Handy, während sie im Polizeipräsidium einen Gang leicht hinkend hinuntergeht. Ihr Haar ist offen, sie trägt eine blaue Bluse und hat um ihren Hals ein weißes Tuch geschlungen. Im Ansatz kann man die gelbbraunen Flecken der Würgemale auf ihrer Haut erkennen.

Schnitt auf Harro deNärtens (51), sehr beleibt. Früher muss er gut ausgesehen haben, heute hat er zu viel Speck am Bauch und unter dem Kinn.

Er geht ihr entgegen.

Sie hebt den Kopf, sieht ihn, lächelt.

WILLA Hey Harro, mit dir hab' ich hier nicht gerechnet. Was schaust du denn so finster?

HARRO »Die Liebe ist so unproblematisch wie ein Fahrzeug. Problematisch sind nur die Lenker, die Fahrgäste und die Straße.« Franz Kafka hat das geschrieben.

Großaufnahme auf Harros Gesicht. Ob Willa verstehen wird, was er ihr zu sagen hat?

WILLA Kafka? Kenn ich. Ich hab' *Die Verwandlung* gelesen.

Ihre Stimme klingt hell und aufgeregt. Sie strahlt, ist bester Laune.

WILLA Hey! Keine Begrüßung? Und warum haust du mir so ein Zitat um die Ohren? Was is' los?

HARRO Anton tut dir nicht gut, Willa.

WILLA Das is' jetzt nicht dein Ernst, oder, Harro?

HARRO Voll und ganz.

WILLA Hast du mich hier abgepasst, um mir das zu sagen?

HARRO Nein, wegen diesem Anton Schneider.

WILLA Harro, jetzt lass' mich nicht böse werden. Das haben wir doch alles schon besprochen. Der Mörder ist gefasst, mir geht es gut und ich hab' mich halt ein bisserl verguckt in den Burschen. Is' ja ein halber Ösi.

Eine Pause entsteht zwischen ihnen.

Harros Augen sind liebevoll auf Willa gerichtet. Er hat sich auch verguckt, schon seit langer Zeit, aber mehr als nur ein bisserl. Das muss sie merken.

Willa merkt es nicht. Oder will es nicht merken. Sieht wieder auf ihr Handy.

Harro Darum geht es nicht. Willa, bitte.

WILLA Was denn noch?

Harro will reden, aber in dem Moment öffnet sich die Aufzugstür hinter ihnen und ein halbes Dutzend uniformierte Beamte strömt in den Gang.

Willa drückt Harro einen schnellen Kuss auf die Wange.

WILLA Komm, sei kein Spielverderber. Freu dich mit mir, du wolltest doch immer, dass ich nicht mehr allein bin.

Dann geht sie weiter, lässt Harro stehen.

Er könnte sie zurückhalten, bewegt sich aber nicht. Sieht ihr nur nach.

Szenenwechsel.

Willas Stimme hatte Harro am meisten berührt.

So jung hatte sie sich in ihrer Freude und Erwartung angehört. So verdammt jung. Warum war ihre Stimme nur so jung gewesen, und er schon über die Mitte seines Lebens hinaus?

45

Der Medientrubel um die Verhaftung von Markus Maximilian Jahrbein hatte sich bereits gelegt. Andere Schlagzeilen waren an die erste Stelle gerückt, die Welt drehte sich immer schneller, und selbst ein dreifacher Mörder schaffte es nur wenige Tage auf Seite eins.

Theresa Jahrbein, die sich wegen ihrer Falschaussage ebenfalls verantworten musste, hatte in der Presse überhaupt keine Erwähnung gefunden. Zu unspektakulär. Ihre DNA und ihre Fingerabdrücke waren es im Übrigen gewesen, die zu allen drei Tatorten gehörten. Bei den Morden konnte ihr keine Mittäterschaft nachgewiesen werden.

Willa besuchte Clemens Wächter in seinem neuen Büro ein Stockwerk höher. Sie selbst hatte Dienstschluss und unter ihrem Arm einen Farn, den sie ihm zur Einweihung schenken wollte.

Die Sekretärin von Peter Kraus hatte sich gemeldet, bevor Willa ihr Zimmer verlassen hatte. Patricia Weide hatte intern durchgeklingelt und ihr einen Termin für ein Gespräch mit dem ersten Hauptkommissar vorgeschlagen.

»Er will mich extra sprechen?«

»Der Chef hat mich beauftragt, Sie zu ihm zu bitten. Worum es geht, hat er mir nicht gesagt, das müssen Sie selbst fragen. Passt es denn morgen?«

Willa hatte zugesagt, sich überlegt, ob sie sich darüber freuen sollte oder nicht, ob es ein gutes Zeichen war. Nach längerem Grübeln und aufkommenden Bauchschmerzen hatte Willa aufgegeben, sie würde den Grund für die offizielle Einladung in Kraus' Büro ohnehin am nächsten Tag erfahren. Ein Besuch bei ihrem Kollegen ließ die Zeit schneller vergehen.

Nach Clemens würde sie Anton wiedersehen.

Nach ihrer Rettung hatte sie zwei Tage im Krankenhaus verbracht, es wurde zum geschwollenen Knie, der Schulterprellung und den Würgemalen am Hals eine leichte Gehirnerschütterung festgestellt. Die Wunde am Kopf war mit mehreren Stichen genäht worden. Die Kollegen hatten sich rührend um sie gekümmert, sie mit Zeitschriften und Pralinen versorgt.

Anton war mit Blumen bei ihr aufgetaucht, erst spät abends, um eine Begegnung mit jemand aus dem Team zu vermeiden. Noch sollte es keiner von ihnen wissen und Harro schwieg. Seit ihrer letzten Begegnung herrschte Funkstille zwischen ihnen.

»Clemens, hallo.«

»Willa, altes Mädchen. Da bist du ja wieder, und gut siehst du aus.«

»Ein steirisches Rindvieh is' nicht so leicht umzuhauen.«

»Und deinen Humor hast du auch behalten. Freut mich.«

»Hier, für's neue Büro.«

Sie reichte ihrem früheren Mentor den Blumentopf mit dem Farn.

»Vielen Dank. Der erhält einen Ehrenplatz am Fenster. Ich hoffe, ich vergesse ihn bei der stressigen Arbeit nicht zu gießen.«

»Wie kommt ihr voran?«

Nachdem sie Jahrbein verhaftet hatten, war die Suche nach dem Mörder von Karl Kittner wieder in den Vordergrund gerückt. Als erstes war ausgeschlossen worden, dass der Exmann von Anja Kittner das vierte Opfer von Jahrbein war. Der Dreifachmörder war an dem Abend, als jemand Karl Kittner erschlagen hatte, bei einer Ausstellungseröffnung in der Galerie *MaJourie* gewesen, hatte die Räume und die Veranstaltung nicht verlassen, das war von Zeugen bestätigt worden.

Clemens Wächter und sein zweiköpfiges Team ermittelten im Moment verstärkt unter den Kunden des Anlageberaters, da gab es einige, die eine Stinkwut auf Karl Kittner hatten, seine Strategien waren nicht immer gewinnbringend aufgegangen. Ein Mann aus der vermögenden Klientel hatte ihn per Mail sogar mit dem Tod bedroht.

Clemens stellte den Farn auf die Fensterbank. Draußen strahlte eine warme Junisonne und heizte das Büro auf. Willa nahm ihren leichten Schal ab, Clemens konnte die blassen Abdrücke der Würgemale sehen.

»Möchtest du Kaffee, Ösi?« Das Fräulein ließ er gerne weg.

»Nein, ich will gleich los. Freier Abend.«

»Date?«

»Könnte man sagen. Jetzt erzähl.«

Willas Kollege kam vom Fenster zurück, setzte sich auf die Kante seines Schreibtisches.

»Es läuft träge, das kennst du ja. Allein die Liste der Kunden ist so elitär, dass wir ewig warten müssen, bis die feinen Leute Zeit für uns kleine Beamte haben. Ich habe schon drohen müssen. Ich bin nur froh, dass durch euren Fahndungserfolg die Presse sich nicht mehr so um den Kittner kümmert. Sonst wäre es noch schwieriger.«

»Habt ihr einen engeren Kreis?«

»Nein. Auch nach der letzten Spurenauswertung nicht. Keine Abdrücke, keine Hautzellen oder Haare.«

»Blöd.«

»Ich hatte gehofft, dass uns der Fund der Teilchen auf Kittners Körper voranbringen wird, aber außer, dass die Splitter nicht aus Plastik, sondern aus Fieberglas sind, hat sich leider nichts weiter ergeben.«

»Die Splitter sind in der Zwischenzeit also analysiert worden?«

»Genau. Hat lange genug gedauert, aber die Labors sind überlastet. Kennen wir doch auch.«

Willa nickte.

Clemens zeigte zu einer roten Kaffeemaschine. »Ich habe hier drinnen meine eigene Espressobar, ein wenig wie im Büro vom Chef. Willst du sicher keinen?«

»Okay, mach' mir einen. Kaffee geht immer. Diese Splitter sind aus Fieberglas, sagst du?«

»Hochwertiges Material. Wir gehen davon aus, dass die Splitter von einer Schaufensterpuppe stammen.«

Im Zimmer war es ausgesprochen heiß, aber Willa fröstelte mit einem Mal. Sie legte sich den Schal wieder um den Hals. Sie schluckte schwer, was immer noch schmerzhaft war.

»Schaufensterpuppe?«

»Teures Modell. Trotzdem wurden und werden Tausende davon verkauft. Eine aufwendige Recherche ohne Seriennummer oder Fabrikatsmerkmale liegt vor uns.«

Willa musste sich räuspern, bevor sie weitersprechen konnte »Aus Fieberglas werden auch Vasen und anderer Nippes hergestellt. Wie kommt ihr auf Splitter von einer Puppe?«

Die Maschine dampfte, als Clemens auf den Knopf drückte, und spuckte einen ersten Espresso aus. Er reichte ihn Willa, stellte eine weitere Tasse darunter.

»Unter der Fieberglasschicht war Polyurethan, das überwiegend zur Abdichtung von Fensterrahmen oder zur Wärmedämmung verwendet wird. Und bei der Herstellung von Schaufensterpuppen. Das Innenleben einer solchen Puppe wird damit ausgegossen. Dazu kommt, dass die Lackierung der Splitter einen Rosaton hatte, eine sogenannte Teintfarbe, wie wir sie im Gesicht und am Körper haben. So lackiert man keine Vasen oder sonstigen Nippes. Die Farbe wird für Puppen verwendet.«

Ihr Espresso war heiß. Trotzdem war Willa immer noch kalt, das Frösteln wollte nicht weichen. Es kroch tiefer in sie hinein. Sie umfasste die Tasse mit beiden Händen, damit Clemens ihr Zittern nicht sehen konnte.

»Karl Kittner kann ja nicht von einer Schaufensterpuppe erschlagen worden sein.«

»Sehr witzig. Nein, natürlich nicht. Von den Schlägen auf Kopf und Rücken kommen die Puppensplitter. Erledigt, wenn ich das so formulieren darf, haben ihn die Tritte gegen seinen Kopf. Immer und immer wieder. Das war keine Puppe. Da war ein Wüterich zugange.«

»Wüterich?«

Noch ein Schluck Espresso, heiß und bitter, nicht wärmend.

»Kennst du das Wort nicht? Es passt hier, finde ich. Es ist etwas antiquiert, kommt in Balladen vor, unter anderem in der *Bürgschaft* von Friedrich Schiller.«

»Kenn' ich. Hatten wir in der Schule. Kann mich nicht an Details erinnern. Auch an keinen Wüterich.«

»Damit bezeichnet man jemanden, der durchdreht oder wild um sich schlägt. Ein Scheusal, einen Übeltäter. So jemand muss über den Karl Kittner hergefallen sein. Einer, der die Beherrschung verloren hat. Deshalb fahnden wir verstärkt in Kittners Kundenkreis, beim Geld rastet manch einer aus. Die Sache mit der Puppe ist merkwürdig.«

»Ja, das finde ich auch. Vielleicht irrt ihr euch?«

»Wir rätseln. Hat unser Täter eine Puppe mit sich herumgetragen? Unwahrscheinlich, denn dann hätte er Aufmerksamkeit erregt. Also kann es nur ein Teil einer Puppe gewesen sein. Logisch wäre eine Hand. Wobei wir dann zu der Frage kommen, wer bitte trägt die Hand einer Schaufensterpuppe bei sich und schlägt mit dieser Hand einen anderen zu Boden?«

»Wäre eine gute Frage für unseren Dr. Orwinski, oder?«

»Ja, Willa, da hast du Recht. Mein Kollege Karsten hatte die Theorie, dass unser Täter den Karl Kittner zweifach schlagen wollte.«

»Wie?«

»Zuerst als er selbst. Dann mit der Puppenhand stellvertretend. Eine Art Wiedergutmachung für eine Beleidigung einer anderen Person. Tja, ganz schön verzwickt, aber ich bin wie immer guter Hoffnung, dass wir ihn finden. Ist unser Job, nicht?«

Willa sah sich mit ihren Handschellen ans Bett gekettet, wie sie an einen Namen gedacht hatte, an eine Person. Und sie erinnerte sich an ihre Erleichterung, dass ihr Angreifer nicht diese Person gewesen war. Trotzdem hatte sie es ihm zugetraut. Damit gerechnet.

Die drei Frauen hatte ein anderer getötet, aber an Karl Kittner hatte sie nie gedacht.

Das machte die Kälte in ihr viel schlimmer.

»Blaubart.«

»Was meinst du, Willa?«

»Blaubart könnte auch passen. Statt Wüterich.«

»Aber nein. Das ist doch der, der seine Frauen alle enthauptet hat und in einer Kammer entsorgt. Ein spannender Fall aus dem Reich der Märchen. Obwohl wir hier den Täter von Anfang an kennen.«

»Ich meinte es eher in dem Zusammenhang, dass man eine verbotene Tür öffnet und überrascht ist, obwohl man weiß, dass dahinter nichts Gutes auf einen wartet.«

»Geht es dir denn gut, Willa? Du bist in den letzten Minuten totenbleich geworden.«

»Ich leb' noch, keine Sorge.«

Clemens kam zu ihr, legte seine Hand auf die ihre.

»Ganz kalt bist du.«

»Ich glaub', ich bin zu früh aus dem Krankenstand.«

»Das glaube ich allerdings auch. Jetzt ist sowieso Feierabend, du gehörst ins Bett. Was machst du noch hier?«

Ja, was machte sie hier?

Eine verbotene Tür öffnen.

46

Neue E-Mail

An: harro.denaertens@uk-koeln.de

Hallo Harro,

ich könnte viel schreiben und viel erklären. Das will ich nicht. Ich will mich nicht entschuldigen.

Nur noch einmal: Du hast Recht gehabt.

Bitte verständige die Kollegen wegen Anton Schneider.

Ich bin mir ziemlich sicher, dass er den Exmann von Anja Kittner erschlagen hat.

Was ich jetzt in der Angelegenheit tun werde, weiß ich nicht.

Diese Nachricht schreibe ich dir, falls ich so dumm bin und zu ihm renne.

Mehr gibt es nicht zu sagen.

Willa.

Zu Dionys, dem Tyrannen, schlich
Damon, den Dolch im Gewande:
Ihn schlugen die Häscher in Bande,
»Was wolltest du mit dem Dolche? sprich!«
Entgegnet ihm finster der Wüterich.
»Die Stadt vom Tyrannen befreien!«
»Das sollst du am Kreuze bereuen.«

Friedrich von Schiller, Die Bürgschaft

IV STURM

47

Willa rennt.

Aus dem Präsidium in einen beginnenden Abend hinein, der starken Wind über die Stadt gebracht hat.

Sie rennt gegen den Wind an.

Sie rennt, weil sie es weiß.

Vergessen geht nicht, verdrängen ist unmöglich. Eigentlich müsste sie handeln, eine Verhaftung vornehmen.

Doch sie will zuerst reden.

Keine gute Idee.

Willa geht.

Nach dem ersten Anrennen gegen ihre Fassungslosigkeit, gegen das Gefühl zu fallen, verfällt sie in ein Gehen, das sie wieder zu Atem kommen lässt.

Der Wind weht ihr ins Gesicht, nimmt an Stärke zu.

Der Wind tut gut. Er trocknet ihre Tränen. Keiner soll sehen, dass sie weint.

Während sie geht und immer weitergeht, kreisen in ihrem Kopf die Möglichkeiten.

Gehen bis zu ihm? Mit ihm reden? Ihn konfrontieren, beschuldigen, verhören?

Oder warten, bis Harro die E-Mail liest und die Kollegen verständigt?

Warten, bis Marielle oder Frank oder Peter Kraus ihn verhaften?

Sie kann es nicht tun. Das wird ihr bewusst. Das schafft sie nicht, will sie auch nicht. Nicht einmal im Namen der Gerechtigkeit, die ihr schon als Kind so wichtig war. Dazu hat sie sich zu sehr verstrickt. Sie hat sich eingelassen. Eine Beziehung aufgebaut. Ein Verhältnis begonnen.

Mit einem mutmaßlichen Täter.

Mutmaßlich, solange seine Schuld nicht eindeutig bewiesen ist.

Einem Mörder.

Das Wort schließt sie in ihrem Kopf weg. Mit dem Wort kann sie nicht leben.

Wieder dumm.

Dummheit schützt vor Strafe nicht.

Er muss bestraft werden, seiner gerechten Strafe zugeführt werden.

Das kann sie in ihrem Denken zulassen.

Totschläger.

Wie Onkel Willi?

Willa rennt wieder.

Rennt über die Brücke.

Sie sieht diesmal nicht zum Dom hin. Sie rennt, bis sie nicht mehr kann und ihre Lungen stechen.

Schließlich muss sie anhalten, sich an eine Hauswand lehnen.

Ihr Körper ist noch von den Verletzungen geschwächt.

Dass Anton ein Totschläger sein soll, wie ihr Onkel Willi einst, glaubt sie eine Sekunde lang, glaubt sie nicht in der nächsten.

Unschuldig, hat er auf ein Blatt Papier geschrieben. Kann er das in dem Fall auch sein?

Im Zweifel für den Angeklagten.

Sie muss hören, was er zu sagen hat.

Willa muss anhalten.

Sich übergeben. Auf den Bürgersteig.

Die Wahrheit ist, dass Onkel Willi einen einzigen Schlag getan hat und seine Verlobte durch einen unglücklichen Sturz gestorben ist. Willi war nie ein Wüterich.

Karl Kittner ist zu Tode getreten worden.

Brutal.

Diese Tat hat ein wahrer Wüterich begangen.

Sie darf dort nicht hin. Das ist Sache der Polizei. Sie will nicht mehr Inspektorin sein, das steht ihr nicht mehr zu.

Willa steht.

Irgendwo auf der Strecke zwischen ihm und ihr.

Der Wind wird mehr und mehr zu einem Sturm. Papierfetzen fliegen über die Straße, die Ampel an der Kreuzung fällt aus, irgendwo kracht es, ein Blumentopf fällt von einem Fenstersims, zerspringt auf dem Asphalt.

Ihr wird mehr und mehr klar, dass sie eine Entscheidung treffen muss.

Der Schmerz ist so groß.

Sie kann sich gut an den Schmerz erinnern, den sie empfunden hat, als sie von Markus Maximilian Jahrbein zusammengeschlagen worden ist. Sie kann sich an den Moment erinnern, als er ihr seine Hände um den Hals gelegt und zugedrückt hat. Da sind immer noch gelbbraune Flecken auf ihrer Haut, der Kehlkopf schmerzt beim Schlucken, und ihr Knie sticht von Zeit zu Zeit. Ihre Haare an der ausrasierten Stelle, wo die Naht der Platzwunde verläuft, fühlen sich weich an. Die Narbe tut weh, wenn sie mit den Fingern darüber fährt, zweimal hat sie sich den Schorf abgekratzt.

Doch den Schmerz, den sie jetzt empfindet, den kann sie nicht lokalisieren. Er könnte aus ihrer Brust kommen, dort, wo das Herz sitzt. Er ist genauso in ihrem Bauch zu Hause. Ihr Gefühl ist eine Mischung aus Trauer, Angst und maßloser Enttäuschung.

Der Schmerz sitzt in ihren Gelenken; er fühlt sich an wie ein Fieber, er juckt und kratzt auf ihrer Haut, selbst in ihren Zehen kann sie ihn spüren.

Wir gehen davon aus, dass die Splitter von einer Schaufensterpuppe stammen.

Mia und Madeleine.

Mia oder Madeleine?

Unter der Fieberglasschicht war Polyurethan, das überwiegend zur Abdichtung von Fensterrahmen oder zur Wärmedämmung verwendet wird. Und bei der Herstellung von Schaufensterpuppen.

Kein endgültiger Beweis.

Das weiß sie.

Sie weiß, dass sie nicht nur mit Anton reden muss, sie muss sich auch die Puppen ganz genau ansehen. Nach den abgesplitterten Stellen suchen. Bevor ihre Kollegen eintreffen. Bevor es offiziell zu einer Anklage kommt.

Schuldig. Das könnte sie notieren, auf einen Zettel schreiben, seinem Anwalt übergeben.

Willa hat ihre Entscheidung getroffen.

Akazienweg.

Willa steht vor der Tür.

Gestern noch hat sie im Drogeriemarkt Akazienhonig gekauft und dabei an Anton gedacht. Lächerlich. Rührend. Bevor sie ihn getroffen hat, war ihr nicht bewusst, wie einsam sie war. Er hat sie berührt, nicht nur körperlich, sondern vor allem emotional.

Mit seinen kleinen Tricks hat er sie zum Lächeln gebracht, hat er es geschafft, dass sie die Hinweise übersehen hat.

Sein Wutausbruch.

Sein Trauma.

War das Schweigen nach seiner Verhaftung schon gespielt oder der Schock nach dem Auffinden von Anja Kittners Leiche echt?

War es Zuneigung gewesen oder einfach der Spaß daran, seine Zaubereien an ihr auszuprobieren?

Anton.

Blaubart.

Keine toten Frauen hinter der verbotenen Tür, dafür verantwortet sich gerade ein anderer. Aber ein toter Mann auf einem Parkplatz. Und eine vor Liebe blinde Inspektorin.

Willa rennt ein letztes Mal.

Die Treppen hoch.

Als Anton auf ihr Klingeln nach unten gekommen ist, um die Haustür zu öffnen, konnte sie ihn nicht ansehen, nichts sagen, nur hineinstürmen, hinaufstürzen.

»Willa, hey! Willa?«, ruft er.

Sie liebt seine Stimme, sie hasst deren Klang.

Sterben, denkt sie. Sterben möchte ich, jetzt.

Sie weiß, dass er hinter ihr ist.

Willa braucht Antworten.

Sie konfrontiert ihn.

»Du hast Karl Kittner erschlagen.«

»Nein«, sagt er.

Sieht sie dabei nicht an.

Willa braucht Beweise.

Sie geht zu den Puppen, packt die erste, vielleicht Mia, schiebt den Ärmel des Kleides hoch, sucht nach abgesplitterten Stellen.

»Lass die Puppen«, sagt er leise.

»Die Spurensicherung hat Splitter am Tatort gefunden. Was hast du dabei gehabt? Eine Hand? Einen Fuß?«

Er antwortet nicht.

»Warum?«, fragt Willa Anton. »Karl Kittner hat doch deine Mutter damals nicht umgebracht. Warum also?«

Immer noch nichts von ihm.

»Deine Tat wird deine Mama nicht wieder lebendig machen.«

In ihr kocht die ganze Wut, die ganze Trauer hoch, der Schmerz ist in jeder Pore, jeder Faser, sie kann nicht klar denken, kann die Konsequenzen ihrer Sätze, ihres Handelns nicht abwägen.

»Deine Mama ist und bleibt tot! Verstehst du? Tot!«

Es ist ein einziger Schlag.

Von Anton.

Der Schlag ist weder fest noch schwer, eher hilflos. Das spielt keine Rolle.

Seine Hand fährt aus, in Richtung ihrer Wange, ihres Kinns. Instinktiv will sie ausweichen, macht einen Schritt zurück. Anton macht einen nach vorn, trifft sie direkt. Ihr Kopf geht nach rechts und nach hinten, ihr Fuß bewegt sich, sie stolpert über die nackten Zehen einer der Puppen, es könnte jetzt Madeleine sein.

Ihre Arme bewegen sich auf und ab, doch sie findet ihr Gleichgewicht nicht.

Willa fällt nach hinten.

Da ist der Couchtisch mit einer seiner harten Eckkanten.

Kante und Kopf prallen aufeinander.

Es ist dieselbe Stelle an ihrem Kopf, dort, wo sie auch der Schlag von Markus Maximilian Jahrbein getroffen hat.

Steirische Sturköpfe sind hart.

Die Eckkante eines Couchtischs härter.

Willa hört ein Krachen.

Nein, denkt sie jetzt.

Nein, so etwas kann mir nicht passieren.

Zweimal k.o. in wenigen Tagen.

48

Anton hockt.

In der Ecke.

Vor ihm sind seine Puppen.

Sie stehen nahe am Fenster und sehen auf die Straße. Mit dem Rücken zu ihm. So, als würde sie die ganze Sache nichts angehen. Madeleines Bein, von dem die Teile abgesplittert sind, ist längst wieder an ihrem Körper. Einfach war es, es wieder an ihr zu befestigen. So einfach sollte alles sein. Madeleine trägt ein neues Kleid aus dem Schrank.

Links von ihr steht der Couchtisch.

Weiter links liegt Willa am Boden.

Ein Schlag.

Anton hebt seine Hand, es ist die rechte, hält sie gegen das Fenster. Spreizt die Finger wie einen Fächer.

Es war ein Schlag.

Ein einziger.

Die Zeit fließt.

Die Minuten rinnen. Es könnten Stunden werden, aber dann, das weiß er, dann würde Willa nicht mehr leben. Deshalb bleiben es Minuten. Vierzehn an der Zahl. Das weiß er aber nicht, es spielt keine Rolle. Nur, dass aus den Minuten keine Stunden werden, ist wichtig.

In diesen vierzehn Minuten spult sein Denken zurück.

Mama ist gestorben.

Einer hat sie kaputt gemacht.

Einer der Polizisten, die ihn finden, ans Bein seiner Mama geklammert, sagt das genauso.

»Die Mama von dem Buben hat der Kerl kaputt gemacht.«

Der Kerl.

Der Kerl, den sie nie finden. Der Kerl, der auf den Straßen geht und lebt und lacht, den Straßen, auf denen seine Mama früher gegangen ist, gelacht hat. Gelebt hat. Jetzt ist sie tot.

Die Welt ist dunkel und die Welt ist einsam, so einsam, weil das Gehen, das Leben und das Lachen seiner Mama fehlen.

Er ist nur ein Bub und für lange Zeit verliert er seine Fähigkeit, zu sprechen. Schweigt und brütet. Tante Hedi und all die Menschen, die um ihn herum sind, denken, er trauert. Der arme Bub. Der schweigt und vermisst seine Mama.

Das tut er auch. Er weint oft und lange, am liebsten im Dunkeln. Er vermisst seine Mama, jede Sekunde eines jeden Tages. Aber größer in seinem Schweigen ist seine Wut. Eine kindliche Wut, die brennt und ihn verzehrt und sein Kinderherz zu einem Vulkan macht.

Er weint, er vermisst und er ist wütend.

Den Kerl, der die Mama kaputt gemacht hat, den will er finden. Will die Straßen ablaufen und ihn suchen und, wenn er ihn findet, ihn genauso kaputtmachen.

Die Trauer des Buben bleibt konstant, aber die Wut wächst.

Einmal hat er eine Dokumentation im Fernsehen gesehen. Von einer Ranke im Regenwald. Die wurzelt am Stamm eines Baumes. Wurzelt und wächst. Und umarmt den Baum, klammert sich an ihn, rankt sich hoch. Fester und immer fester. Während die Ranke wächst, nimmt sie dem Baum langsam, Zug um Zug, die Ressourcen, die Lebensader. Die Ranke erstickt den Baum. Der Baum bleibt stehen, unterhöhlt und leer, nur noch durch die Ranke gehalten.

So ist seine Wut.

Sie hat gewurzelt, ist gewachsen, hat ihn umarmt. Jetzt ist er hohl und nur noch durch sie gehalten.

So viel Wut.

Er hat in der Schule geschlagen. Einen Mitschüler, der sich über seine Mama lustig gemacht hat. Blutig, halbtot. Tante Hedi konnte es richten. Der Schulpsychologe hat ihn monatelang betreut.

Er hat sich später öfter geprügelt. Immer schnell und heftig kam diese Wut hoch.

Einmal hat er einem anderen Gast in einer Bar einen solchen Schlag versetzt, dass der Mann ins Krankenhaus musste. Sie waren beide alkoholisiert gewesen, und der andere hatte auf eine Anzeige verzichtet.

Einmal hat er einen Penner getreten.

Einmal einen Hund.

Daran denkt er nicht gern.

Auch an Kalle Kittner will er nicht denken, zwingt sich aber dazu.

Dieses arrogante Arschloch, das zu ihm gekommen ist. Da war die arme Anni bereits tot und begraben, und er aus der Psychiatrie entlassen. Kalle Kittner ist bei ihm aufgetaucht, betrunken, und hat ihn beschuldigt, der Mörder seiner Ex zu sein. Ihn bedroht, ihn bedrängt, sich zu stellen, zu gestehen.

»Stell dich, du Schwein«, hat Kalle Kittner zu ihm gesagt. »Ich weiß, dass du es warst. Wer denn sonst?«, hat Kalle Kittner geschrien. Und: »Mörder! Eine Schande für deine Mutter bist du. Einer wie du.«

Kalle Kittner hat ihm gesagt, dass er eine Schande für seine Mutter wäre.

Kalle Kittner hat ihm gesagt, dass einer wie er eine Schande für seine Mutter ist.

Er hatte Anni nichts getan, hätte es nie. Er hätte auch Kalle Kittner nichts getan, wenn er diesen letzten Satz nicht gesagt hätte.

In der direkten Konfrontation mit Annis Ex war er nicht ausgerastet, da hatte er sich im Griff gehabt.

Die Wut kam später. Viel später.

Als hätte sich die Wut erst Zeit für einen Anlauf nehmen wollen.

Kalle Kittner zu erschlagen, zu zertreten, war eine Notwendigkeit gewesen.

Nie kommt Anton der Gedanke, dass er jetzt so geworden ist wie der Kerl, der dem Buben seine Mama genommen hat.

Nie.

Tante Hedi könnte etwas sagen. Aber Tante Hedi ist in seinem Kopf verstummt seit dem Schlag.

Anton tut seine Tat nicht leid.

Willa tut Anton leid.
Unendlich leid.
Willa.
Eine Unbeherrschtheit, eine Wut zu viel.
Dafür will er büßen.
Dafür.
Vierzehn Minuten.
Solange braucht Anton, bis er Hilfe holt.
Als Krankenwagen und Polizei eintreffen, hockt er wieder in der Ecke.

49

Harro sitzt.
Allein im Krankenzimmer.
Alle anderen sind bereits gegangen. Marielle hat noch am längsten ausgeharrt. Peter Kraus hat Harro von der neuesten Entscheidung erzählt, dass Inspektorin Willa Stark einen dauerhaften Platz in seinem Team bekommen wird. Eine Festanstellung in Köln. Wenn sie wieder gesund ist. Aus dem Koma erwacht.
Wenn.
Wenn ist ein grausames Wort, denkt Harro. Er hat heute erst ein Snickers gegessen, fühlt sich übersättigt von der Sorge um seine zarte Kollegin.
Es war nur ein Schlag im Affekt.
Anton Schneider hat danach selbst die Polizei verständigt. Jetzt sitzt er in Untersuchungshaft. Nicht in der Forensischen Psychiatrie, denn diesmal hat er geredet. Gleich gestanden.
Was ist zwischen den beiden geschehen?
Eine Parallele tut sich auf.
Willas Onkel Willi hat seine Verlobte auch im Affekt erschlagen. Das hat ihm Willa einmal erzählt.

Harro friert.

Er beginnt zu zittern.

Jetzt, wo er allein mit der bewusstlosen Willa im Krankenzimmer ist, kann er sich gehen lassen. Kann seine Gefühle zum Ausdruck bringen. Nach der langen Zeit. Nach dem Streit. Nach dem letzten Wiedersehen.

Willa hatte ihm eine E-Mail geschrieben, hat auf ihn gesetzt, doch er ist zu spät gekommen, hat sie nicht retten können.

Statt Willas bleiche Hand zu nehmen, die reglos auf der weißen Decke liegt und farblich fast verschwindet, zittert Harro auf dem Besuchersessel so sehr, dass seine Zähne aufeinander klappern und er sich in die Zunge beißt.

Willa war das Gute in seinem Leben.

Nein! Falsch formulierter Satz.

Willa ist das Gute in seinem Leben.

Noch schlägt Willas Herz und noch atmet sie. Die Geräte unterstützen ihre Körperfunktionen. Willa darf nicht sterben, Willa muss am Leben bleiben. Muss.

Harro bleibt ebenso.

Er wird auch die Nacht über bleiben. Er wird bleiben, bis Willa die Augen wieder aufschlägt.

Wenn.

Das Zittern lässt nach.

Die Tür geht auf, die Nachtschwester kommt herein.

»Sie bleiben über Nacht, Herr deNärtens?«

Er nickt.

Die Schwester kommt an Willas Krankenbett, überprüft die Geräte.

»Ich würde Ihnen ein Bett bringen lassen. Das ist nicht ganz legal, aber ich kann es möglich machen. Hauptkommissar Kraus hat mich darum gebeten. Wir kennen uns.«

Wieder nickt Harro.

Wusste Peter Bescheid über Harros Gefühle zu der jungen

Kollegin? Hat es am Ende jeder gewusst, außer Willa selbst? Oder sie auch?

Scheißegal.

Harro sitzt und bleibt.

Die Schwester geht hinaus.

Wieder sind er und Willa allein.

Nicht in Stille, denn die Geräte, an denen Willa angeschlossen ist, geben Geräusche von sich. Der Herzmonitor läuft, Harro könnte Willas Herzschlag darauf sehen, wenn er wollte. Aber einmal hinsehen, hieße, nicht mehr wegsehen zu können. Deshalb lässt er es und sieht lieber in Willas bleiches Gesicht. Auf ihre dunklen Locken, die sich auf der Stirn vermehrt kräuseln. Auf die schmalen Lippen, die eine blassrosa Farbe haben. Er sieht den Schlauch, der in ihrer Nase verschwindet und ihr Sauerstoff gibt. Er sieht den Verband um ihren Schädel.

Schädelbasisbruch. Was für ein Wort.

Wieder geht die Tür auf und die Nachtschwester ist wieder da. Sie schiebt ein zweites Bett herein. Ein Pfleger in einem blauen Anzug hilft ihr.

»Sie können nicht die ganze Nacht da sitzen, Herr deNärtens.« Der Pfleger und die Nachtschwester schieben das Bett weiter.

Harro nickt wieder.

»Möchten Sie Tee?«

»Wasser, bitte.«

Die Nachtschwester und der Pfleger gehen hinaus. Einmal kommt sie allein wieder, stellt auf Willas Nachtkästchen, auf dem keine Blumen stehen, hier drinnen sind keine erlaubt, einen Krug Wasser und ein Glas ab. Nur eines, Willa wird nicht trinken.

»Gute Nacht.« Sie lächelt ihn an, bevor sie das Krankenzimmer verlässt.

Harro könnte aufstehen und sich auf das Bett legen, das wäre bequemer. Doch die Idee, dass Willa aufhören könnte, zu atmen, während er schläft, bohrt sich in sein Hirn. Die Vernunft sagt ihm, dass die Geräte sofort Alarm geben würden, aber die Angst lässt ihn bleiben, wo er ist, und die Augen offen halten.

Draußen ist es dunkel. Draußen biegen sich die Bäume, es stürmt über Köln, wenn auch nicht mehr so wild wie am Abend. Einen Schwerverletzten hätte es gegeben, hat vorhin Frank Zauber erzählt, dessen Auto von einem Baum getroffen wurde. Frank hat schrecklich viel geredet, jeder geht mit seiner Sorge anders um. Marielle hat geweint, ganz offen.

Peter Kraus hat von der Festanstellung erzählt.

Wenn Willa erwacht, wird sie das riesig freuen. Riesig.

Wenn.

Im Krankenzimmer brennt nur noch das Notlicht.

Wann hat Harro die helle Lampe an der Decke ausgeschaltet? Wann war er dafür aufgestanden? Die Schwester muss es getan haben.

In den Schatten kann er Willas weißes Gesicht nur noch halb erkennen. Halb ist sie schon fort.

Nein, will er rufen, aber kein Ton kommt.

Harro steht auf.

Er stemmt sich aus dem Besuchersessel hoch. Alles tut ihm weh. Sein Rücken, seine Beine, sein Genick. Er setzt sich auf die Bettkante. Jetzt kann er Willas Gesicht wieder ganz sehen.

Er beugt sich vor. An ihr Ohr.

Harro flüstert.

»Willa, du bist fest angestellt. Hier im Team. Du bleibst. In Köln. Hörst du?«

Die Geräte summen, geben keine direkte Antwort.

Harro fasst nach Willas Hand.

Er wünscht sich so sehr eine kleine Bewegung zu spüren.

Da.

Oder?

FINE

Glossar

Miachn	*Bastard*
Topfentascherl	*Quarktasche*
großer Brauner	*Kaffee mit etwas Milch*
Kren	*Meerrettich*
Krainer	*Bratwurst*
Gfrast	*Nichtsnutz*
Schas	*Furz, auch: Blödsinn, Scheiße*
Damisch	*etwas verrückt oder auch schwindlig*
Deppert	*blöde, idiotisch*
einen Klescha/Hieb haben	*eine Marotte haben, etwas verrückt sein*
Puppi	*Püppchen*
Bussi, Busserl	*Kuss, Küsschen*
Watschn	*Ohrfeige*
Gfrett	*Ärger, Mist, Elend*
Tschick	*Zigarette*
Orscherl	*Verkleinerungsform von Arsch*
pumperlg'sund	*völlig gesund*
Gogger	*Idiot*
Wamps, Wamperl	*Bauch, Bäuchlein*
Häfn	*Gefängnis*

Foto: C. Assaf

Isabella Archan

Nach vielen Jahren als Schauspielerin an Staats- und Stadttheatern in Österreich, der Schweiz und Deutschland, lebt Isabella Archan derzeit freiberuflich in Köln.
Hier beginnt auch ihre Laufbahn als Autorin. Mehrere Theaterstücke und Kurzgeschichten wurden bereits veröffentlicht.
Helene geht baden, ihr erster Kriminalroman, ist 2014 im Conte Verlag erschienen. 2015 erschien *Marie spiegelt sich. Anton zaubert wieder* ist ihr dritter Kriminalroman in dieser Reihe.
Neben eigenen Krimi-Theater-Abenden ist die gebürtige Grazerin immer wieder in verschiedenen Rollen im TV zu sehen.
www.isabella-archan.de

Danksagung

Ein herzliches Dankeschön geht an:
Gabriela
Chris Willer
Dr. Cornelia Assaf
Dr. med. Katharina Janßen, Institut für Rechtsmedizin
Susanne Geiger-Krautmacher
Brigitte Hesidenz
Burkhard zur Bonsen
Peter und Regina Molden
Lennart & Laurens

Ein extra Dankeschön an Stefan Wirtz und Noémie Geiskopp

Die Krimireihe des Conte Verlages

Jean Amila ***Mond über Omaha***

Reihe Amila 1, 214 Seiten, ISBN 978-3-936950-33-5, 10,00 €

Jean Amila ***Mitleid mit den Ratten***

Reihe Amila 2, 212 Seiten, ISBN 978-3-936950-43-4, 10,00 €

Jean Amila ***Bis nichts mehr geht***

Reihe Amila 3, 220 Seiten, ISBN 978-3-936950-53-3, 10,00 €

Jean Amila ***Motus!***

Reihe Amila 4, 180 Seiten, ISBN 978-3-936950-79-3, 10,00 €

Jean Amila ***Die Abreibung***

Reihe Amila 5, 190 Seiten, ISBN 978-3-936950-96-0, 10,00 €

Jean Amila ***Auf Godot wartet keiner***

Reihe Amila 6, 200 Seiten, ISBN 978-3-941657-11-3, 10,00 €

Isabella Archan ***Helene geht baden***

320 Seiten, ISBN 978-3-95602-028-5, 13,90 €

Isabella Archan ***Marie spiegelt sich***

324 Seiten, ISBN 978-3-95602-074-2, 13,90 €

Lilo Beil ***Gottes Mühlen***

Kommissar Gontards erster Fall

184 Seiten, ISBN 978-3-936950-49-6, 9,90 €

Lilo Beil ***Das Licht unterm Scheffel***

Kommissar Gontards zweiter Fall

178 Seiten, ISBN 978-3-936950-72-4, 9,90 €

Lilo Beil ***Die schlafenden Hunde***

Kommissar Gontards dritter Fall

188 Seiten, ISBN 978-3-936950-87-8, 9,90 €

Lilo Beil ***Die Kinder im Brunnen***

204 Seiten, ISBN 978-3-941657-10-6, 11,90 €

Die Krimireihe des Conte Verlages

Stefan Hüfner ***Der Tote von Dresden***

184 Seiten, ISBN 978-3-936950-13-7, 9,90 €

Peter J. Kraus ***Joint Adventure***

228 Seiten, ISBN 978-3-941657-16-8, 12,90 €

Peter J. Kraus ***Cattolini erbt***

232 Seiten, ISBN 978-3-941657-65-6, 13,90 €

Gaston Leroux ***Die Hölle an der Ruhr***

Rouletabille bei Krupp

180 Seiten, ISBN 978-3-941657-21-2, 11,90 €

Jens Luckwaldt ***Puder und Blei***

218 Seiten, ISBN 978-3-941657-26-7, 12,90 €

Barbara Mansion ***Mörderische Wallfahrt***

204 Seiten, ISBN 978-3-936950-59-5, 9,90 €

Barbara Mansion ***Das Geheimnis der Burgkapelle***

198 Seiten, ISBN 978-3-941657-09-0, 12,90 €

Kerstin Rech ***Schenselo***

188 Seiten, ISBN 978-3-936950-60-1, 9,90 €

Kerstin Rech ***Hotel Excelsior***

232 Seiten, ISBN 978-3-936950-77-9, 11,90 €

Carolin Römer ***Die irische Meerjungfrau***

Ein Fin O'Malley Krimi

306 Seiten, ISBN 978-3-941657-25-0, 13,90 €

Carolin Römer ***Greed Castle***

Ein Fin O'Malley Krimi

294 Seiten, ISBN 978-3-941657-86-1, 13,90 €

Carolin Römer ***Das Labyrinth des Malers***

Ein Fin O'Malley Krimi

272 Seiten, ISBN 978-3-95602-056-8, 13,90 €

Guido Rohm ***Untat***

140 Seiten, ISBN 978-3-941657-78-6, 10,90 €

Dieter Paul Rudolph ***Arme Leute***

210 Seiten, ISBN 978-3-941657-06-9, 12,90 €

Dieter Paul Rudolph ***Pixity***

Stadt der Unsichtbaren

292 Seiten, ISBN 978-3-941657-29-8, 13,90 €

Dieter Paul Rudolph ***Der Bote***

Ein Science-Fiction-Krimi

176 Seiten, ISBN 978-3-941657-61-8, 11,90 €

JuttaStina Strauss ***Koks und Kosakenkaffee***

Guzzos erster Fall

286 Seiten, ISBN 978-3-936950-54-0, 13,90 €

JuttaStina Strauss ***Mis en Vosges***

Guzzo in Lothringen

290 Seiten, ISBN 978-3-936950-80-9, 13,90 €

Markus Walther (Hrsg.) ***Letzte Grüße von der Saar***

Krimi-Anthologie, 244 Seiten, ISBN 978-3-936950-68-7, 12,90 €

Lisa Huth, Karin Mayer (Hrsg.) ***Mord vor Ort***

Das Krimibuch zum Treffpunkt Ü-Wagen

230 Seiten, ISBN 978-3-941657-02-1, 12,90 €

Lisa Huth, Karin Mayer (Hrsg.) ***Mord vor Ort 2***

Das zweite Krimibuch zum Treffpunkt Ü-Wagen

236 Seiten, ISBN 978-3-941657-41-0, 12,90 €

Lisa Huth, Karin Mayer (Hrsg.)
Der Letzte bläst die Kerzen aus

SR3 Geburtstagskrimis

244 Seiten, ISBN 978-3-95602-072-8, 12,90 €

Ingrid Schmitz (Hrsg.) ***Muscheln, Mousse und Messer***

Eine kulinarische Krimi-Anthologie

220 Seiten, ISBN 978-3-941657-22-9, 12,90 €

Ingrid Schmitz (Hrsg.) ***Porridge, Pies and Pistols***

Eine kulinarische Krimi-Anthologie

298 Seiten, ISBN 978-3-941657-87-8, 12,90 €

Ingrid Schmitz (Hrsg.) ***Tortillas, Tapas und Toxine***

Eine kulinarische Krimi-Anthologie

252 Seiten, ISBN 978-3-95602-013-1, 12,90 €